JN130297
リバース・ワールド・オンライン
～種族『悪魔』は戦闘特化～
1
白黒招き猫
イラスト　北熊

ギア
フェイ
リーフ

ネクロス
フィオ
（佐藤宏輝）
バイト
リンクス

ベルク
プルート
ハウル
ヴァルカン

1

白黒招き猫
Illustration　北熊

新紀元社

目次

プロローグ

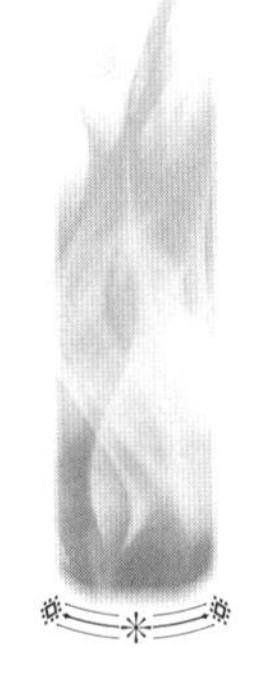

第二の世界への招待状。それが俺の手の中にあった。

◇宏輝◇

俺、佐藤宏輝（サトウヒロキ）は現在大学三年生。影山教授の研究室、通称『ゲー脳研』に所属している。

正式には『電子的仮想現実が脳に与える影響』の研究室なのだが、電子的仮想現実＝ＶＲＭＭＯというのが世の中の認識なのでこのような通称で呼ばれているわけだ。

そんなある日、俺を呼び出した教授は唐突に書類を渡して言ったのだ。

「佐藤君には、新しいＶＲＭＭＯＲＰＧのベータテストに参加してもらいたい」

影山教授は変人である。研究室の先輩も変人が多い。しかし、彼らは天才でもあった。脳生理学と電子工学の両方に精通していなければ研究にならないのだから。

そして俺は彼らの実験の被験者役だ。

俺がモルモット役をやっているのは別に嫌々というわけではないし、理由があった。


昔から〝ゲームをしすぎると馬鹿になる〟〝ゲームばかりする子は凶暴になる〟など、嘘とも真実とも知れない意見はあった。

技術革新によりＶＲ技術が一般的になると、当然ゲームにもその技術は導入された。

そうなると、いままでよりも真剣に〝ゲーム脳〟のことを考える必要があるのではないかという意見が多くなったのだ。そして、影山教授はその道の第一人者だった。

彼はある仮説を立てた。それは『人間には適応能力というものがある。ならば、いつか電脳空間に適応した新種の天才が生まれるのではないか』というものだ。

彼はその電脳の天才児を〝サイバー・ジーニアス〟と名付けた。

そして俺は、おそらく国内では唯一のサイバー・ジーニアスなのだ。


俺が生まれたときにはすでにＶＲゲームは存在し、俺自身も子供のころから友人や妹とプレイしていた。しかし、いつのころからかゲームが簡単すぎて周りとの差が気になり始めた。

ゲームでは現実での身体能力など関係ない。だが、基本的に思考力、判断力の面で大人は子供より優れていて、ゲームでは強い。そんな中、俺はやるゲームのすべてで廃人ゲーマーたちすら圧倒したのだ。特にプレイヤーの腕がダイレクトに影響するゲームで、その傾向が強かった。

ヒーローに憧れがちな子供のころは、友人や仲間を引っ張りプレイするのは楽しかった。

しかし、向けられる視線はよいものだけではない。自分が子供に負けることが気に入らない者たちが、チートだのと中傷するようになったのだ。

実際に運営に抗議する者まで現れ、俺は次第にゲームに対する情熱を失っていった。そして、不思議に思った。どうして電脳空間では自分は強いのかと。

そんなとき、俺は影山教授と出会った。その出会いは、俺にとって人生の転換点（ターニングポイント）だった。

俺は異常にＶＲゲームに強い子供としてＶＲゲーム業界で知られており、研究の内容上、そちら方面とのコネの多い教授は、そこから俺の存在を知ったそうだ。

　そして教授は俺に自分の仮説を説明し、俺がそのサイバー・ジーニアスかもしれないと自分の研究室に誘ったのだ。

　ちょうど高校卒業後の進路を考えていた俺は、教授の誘いに乗った。そして教授の研究に協力して、いまに至るというわけだ。

　当時は教授がここまでの変人とは思わなかったが。

「これって最近話題になっているやつですよね。教授も一枚かんでいたんですか？」

　俺の問いに教授は笑顔でうなずいた。俺がベータテストへの参加を促されている『リバース・ワールド・オンライン』は、『もうひとつの現実』をスローガンに、いくつものゲーム会社が協力して開発している話題作だ。そのスペックはいままでのＶＲゲームとは一線を画するといわれている。

　このベータテストの応募も、とんでもない倍率になっていると聞いた覚えがある。すでに国内四カ所にサーバーが設けられていて、一カ所につき一万人、合計四万人でテストが行われるらしい。

「彼らには主に資金面でお世話になっているからね。こちらも虎の子を出さないとってことになったのさ。そういうことで、よろしくね。佐藤君」

　身も蓋もないセリフだ。どうやらモルモットに拒否権はないらしい。まあ、いいけどね……。

＊　＊　＊

教授からの依頼を快諾（？）した俺は、渡された書類を読んでいた。書類は『リバース・ワールド・オンライン』のマニュアルだ。

「レベルなしの完全スキル制ね……」

『リバース・ワールド・オンライン』は、ほとんどすべての行動に対応するスキルがある。そして意識して鍛えなくても、なにか行動するだけで対応するスキルの経験値となるようだ。

もちろん難しいことをやったほうがスキル経験値は上昇しやすい。経験値が貯まるとスキルはレベルアップし、スキルレベルが上がるとステータスが上昇。HPとMPも上がるというわけだ。

ステータスには物理系と魔法系があり、それぞれ——


『HP』——生命力。ダメージを受けると減少し、ゼロになると戦闘不能、死亡状態になる。

『MP』——魔法力。魔法や魔法系スキルを使用すると減少。ゼロになると気絶（スタン）する。

『スタミナ』——持久力。運動や物理スキルの使用により減少。ゼロになると行動不能になる。


『物理系ST』——『HP』と『スタミナ』、『毒』、『麻痺』、『石化』、『盲目』、『睡眠』などの肉体的バッドステータスへの耐性に影響する。


『力』——物理攻撃力に関係する。

『体力』——物理防御力に関係する。

『器用さ』——物理命中率に関係する。

『敏捷性』——物理回避率に関係する。

『魔法系ＳＴ』――『ＭＰ』と魔法発動速度、『混乱』、『狂化』、『魅了』、『魔封』、『呪い』、『気絶』などの精神的バッドステータスへの耐性に影響する。

『知性』――――魔法攻撃力に関係する。

『精神』――――魔法防御力に関係する。

『集中力』―――魔法命中率に関係する。

『判断力』―――魔法回避率に関係する。


――と、なっている。

ここで注目したいのは魔法命中率と魔法回避率だ。魔法は必中ではないらしい。詳しく見てみると、魔法はヒットしても抵抗（レジスト）されることがあるようだ。物理でいうミスだ。

魔法に関しては、動きが鈍くて当てやすくても抵抗されてダメージを与えられないなんてことがあるわけだな。気を付けないと。そしてもうひとつ――


『運』――――――あらゆる行動に影響する。


――と、ある。どうやら敵とのエンカウントやアイテムドロップなど、数字に出ない要素にも影響しているらしい。結構重要かもしれないな。

「次はスキルか。膨大だな」

ものすごい数だ。さすがというか、スキルオンリーはだてじゃない。

スキルは大きく分けて物理と魔法、アクティブとパッシブがある。

アクティブはプレイヤーが使おうとして発動させるもの。魔法系ならMP、物理系ならスタミナを消費するものがほとんどだ。パッシブは自動的に、そして永続的に発動し続けるもので、プレイヤーの意思でON・OFFの設定が可能のようだ。

ちなみに、プレイヤー自体にレベルも職業もないので、戦士とか魔法使いという呼称はあるものの、どんなスキルを伸ばしているか、どんなプレイスタイルかを表しているだけということになる。

「種族もいろいろあるな」

種族は基本種族と上位種族に分かれていて、基本種族はスキルを鍛えてステータスを上昇させると上位種族に昇格できるようだ。上位種族は種族名の頭に『ハイ』が付くらしい。例外も多いが。

マニュアルには基本的な容姿と典型的なステータスが載っている。また、各種族にはスキルの向き不向きもあり、スキルの上がりやすさが違うようだ。

ベータテストでは転職ならぬ転生による種族変更は基本的にできないらしいので、プレイスタイルを決めている場合は注意が必要だ。種族の特徴を、事前にしっかり把握して選ばないとだな。

まずは『ヒューマン』。普通の人間だ。すべてが平均的で弱点はないが、長所もない。

初心者向けともいえるし、上級者向けともいえる。上位種族は『ハイ・ヒューマン』か。

次は『獣人種(ワービースト)』。種類も多く人気がありそうだ。獣要素を何段階かで調節できるようで、最少なら尻尾と耳だけ、最大ならほとんど立った獣だ。

同じ獣人種でも、どの動物の獣人かによってスキル適性はかなり違うみたいだな。そして、上位種族になると名称が変わるものが多い。

基本種族	上位種族
犬獣人（ワードッグ）	狼獣人（ワーウルフ）
猫獣人（ワーキャット）	虎獣人（ワータイガー）
狐獣人（ワーフォックス）	二尾狐獣人（デュアルフォックス）
兎獣人（ワーラビット）	ハイ・ワーラビット
翼手人（ハーピー）	有翼人（フリューゲル）
蜥蜴人（リザードマン）	竜人（ドラゴノイド）
鬼人（オーガノイド）	ハイ・オーガノイド

ワーフォックスは魔法系種族だが、それ以外は物理系種族。獣人は基本的に物理系ということか。

そして『妖精種』。こちらもなかなか人気がありそうだな。その中で少し気になったのはお馴染みのエルフだ。なぜなら、エルフには上位種族が二種類あるのだ。

どうやらステータスのうち防御系が高いとハイ・エルフに、攻撃系が高いとダーク・エルフになるらしい。プレイスタイルで分岐するわけか。

基本種族	上位種族
森妖精（エルフ）	ハイ・エルフ／ダーク・エルフ
大地妖精（ドワーフ）	ハイ・ドワーフ
草原妖精（グラスワーカー）	ハイ・グラスワーカー

翅妖精（フェアリー）――――ニンフ

グラスワーカーとは草原に住む小柄な妖精族で、手先が器用なのが特徴らしい。フェアリーはほぼ人間大で、まんま妖精の姿をしている。エルフとフェアリーは魔法系、ドワーフとグラスワーカーは物理系が得意のようだ。

おっと、忘れてはいけないのが飛行スキルの存在だ。ハーピーとフェアリー、そしてフリューゲルとニンフは翼と翅（はね）で飛行できるのだ。ただし飛行スキル使用中はハーピーとフリューゲルはスタミナ、フェアリーとニンフはＭＰを消費する。高く速く飛ぶほど消耗も激しいようだ。

そして、空を飛ぶという行動は人間が本来行えないことなので、慣れるのが大変なのだとか。

しかし、緊急離脱や偵察など有用性は大きいといえる。

最後に『特殊種族』。その名のとおり、特殊な条件を満たすことでなれる種族だ。だが、現時点ではその条件は不明。マニュアルに載っているのは悪魔（デーモン）、天使（エンジェル）、吸血鬼（ヴァンパイア）、不死王（リッチ）の四種族だけだ。

まあ、いまは考えても仕方ないか。そのうち判明するだろう。

「アバターは現地で作成か。事前に作れれば、いまから慣らせるのにな……」

よく知られていることだが、ＶＲゲームはアバターとプレイヤーの体形や体格が違いすぎると、操作に支障があることが多い。

だから『リバース・ワールド・オンライン』は、ベータテストではプレイヤーの身体（からだ）をスキャンすることによって、自動的にアバターの体格が設定されてしまう。

ただ、これはデータ収集のためなので、製品版ではどうなるかはわからない。

そして種族による体格の変化も、操作に影響のない範囲になっている。グラスワーカーが小柄、鬼人が大柄といっても限度はあるのだ。もちろん髪や目、肌のカラーは自由に設定可能だ。

「属性は八種か」

属性は火、水、風、土、氷、雷、光、闇の八種類。これも種族によって適性があるらしい。

たとえば同じ妖精族でもエルフは水と風、ドワーフは火と土属性を扱うのに長けている。

「通貨は金(ゴールド)ね。シンプルだな」

ゴールドというからには、おそらくは金貨なのだろう。もっとも電子マネー方式なので、実物のコインをやり取りするわけじゃない。実物だったら〝金がありふれすぎ〟とか突っ込まれそうだな。

「とりあえずはこんなところかな」

一通り読み終えてマニュアルを閉じる。

「……あいつらにも教えとこうかな」

ふと思い立ち、かつてともにプレイした友人たちと妹には報告しておこうと考え、携帯端末を手に取った。ゲームから離れていた俺と違い、連中はゲーム人生を謳歌している。

嫉妬で呪われないだろうか？　少々不安だ……。

――通話中

「う～ん、あいつらの執念、甘く見ていたか……」

電話を終えた俺は呟いた。かつてパーティを組んでいた友人三人と妹も、ベータテスターの資格を手に入れていたのだ。妹の友人三人も同様らしい。

連中から聞いた話によると、現在もっともユーザーの多いとあるオンラインゲームの、限定クエストの景品として資格を手にしたらしい。トッププレイヤーといえば聞こえはいい。だが、景品を手に入れるためにかけたプレイ時間を聞いてみたら、完全に廃ゲーマーのお仲間だった。やりすぎだぞ、お前ら。心配になってくるな……。

残念ながら、連中は第一サーバーで俺は第三サーバー。サーバーが違うからゲーム内で会うことはできない。だが、情報交換は可能だ。

久しぶりのゲームだが、なんとなくやる気が出てきたのも事実だった。

＊　＊　＊

それからしばらく経ったベータテスト前日、俺は第三サーバーのある会場にいた。

周りには一万人の幸運児たち。さすがに一万人は多いな。だが会場もでかい。なにしろプレイヤールームは個室なのだ。それが一万人分だ。

説明が進められる会場で、期待に満ちたざわめきが鎮まることはなかった。

「次にログイン時間の説明を行います」

司会は気にせず説明を続ける。そこで〝体感時間の加速〟という言葉が出てきた。楽しい時間は早くすぎるというが、ＶＲＭＭＯをプレイする場合、一日一時間やそこらではまったく時間が足りない。だから〝短い現実時間で、もっと長時間プレイしたい〟という要望がユーザーから多数よせられることになる。ゲーム業界も総力を挙げてその要望に応えようとした。そして考案されたのが〝体感時間の加速〟だ。

『リバース・ワールド・オンライン』はこの理論の実用化に成功し、一日を約三十分で体感させることができるというのだ。

ただしプレイヤーのバイタル、メンタル両面への配慮から一日のプレイ時間は八時間まで、連続ログイン時間は四時間と決められている。違反した場合のペナルティは強制ログアウトだ。まあ、健康が第一だよな。

やがて説明が終わり、テスターたちは決められた番号の個室へ散って行く。じゃあ、俺も行くか。

＊　＊　＊

「へえ……、すげえな」

個室は広く清潔で、トイレに風呂からベッドまですべて揃っていた。ただ、部屋の半分は大型のＶＲマシンと周辺機器だ。……変なところを触らないよう気を付けないと。

食事は食堂があるのだが、ルームサービスで注文すると、エレベーターのような自動配膳機が料理を運んでくれる。うん、便利だ。

パソコンを立ち上げてみると、四サーバー共同の情報交換サイトが用意されていた。

さらに個人でも自由にサイトを作れるようだ。匿名もオッケーだな。

「ん？　名前？」

あることに気付いた俺は仲間に連絡する。名前は当日に決めていたらたぶん遅いと。

ＶＲＭＭＯはキャラネームの取り合いでもある。四万人もいるのだから、急がないと付けたいと思った名前を付けられなくなる。

急いで登録した結果、なんとか間に合った。部屋に入って五分なら早いほうだろうからな。

俺は宏輝だからヒロにしようとしたが、少しひねってフィオにした。ほかの連中も――

藤堂（トウドウ）拓也（タクヤ）――タク
田原（タハラ）英男（ヒデオ）――ヒデ
河上（カワカミ）昌行（マサユキ）――マサ
佐藤（サトウ）理江（リエ）――リエ
伊田（イダ）春香（ハルカ）――ハル
伊田（イダ）秋葉（アキハ）――アキ
恩田（オンダ）佳代（カヨ）――カヨ

――と、わかりやすいアバター名をゲットしていた。ちなみにハルとアキは双子の姉妹だ。

その後はアバターの調整や、さっそく作った共同サイトでどんな種族を選ぶかなどを相談した。

タクは鬼人でハンマーやバトルアックス、ヒデは竜人になって大剣や大太刀を振るいたいと意気込んでいた。ブランクもあるし、俺はどうするかな……。

俺も興奮していたらしく、その日の夜はなかなか寝付けなかった。

そして夜は明け、テスト当日の日がやってくる。

まずは四時間ログインして、ゲームの中では八日間を過ごすことになるわけだ。

「教授にはお世話になっているからな……。期待に応えられるように頑張るとしますか」

救命ポッドのような機械に乗り込み、与えられていた認証コードを入力する。するとロックが解除され、ログインの準備が整った。じゃあ、行くか。

「ログイン」

そして一瞬の浮遊感のあと、俺の意識は電脳空間へと旅立った。

＊　＊　＊

「ここは……初期設定用のフィールドか？」

ログインすると俺は無数のディスプレイに囲まれていた。そこに表示されているのは、ログインと同時にスキャンされた俺のデータらしい。

このスキャンデータにより自動で性別は決まってしまうようだ。俺には関係ないが、普段から性別を変えてプレイしているプレイヤーには地獄だろうな。

《種族を選択してください》

インフォメーションを聞いてハッとする。いかん、特になりたい種族を決めてなかった。物理系、魔法系、使用武器もなにも考えてなかったわ。

「うーん、癖のないヒューマンかな……。おや？」

王道に走ろうとした俺の目に『ランダム』の文字が飛び込んできた。マニュアルにはなかったこの選択肢をヘルプ機能で調べる。すると――

装備ランダム――初期装備がランダムで決定されるが、通常より強い物がもらえる可能性がある。

種族ランダム――初期種族がランダムで決まるが、特殊種族を含む基本種族以外の種族になれることがある。

スキルランダム―初期スキルがランダムで決まるが、上位スキルを得ることがある。

――と、なっていた。

「面白いかもしれないな」

ランダムを選択できるのはどれかひとつ。安定した立ち上がりを求めるなら、こんなリスクの高い選択はするべきではないだろう。でも、これはベータテストなのだ。わからないことにチャレンジしてこそのゲーマーだろう。よし、決めた。

「種族ランダムで」

次の瞬間、俺の視界は白く染まった。

第一章　黒の隠れ里

◇フィオ◇

「ここは始まりの町？　……じゃないような」

気が付くと俺は、村と町の中間くらいのサイズの町にいた。

名称は『黒の隠れ里』。どう見てもスタート地点の『始まりの町』ではない。

どうなっているんだ？　いきなりバグか？　混乱しつつも周囲を見渡す。

ふと、ガラスに映った自分のアバターが目に入った。髪も目もいじってないので黒だが、肌がやや黒みがかっている。おかしいな。肌の色をいじった覚えはないぞ？

「あ、そういえばダーク・エルフの肌はデフォルトで褐色だったな」

種族の特徴かと思いステータスを確認してみる。すると――

種族〈悪魔（デーモン）〉
ランク〈下級悪魔（レッサーデーモン）〉

――と、あった。……なにこれ？

どうやら俺は種族ランダムでジョーカーを引いてしまったようだ。

なにしろ全ステータスがバランスよく高く、総合数値は基本種族の倍以上。はっきり言って反則的に強い。よし、ここは幸運をかみしめ、受け入れよう。ラッキー。

……でも、あとでとんでもないデメリットが見つかったりしないよな？

「まずは初期装備と初期スキルだな」

メニューアイコンが点滅しているので開いてみる。

スキルはログイン直後に基本的なものを十個決定し、その後は購入、クエスト報酬、戦闘報酬、スキルのランクアップ、他スキルとの複合などで増やしていく。

スキルランダムを選んだプレイヤーは、ログインした時点で十個のスキルが勝手に決められているわけだな。

悪魔はオールラウンダーだが、初期ではやや魔法系ステータスのほうが高い。

さて、タダでもらえるスキル十個か。少し考えて俺は——

【魔法】——火／水／風／土／氷／雷／闇

【槍術】——槍装備時に攻撃力上昇　槍専用スキルを覚える。

【鑑定】——アイテムの情報を知ることができる。

【地図表示】——視界内にミニマップを表示する。

——を選んだ。

本当は敵の情報を知ることができる【解析】とかもあったほうがいいんだろうな。

魔法ばっかり七つも取るとか、偏りすぎだと自分でも思う。初期スキルなんだし、本当はもっとバランスよく取るべきなのだろう。

だが俺はこの悪魔という種族がどんな種族なのか、なにができるのかを調べてみることにしたのだ。なにせ、事前情報がなにもない種族だからな。

まずは戦闘における適正からだ。必要なスキルはあとで買えばいいだろう。

多少の無理はプレイヤースキルでカバーだ。俺にはそれができるはず。

失ったはずの情熱の炎が、再び胸に燃え盛るのを俺は感じていた。

＊　＊　＊

武器屋で『初心者の槍』というそのままな名称の武器を入手した俺は、町を散策した。

その結果わかったことは――

一、ここに俺以外のプレイヤーはいない。

二、一通りの設備は揃っている。

三、ここは邪神崇拝者たちの町である。

――ということだった。

邪神ね……。悪魔の俺には関係ないようだが、ほかのプレイヤーが来たらどうなるんだろう。

村人が襲いかかったりするのだろうか。ホラーゲームみたいに。

ある程度の散策を終えた俺は、周囲のフィールドを見てまわることにした。

目立つものはふたつ、町の東の湿地と北から西にかけて広がる森だ。

名称は『淀みの沼地』と『死霊の森』。思わず気分が萎えそうになる地名だ。

そっち系が苦手なプレイヤーにはキツそうだな。

どうでもいいが、周囲がこれじゃ町の連中はどうやって暮らしているんだろう。

ゲームだから平気なのかね。

『リバース・ワールド・オンライン』には、いまのところメインとなるクエストは存在しない。

つまり点在するダンジョンをクリアし、さまざまなクエストを達成していくことが当面の目的となる。

「でも、ここには冒険者ギルドみたいな施設はないんだよな」

まずは薬草採取から、とか勝手に考えていたんだが。

とりあえず森か湿地に行ってみようか。……明日から。

町を探索しているうちに、すでに日は沈んでいる。

いくら俺でも夜に、いかにもアンデッドの出そうなところへ単身突撃するのは無謀だ。

日が昇ってから正々堂々相手になってやろう。

今日のところは食事を取って、宿屋に泊まって寝るか。初心者救済のためか宿は無料だったし。

うむ、明日が楽しみだ。

＊　＊　＊

拝啓　影山教授
あなたのモルモットは、今日も元気にゲームというゲージの中で走り回っています。
敬具

……いかんな。ちょっと憂鬱になっていたか。というのも、探索を開始したフィールドのせいだ。

マッピングのおかげで地図はいらない。

【鑑定】で使えそうな素材も発見して、きちんと回収している。……妙に品質が悪い物が多い気がするけど。

でも、最初だしスキルレベルも低いからな。こんなものなんだろう。

ではなにが問題かというと、陰鬱な雰囲気と出てくるモンスターがゲテモノばかりという点だ。

まずは死霊の森に行ってみたのだが、名前のとおり出現する敵はアンデッドばかりだった。入ってすぐの場所なのに『スケルトン』や『ゾンビ』がウヨウヨしている。

ちなみに剣や槍、斧や盾など装備を持っているスケルトンのほうがゾンビよりも強い。ゾンビの攻撃は引っ掻きや咬みつきだ。気分的にはこっちのほうが嫌だな。

「少々ブランクがあったからな。リハビリに付き合ってもらうぞ！」

ゾンビは槍で、スケルトンは魔法で倒す。初期の攻撃魔法は【バレット】のみ。各属性の魔法の弾丸を撃ち出す魔法だ。この魔法は単純だが使い勝手はいい。

ちなみに光属性は持っていない。本当はテストの一環として悪魔の属性適性を知ろうと思い、全属性の魔法を取ろうとしたのだ。だが、光属性だけは取れなかった。相性が最悪らしい。

でも、まあ、当然か。俺の種族、悪魔だし。

しかし、気になったのは動きの鈍いゾンビはともかく、スケルトンが妙に強いということだ。ほかのゲームでは雑魚代表のゴブリンなどと比べると、明らかに強い。

初期のプレイヤーでは、一対一は厳しいはずだ。

ちなみに俺は対応できる。悪魔の高ステータスのおかげということもあるが、もうひとつ。それは俺の特異体質、〝サイバー・ジーニアス〟としての能力だ。

影山教授によると、俺の知覚速度やら脳内情報伝達速度やらは、常人の二倍以上あるらしい。だから集中すると周りがゆっくりに見える。ただし電脳空間の中でだけ。

現実世界では身体がついて行かず日常生活に支障をきたすので、普段はリミッターがかかっているらしい。この超反応のおかげで、スケルトンの攻撃は掠りもしない。

しかし、始まりの町ではないスタート地点に、やけに敵が強いフィールドか。俺の種族が悪魔であることと関係あるのだろうか?……まあ考えても仕方ないか。


ゾンビを槍で薙ぎ倒し、スケルトンを魔法で吹っ飛ばしていると、スタミナとＭＰがだいぶ減ってきた。

どちらも完全になくなると一定時間行動不能になるので、ちょっと休憩することにする。なにもしないでいるとＨＰ、ＭＰ、スタミナは徐々に回復するのだ。

安全であるとは言えない森の中だから気は抜けないけど。

――ガサッ

と、いままでとは明らかに違う足音が聞こえた。

弾かれるように槍を構え、音のしたほうを見るとそこには黒い狼がいた。種族は『シャドウウルフ』か。ハッキリ言ってスケルトンより強そうだ。やっぱり【解析】が必要だな……。

シャドウウルフの目を見つめる。そこにはある種の意思が宿っていた。さっきまでのアンデッドとは違う、ＡＩ搭載型の思考する敵だ。

こんな奴、最初のフィールドに出現するようなモンスターじゃない。

でも、この状況じゃ戦うしかないな……。

「【スパーク・バレット】！」

先手はこちら。まずは牽制として最速の雷属性魔法【スパーク・バレット】を撃ち出す。しかし、シャドウウルフは高速の雷弾を回避してしまった。

しかも上に。

「は？」

予想外にアクロバティックな動きに驚く。しかも奴は、木の枝を足場にこちらをかく乱してくる。

目では追えるが、やりにくいな。こりゃ初心者じゃパーティを組んでいてもやられかねんぞ。

人間は三次元的な動きに対応しにくい。俺だって人間、苦手は苦手だ。

なら対処はひとつ。相手の動きを止める。

槍を横にして前に出す。ただの雑魚なら気にせず突っ込んでくるが、こいつなら……。

予想どおり、後方上空から飛び降りてきた！　枝を足場にしていても空中で方向転換はできない。

その場を飛びのいた俺は、シャドウウルフが着地する瞬間【スパーク・バレット】を撃ち込んだ。

感電し硬直するシャドウウルフ。

「よし！」

その隙を逃さずアース、ウォーター、アイスの順で【バレット】を撃ち込む。ＭＰが危険域まで減り打ち止めになったが、目的は達した。泥が凍って、奴の動きを止めている。

「【スラスト】！」

初級の槍技をスタミナの続く限り撃ち込む。氷が割れる前に倒しきらないと！

そして四、五発は撃ち込んだだろうか？　ついにシャドウウルフは倒れ、しばらくするとポリゴン片となって消えた。そして死体が消えるとドロップが残った。

そういえば、死体が消える前に【解体】スキルを使うと、ボーナスでさらにアイテムがもらえるんだったな。そのうち買おう。

「毛皮に牙に爪か。ようやくそれっぽい素材が出たな」

スケルトンの『骨』はともかく、ゾンビの『腐肉』は勘弁してほしい。少なくとも食べる気にはならない。使い道も思いつかない。

「ん？」

そこで俺は、森の奥にぼんやりとした光があることに気が付いた。

そっと様子を見ると、そこには二十体を超える『ゴースト』がたむろしていた。

霊体系の敵は物理攻撃が非常に効きにくい。光系の魔法が有効だが俺は使えない。

うん、非常にまずい。MP満タンでもあの数は無理だ。シャドウウルフの出現といい、調子に乗って森の奥に入りすぎたようだ。

いやはや、こっちから気付いてよかった。敵に先に見つけられていたら、確実にやられていただろう。俺は脇目も振らず撤退した。

＊　＊　＊

「ここも気味が悪いとこだな……」

死霊の森から逃げ去った俺は、今度は淀みの沼に来ていた。

いままでのゲームをはるかに超えるグラフィックのおかげで、気味の悪さも倍増だ。下水道みたいな臭いまでリアルに再現されている。嬉しくない。

「敵がいないな……」

さっきの死霊の森は、入るとすぐにアンデッドがうろついていた。ただし、奴らはそれほど好戦的ではなく、こちらから手を出したり、油断して近付きすぎなければフラフラしているだけだった。シャドウウルフは例外だろう。

「お？　なにかいるぞ」

沼の中を覗き込むと魚やエビ、カエルといった生き物がいた。モンスターではないようだ。

岸に近い浅い部分は意外と水が澄んでいて、底まで見える。

ふ～む、網でも買っておけばよかったか。捕れば店で売れるかもしれないし。

「ん？　あれは……」

沼の上を光がふわふわ飛んでいた。名前は『ウィスプ』、精霊系か。

ゴーストかと思って身構えてしまった。こいつも攻撃的なモンスターではないらしく、襲ってくる様子はない。まあ、序盤だしな。水の上だし、ほっとこう。

素材を集めながら進んで行くと、ようやくモンスターが襲ってきた。

一メートルくらいの蛇『ポイズンスネーク』だ。名前から毒持ちであることがわかる。

そして、これが槍を選んだ理由でもある。

ソロプレイヤーにとって状態異常は致命的だ。序盤は薬代も財布への負担が大きい。だが、長柄の武器を使えば近付かずに戦えるので、直接的な状態異常攻撃を受けにくい。

そんなわけでブランクも考慮し、安全に戦える武器を選んだのだ。いざ、勝負。

「……結構苦戦したな」

小さい蛇を槍で突くのは結構面倒だった。

突き技の【スラスト】が当てにくいので、薙ぎ払いで少しずつＨＰを削って倒したのだ。技じゃないとダメージが小さいのは、まだ初期装備だから仕方ない。

少し考え、俺は一度引き返すことにした。敵が毒持ちってことは、結構な驚きだったのだ。

普通は最初のフィールドに毒持ちの敵なんていない。念のため薬を用意してから来るべきだろう。

そう考えて出口に向かおうと振り向くと——

「おいおい、勘弁してくれよ……」

自分の歩いてきた道は、沼から這い上がってきた『グリーンスライム』だらけになっていた。

当然、毒持ちなんだろうな……。

とりあえず、一番近くにいたスライムに槍を突き込んでみる。

しかし、たいして効いた様子はない。ＨＰバーの減少は微々たるものだ。これはマズイ。

「まさか物理耐性持ちか？　こんな序盤で？　冗談じゃないぞ……」

スライムは、ゲームによって扱いの違うモンスターだ。奴らは、基本的に雑魚の代名詞として扱われることが多い。

だが、ときに物理耐性、ＨＰ吸収、分裂など面倒な能力を持つ厄介な敵として登場する。

そして『リバース・ワールド・オンライン』のスライムは後者らしい。

「温存とか言っていられないな」

幸いそれほど攻撃的ではないようで、ほかのスライムが近付いてくる様子はない。

一体ずつ始末していけば突破できそうだ。

「定番の弱点は火かな？　【ファイア・バレット】！」


――ジュッ！


スライムのＨＰが一気に減る。当たりだ。もう一発撃ち込んで止めを刺す。

「ＭＰ足りるかな……」

心配しつつ、道を塞ぐ次のスライムに目標を定める。
そして――

「結果、足りませんでした……」

俺は大ピンチを迎えていた。ＭＰが限界を迎えただけでなく、武器を失ったのだ。

スライムの攻撃は体当たりと、体を変形させた触手だけなのだが、狭い足場で戦ううちに二匹に挟まれてしまった。前後から攻められ、ついに回避し損ねた触手を槍の柄で受けたとき、ジュウという音とともに柄は溶けた。

「初期武器は耐久度無限の親切仕様にしてほしかった……」

すべて避けていたので気付かなかったが、スライムの体液は酸のようなものらしい。石の穂先は耐えられても、木の柄は耐えられなかったようだ。

いや、もしかすると森からの連戦で、武器自体の耐久度が落ちていたのかもしれない。

「一回町に戻ればよかったな……」

なんとか二体とも倒したが魔法は打ち止め。スライムはまだ十匹はいる。

さて、どうするか……。武器は壊れ、魔法も使えないなら道具しかないな。

「う～ん、なんか使えそうなのはなかったかな……」

アイテムを漁っていると、あることを思いついた。

『リバース・ワールド・オンライン』を開発した複数のゲーム会社が販売しているゲームは、当然見たことがある。ならばこの手が使えるはず。

「ほーら、餌だぞ～」

俺はアイテムボックスからあるものを取り出し、群れの中に放り込んだ。すると効果は抜群。スライムたちは餌へと群がり、道が開いた。

「いまだ！」

その隙を見逃さず、俺は一気に道を駆け抜け、窮地を脱した。

餌の正体はゾンビの落とした腐肉だ。あるゲームでは、食材でモンスターの気を引くことができたので、もしかしたらと考えたのだがビンゴだった。

どんなアイテムでも使い道はあるもんだな。

「ふう、新しい装備を買わないと……」

素材も売って金にしよう。正直、危ないところだったが、ダメージはゼロだった。だが、装備的にも精神的にもボロボロに追い詰められた俺は、町へと引き返した。

＊　＊　＊

奇跡の生還を果たした俺は、武器防具屋に向かっていた。

しかし、まさか腐った肉に助けられるとは思いもしなかったな。ゾンビがポロポロ落とすから在庫は大量にあるんだよな、腐肉。

「よし、武器防具屋に到着っと。せっかくだし、もっといい槍が欲しいところだな」

『リバース・ワールド・オンライン』のアイテムには、★ひとつから★十個までのランクがある。

基本的に高級な素材を使うほど高ランクのアイテムになる。そして同ランクでも、素材の質や製造者の腕で性能が変わる。

ＮＰＣの腕はよくも悪くもない標準で固定だが、プレイヤーの腕はスキルで上昇する。つまり、高品質の装備が欲しいなら、ほかのプレイヤーの協力は必須ということだ。

そのうち俺も、お得意の腕利き職人プレイヤーを見つけないとな。

いまのところ俺以外のプレイヤーを見たことがないけど。

それはさておき、いままで使っていた『初心者の槍』の素材は木と石。ランクは最低の★ひとつだった。このままではまた壊されてしまうだろう。

買い替えるなら、もう少しいい物が欲しいところだ。市販の物を買うか、作ってもらうか……。

あれこれ考えても決まらないので、とりあえず店を見てみることにしよう。

武器防具屋は、商売していけるのか心配するほど閑散としていた。というより、ＮＰＣの店主以外は誰もいない。店主自身も置物のようにむっつりと黙ったままだ。

店内を見てまわると、装備品の能力の基本になる素材の説明がされていた。

素材の質は下から順に――

木――ウッド系装備の素材。主に木を伐採することで入手する。

石――ストーン系装備の素材。ありふれている素材。発掘のハズレアイテム。

青銅――ブロンズ系装備の素材。銅鉱石を加工することで入手する。

鉄――アイアン系装備の素材。鉄鉱石を加工することで入手する。
鋼鉄――スティール系装備の素材。鉄をさらに加工することで入手する。

――ここまでは比較的用意しやすく安い素材。いわゆる下位素材で、店でも売っている。

これらより貴重な中位の素材は――


精霊銀（ミスリル）――ミスリル系装備の素材。ミスリル鉱石を加工することで入手する。

隕鉄（メテオライト）――メテオライト系装備の素材。隕石を加工することで入手する。

ダマスカス鋼――ダマスカス系装備の素材。鋼鉄をさらに加工することで入手する。


これらの性能には優劣はなく、用途に応じて素材を選ぶものらしい。

たとえばミスリルは強度では劣るが、付与（エンチャント）が行いやすく魔法装備を作りやすい。メテオライトは重量があるので斧や大剣、ハンマーに向いている。ダマスカス鋼は刃物全般に向いているという感じだ。このクラスの素材になると、自分で原材料を持ち込む必要があるようだ。

サンプルも小さな欠片サイズしかない。そして最高クラスの装備を作るための最高の素材は――


魔法金（オリハルコン）――ミスリルの上位互換。詳細不明。

超硬石（アダマンタイト）――メテオライトの上位互換。詳細不明。

神鉄（ヒヒイロカネ）――ダマスカス鋼の上位互換。詳細不明。

――と、されている。実物がないので、詳しい情報どころか見た目もわからない。現時点ではまさに幻といえる。

貴金属や宝石はサブ素材や強化素材だ。たとえば、宝石は属性強化に必須だ。銀は聖水と一緒に使うと、装備に聖銀コーティングを施すことができる。これはアンデッドに有効で、物理攻撃の効きにくいゴーストなどにも効果がある。

うん、聖銀コーティングはぜひ欲しいな。森はアンデッドだらけだし。


とりあえず俺は、メインウエポンとして青銅製の槍『ブロンズスピア』を購入した。結構高かったけど、スケルトンのドロップした武器が意外に高く売れたのだ。

さて、小さい蛇や穴だらけの骨が相手の場合、打撃武器のほうが有効だ。だから、サブウエポンとして長柄の打撃武器のロッドも欲しいところだ。

だが、残念なことに『ブロンズロッド』を買えるほど金に余裕はない。ここはおとなしく槍だけで我慢しよう。

装備を調えたあと、金が余ったら安いロッドを買うことにしようかな。俺は【棒術】スキルを持っていないけど、ロッドを使っていれば戦闘報酬で覚えるかもしれないし。

事前情報では、たいていの町ではどこかでスキルが売っているはずなんだよな。でも、ざっと見た限りだとこの町にスキル屋ってのはなかったはずだ。まあ、そのうち見つかるだろう。

「防具はどうするかな」

上位プレイヤーほど初期は防具より武器を優先する。プレイヤー自身の技量で敵の攻撃を回避して、やられる前にやるからだ。壁役(タンク)は別だが。

とはいえ、ソロで敵が強いとなると、そうも言っていられない。

余裕と油断は違うのだ。初期装備のままというのはマズイだろう。

防具のリストを見ると軽装鎧(メイル)、重装鎧(アーマー)、ローブなど結構種類は揃っていた。

メイルとアーマーは混同されがちだが、このゲームではハッキリと分かれているようだ。

身体の広範囲を装甲(プレート)で覆う重装鎧はアーマー。皮や帷子(かたびら)の下地に、部分的に装甲を着けた軽装鎧がメイルとなっている。そして、胸当て(ブレストプレート)はメイルの一種だ。

ちなみにレザーアーマーは、アーマーではあるけど軽装鎧に分類されていた。ややこしいな。

種族やスキルによる防具の規制は特にないが、〝重ね着しすぎると重くなる〟〝重装鎧の上にローブを着たりすれば動きにくい〟など、一般的な縛りは当然ある。重装備で防ぐも軽装備で避けるも、すべてはプレイヤー次第だ。

俺個人としては軽装のほうが好きだ。回避が得意だからな。

そういえば、ここには金属系の装備しか売っていない。モンスター素材の装備は鍛冶屋で作ってもらえってことか。

「残念、手持ちの素材にレザーアーマーに向いた皮はないか……」

そうなると、候補はブロンズの軽装鎧か胸当てだな。よし、ブロンズのメイルにしよう。これなら上からコートやマントを装備できそうだし。それでは、『ブロンズメイル』購入だ。

「使えそうな素材は残してあるし、靴とかグローブとかは欲しいところだな。鍛冶屋と、あと道具屋にも行ってみるか」

靴はただの防具ではなく、移動の補助もしてくれる。グローブは性能次第では素手よりも上手く武器を振るえる。安くてもいまから装備して感触に慣れておいたほうがいいだろう。手持ちの素材ではポイズンスネークの蛇皮なんかが使えそうだし。

購入計画を立てつつ、俺は武器防具屋をあとにした。

＊　＊　＊

鍛冶屋に向かって町の中を歩く。不気味な像や絵がなければ普通の町だ。

俺しかプレイヤーがいないけど。

「ここか。結構暑いな」

鍛冶屋は町工場といった感じだが、炉があるので暑い。

「……ここも客がいないな」

プレイヤーがいないのはわかっているが、ここも武器防具屋もＮＰＣの客すらいない。店主だけだ。隠れ里だからさびれているってことか？　それとも、道具屋で売っているんだろうか。

それにしたって包丁くらいは買うだろうに。

「いらっしゃい。ご注文は？」

鍛冶屋の店主は、武器防具屋の店主より愛想がよかった。さっそくシャドウウルフの毛皮でフード付きコートを、ポイズンスネークの蛇皮から靴を作ってもらい装備する。ＮＰＣ作なので品質は普通。まあ、現時点ではプレイヤーが作るより高品質だろう。

あとは蛇皮のグローブも欲しいところだな。いまは素材がないから後日か。

次は道具屋に向かおう。毒消しを買わないと。

＊　＊　＊

「お、人がいる」

初めて店員以外の人がいた。でも、客って感じじゃないな。ＭＰポーションや網、つるはしなどを購入してから話しかけると——

「スキルはいかがでしょう」

——なんとスキル屋さんだった。小さい町なので店が共同らしい。

【棒術】か【解析】を買おうと思ったが、スキルは値段が高い。

もう少し我慢して、金が貯まったら買うことにしよう。いまは財布に余裕がない。現時点では装備のほうが必要性は高いし。

品揃えはというと、初期スキルとしてメニュー画面で選択したものと同じだ。

そういえば、スキルは勝手に覚えるものも多いが、買わないと覚えられないものもあるらしいな。

必要そうなスキルもピックアップしておくか。

「ふう、さすがに疲れたな……。今日はこの辺にしておこう」

俺は宿屋に戻り休養を取ることにした。

そして翌日。体感的には一瞬だが、疲れは取れて絶好調だ。

「では、いざ素材集めに」

気力を取り戻した俺は、素材集めとスキル強化のために町を出た。

向かうのは沼だ。蛇皮が欲しいし、こっちのほうが安全だからな。もちろん無理はしない。

火ばかり使うとバランスが悪いので、意識していろいろな属性の魔法を使って戦う。ノンアクティブで動きの鈍いウィスプはいい的だ。ちなみにドロップアイテムは『魔石の欠片』だった。精霊系らしい素材だな。

採掘や釣りなども試してみたいし、結構忙しいな。

そうこうしているうちに二日が経った。いま、俺の視界にはタイマーが浮かんでいる。メニューを操作したら出てきたこれが示すのは、強制ログアウトまでの時間らしい。

まだ余裕があるが、ゼロになる前にログアウトしろということだな。廃人どもにとっては、刑執行までのカウントダウンみたいなものだろうけど。

装備もスキルもそれなりに揃えたのだが、ひとつちょっとした（?）問題があった。

どうやら悪魔という種族は、戦闘系以外のほとんどのスキル適性が低いらしいのだ。

スキル自体は覚えられたのだが……。

採掘しても石ころだらけ、竿を構えれば魚が逃げ、網を持てば虫が逃げる。おまけにピッケルや網もボキボキ壊れた。料理をすれば炭になり、鍛冶をすればクズ鉄になり、調合すれば謎のヘドロになった。生産系は壊滅である。

比べる相手がいないので確証はないが、素材採取もかなり怪しい。採取した素材は、やたらと低品質なものが多いのだ。最初は〝序盤だしこんなものだろ〟とか思っていたが、疑念は深まる一方だ。いや、正直すでに俺の中では確信となっている。

……地味に嫌なデメリットだった。ここはさっさと割り切ろう。

鉱石や薬は購入し、鍛冶も店に任せた。どうせ初期なら、アイテムのクオリティはそう変わらんだろう。ゲームが進んだら、鍛冶師や素材屋をやるプレイヤーに任せればいい。

いちおう、素材サーチ系のスキルは購入したからいざとなったら根気だな。

現状でも、でかい町ならもっと楽なのだろうか？　さっぱりわからん。

考えてみれば小さな町にひとりなのだ。情報弱者もいいところだ。

「そういえば情報交換サイトはどうなったかな」

別に八日間、リアルで四時間ログインし続ける必要はない。一度ログアウトして情報収集するのもいいかもしれない。

「じゃ、ログアウトするか」

そして俺は、現実世界へと帰還した。

＊　＊　＊

◇宏輝◇

ログアウトした俺は、フレンドサイトを覗いてみた。案の定、まだ誰も戻っていない。廃人どもめ。伝言くらい残しておくか。俺の種族を聞いて狂乱するがいい。フハハハハ。

フィオ〈初期種族〈悪魔〉でした。〉

とりあえずはこれでいいかな。驚く顔が目に浮かぶわ。

さあ、次は情報交換サイトだな。

「どれどれ、おお、なかなか賑わっているな」

フィールドの情報、敵の情報、アイテムの情報、スキルの情報、種族の情報、あらゆる情報が載っている。じゃあ、いま一番気になっていることを調べてみようか。

「やっぱり初期種族のせいか……」

サイトには、俺と同様に始まりの町以外の拠点からスタートしたプレイヤーの情報も載っていた。彼らの共通点は初期種族が上位種族であること。

ランダム種族を選んだプレイヤーは結構いたようだが、上位種族を引き当てたプレイヤーは四サーバー合わせても五十人以下のようだ。もちろん、まだ情報が上がっていないだけで増える可能性はある。

妖精種は『妖精の集落』、獣人種は『獣人の集落』から始まり、俺同様、敵の強さに驚いたようだ。何度もやられてデスペナルティがきついらしい。……死んでなくてすいません。

デスペナといえば、通常のグリーンプレイヤーはランダムで一個アイテムを失い、金とスキル経験値が少し減るくらいだ。しかし、罪を犯したオレンジプレイヤーや、ＰＫなど重犯罪をやらかしたレッドプレイヤーはデスペナの重さが跳ね上がるらしい。

さらにオレンジやレッドを攻撃しても罪にはならず、場合によっては賞金まで懸かるとか。

んん？　そんな情報がすでに載っているということは――

「もうオレンジやレッドがいるのかよ……」

呆れた俺だが、実は彼らには彼らなりの理由があったのだ。

「吸血鬼に悪魔ね」

そう。彼らは特殊種族への転生条件を探していたのだ。

天使は翼を持つフリューゲルが関係を疑われているようだ。リッチ希望者は魔法スキル、主に闇系を伸ばしているらしい。

そして吸血鬼と悪魔は、いかにも悪っぽい種族だ。

プレイヤーもモンスターも死ぬとポリゴンになって消える。ただし消えるまでに若干の猶予がある。そして死なずに傷を負った場合、現実より控えめだが傷に応じた血が出る。

そう。ヴァンパイア希望者たちは、プレイヤー、NPC問わず襲って血を飲みオレンジとなったのだ。おえ……。できるんだ、吸血。馬鹿じゃないかと思うが、本人たちはいたって真面目で本気だ。うん、よりタチが悪い。

悪魔希望者はもっとわかりやすい。悪魔＝悪い奴、という単純明快な考えからあらゆる悪さをやったのだ。そこにはＰＫも含まれていて、彼らはレッドプレイヤーとなった。その結果、賞金を懸けられ、めでたく討伐されたそうだ。うん、アホだ。アホばっかりだ。

さて、ほかに気になっていることといえばあれだろう。

「やっぱり、始まりの町にはギルドがあるのか……」

ある程度でかい町には仕事を斡旋してくれるギルドがあり、たいていのプレイヤーはそこで金を稼いでいるらしい。ギルドには冒険者ギルド以外に職人ギルドもあるので、その辺は公平だ。生産プレイヤーたちも、主にそこを利用して仕事を探しているらしい。

あと目を引いたのはスキル融合に成功したという話だ。どうやら【斧術】と【槍術】を鍛えていたところ【斧槍術】を覚えたらしい。斧槍とはいわゆるハルバードと呼ばれる武器のことだ。ほかにも曲刀と槍で薙刀だの、大剣と刀で大太刀だの、いろいろな組み合わせが予想されていた。

これは面白い。俺もチャレンジしてみよう。

有益な情報を多数得たお礼に、知っているモンスターの情報を念のため匿名で投稿した。

マニュアルを読まない君たち、情報は大事だよ。

「よし、じゃあ再開するか」

収穫は上々。俺は意気揚々、再び第二の世界へ旅立った。

＊　＊　＊

◇フィオ◇
黒の隠れ里に降り立った俺は、ブロンズロッドと【棒術】のスキルを買った。防具は結構揃ったし、そこそこ金に余裕があったからだ。

それに武術の流派によっては、槍術と棒術は槍棒術としてまとめられている。上手くいくとスキルが融合するかもしれない。

「では、生産系はスッパリあきらめて、戦闘系に集中しますか」

人間、割り切りとあきらめが肝心だ。

それからしばらくは自身の強化に励むことにした。


数日後、俺は以前驚かせてくれたゴーストどもの撃破に成功していた。グリーンスライムの群れも怖くない。なぜなら火属性の範囲魔法を覚えたのだ。

火属性中級魔法【ブレイズ】。扇状に広がる炎の波を発生させることができる魔法だ。物理攻撃の効きにくい連中は魔法耐性が低いらしく、あっさり沈んだ。まあ、不意打ちが成功したおかげでもあるんだけど。

ゴーストは結構群れでいるし、グリーンスライムは腐肉で集めて一気に焼いた。

卑怯？　ソロに正々堂々とか求めないでくれ。こっちがやられちまう。

武器スキルも予想どおり【槍棒術】が発生した。突き技の【スラスト】と横薙ぎ技の【スイング】のコンボは使える。武器で攻撃を弾くガードスキル【パリィ】も覚えることができた。

シャドウウルフを武器だけで倒せたときは、思わず喜びの叫びを上げてしまった。強いんだよ、あいつ。

「そういえば、そろそろランクアップしてもいいと思うんだけどな……」

モンスター討伐のペースが上がったこともあり、初期に比べるとかなりステータスは上昇している。

初期種族は、上位種族に昇格するとステータスが上昇補正されるらしい。しかし、特殊種族に転生しても補正はかからない。上位種族からの転生も考慮してのことだろう。あまり強すぎると、プレイヤーがみんな特殊種族を選んでしまうだろうからな。

で、特殊種族は昇格しない代わりにランクが付いている。

いまの俺は最低ランクの〈下位悪魔〉だ。ステータスの上昇によってこれが、中位、上位と変化するのだろう。

ほかの種族は昇格によって、種族固有のスキルが一気に解禁されるらしい。初期種族でもいくつかは使えるようだが。

そして特殊種族はランクアップによって、徐々にスキルが解禁されていくらしい。

まあ、もとが強いからそんなにポンポンとランクアップはしないのだろう。

そもそも現状では大半のプレイヤーが初期種族。いまのままでも十分だ。鍛えた分はしっかり強くなっているからな。

そろそろ、いままで行けなかったフィールドの深部に行けそうだ。ダンジョンとかはないようだがボスとかいるのだろうか。

まあ、行ってみればわかるか。まずは死霊の森かな。

＊　＊　＊

森の奥に進むと『ジャイアントスパイダー』や『ジャイアントワーム』、『腐肉鳥（ゾンビバード）』や『腐肉犬（ゾンビドッグ）』などの新しい敵が出てきた。グロ方面に期待を裏切らない森だ。

だが、グロいといえば『食死鬼（グール）』だ。その名のとおり、奴はゾンビ系モンスターを襲って食っていたのだ。リアルすぎるのも考えものかもしれない。

さらに奥に進むと周りの雰囲気が変わってきた。太い糸や巨大な繭があちこちにある。

「……すごく嫌な予感がするぞ」

そして木々の途切れた広場に奴はいた。

全身が腐った巨大な蛾『腐肉大毒蛾（ロトンモス）』。このフィールドのボスのようだ。

白状しよう。俺、佐藤宏輝は蛾が大嫌いである。思わず逃げ出すほどに。さらに奴は腐っている。グロさ倍増。最悪だ……。

正直言って逃げたい。しかし、すでに奴は鎌状の前足を振り上げて臨戦態勢。見逃す気はゼロだ。やるしかない。

――キイイィィィ

「うおっ!!」

――ドォン！

耳に痛い音とともに、奴の触角から不可視のなにかが撃ち出される。飛びのいた俺の後方で、転がっていた繭が砕け散った。これはおそらく超音波攻撃だ。

鎌を振り上げて襲ってくるロトンモス。槍を使ってさばき、おかえしの【ファイア・バレット】を撃ち込む。やはりアンデッドだ。火が効いている。

余談だがバレット系は無詠唱で撃てるようになった。

詠唱を思考で行う詠唱省略。発動トリガーも省略する無詠唱。どちらもトッププレイヤーの証だ。特に動きながらの無詠唱は、思考の並列処理が求められるので難易度が高い。

――ヒュン　ヒュン　ヒュン

と、奴は突然距離を取り、激しく羽ばたき始めた。直後に放たれる無数の風刃。範囲が広く、避けきれない。

「【シールド】！」

無属性の防御魔法で対物理障壁を張り、木の陰に逃げ込む。シールドはあっさり破られたが、その一瞬でなんとか回避に成功した。

様子を見ると、抉れた地面が紫色に変色している。

「毒か……」

さて、どうするか。自分に攻撃が集中するのがソロのきついところだ。攻撃が見えていても、範囲や物量に対応しきれなければ、食らってしまう。

――ズズン！

盾にしている木に衝撃。見てみると幹が大きく抉られている。さっきの超音波か。これじゃあ長くは持たないな。

こういうときは――

「困ったときのアイテムだ」

使えそうなアイテムを探し、作戦を立てる。某ゲームだって罠を駆使してモンスターを狩る。なにか手はあるはず。


――ドゴォ！


再び衝撃。そろそろ限界か。

「【シールド】！」

再び対物理障壁を張り、木の陰から飛び出す。当然、襲い来る毒風刃。

「ちっ！」

一発掠った。でも初被弾だ。ダメージは小さいが毒が心配だ。

別の木の陰に転がり込んで、コンディションをチェックする。

「……大丈夫だったみたいだな」

気を取り直して、アイテムボックスから『スライムの体液』をありったけ取り出す。それを隠れている木にかけると、幹がジュウジュウと溶けだした。強い酸だからな。

同時に石を適当な方向に投げて、奴の気を逸らす。

向こうからは見えないだろうが、幹は半分ぐらいまで抉れている。

「よし、あとは……」

耳を澄ます。すると聞こえる。超音波のチャージ音が。

「来い！」


——ズドォォン！


超音波が俺の潜む木に直撃し、両側から幹を抉られた木が衝撃でぐらりと揺れてこちらに傾く。

「【スイング】！」

俺は三角飛びの要領でほかの木を足場に飛び上がり、傾いた木の上部を一撃した。木がぐらりと向こうに傾く。

「まだだ！　【スラスト】！」

さらに突きを撃ち込むと木はへし折れ、技の反動で硬直していたロトンモスを押し潰した。落石や溶岩、毒沼など、地形やそれを利用した攻撃のダメージというやつはバカにならない威力だ。これだけの巨木に潰されれば、プレイヤーなら即死だろう。

少なくとも俺なら死ぬ。が——

「まだ生きているのかよ……」

さすがはボス。しぶとい。しかし、太さ一メートルはある木をはねのける力はもうないようだ。

「成仏しろ。【ブレイズ】」

——ボン！

ロトンモスは木ごと燃え上がり消滅した。

「ふう……もう二度と見たくないな……」

個人的に最悪の敵を打ち倒した俺は、死霊の森を制覇した。


ロトンモスを倒したドロップアイテムには、予想外のものがあった。

単独撃破報酬『防毒の首飾り』　効果　毒無効　★★★★★
最速撃破報酬『死蛾の短剣』　能力　猛毒（大）　★★★★★

どちらも★五と現状では破格の高ランクだった。しかも、短剣の効果はただの毒ではなく猛毒だ。

単独撃破はあとから何度でも達成できるが、最速撃破は最初のひとり、もしくは一パーティしか達成できない。レアなのは当然か。

いちおう予備にロッドを持っているが、取り出す手間がかかる。サブ武器に短剣を装備しておくのもいいかもしれない。

首飾りも当然装備した。よし、次は沼だな。

その前に町で休憩してアイテムを補充する必要があるか。沼のボスもあの蛾クラスだとすると油断はできない。店で爆弾でも売り出さないかな……。

＊＊＊

そして、やってきたのは沼地。

奥に進むと二メートルほどのワニ『アリゲーター』や骨魚の『ボーンフィッシュ』が現れる。

ボーンフィッシュは水から水にジャンプするので、槍をバットのように使って陸に弾いた。そうなればビチビチするだけの雑魚だ。

アリゲーターは鱗のない口が弱点だった。正面に立つのは勇気がいるが、槍との相性がいい。後ろに回ると、逆に尻尾の反撃を受けるし危険なのだ。そういえば、ワニ皮と蛇皮はどちらの質がいいのだろう？　鍛冶屋で要確認だな。

最奥と思われる場所は、丸い二十メートルくらいの小島だった。足場をぐるりと水が取り囲んでいる。まるで闘技場だな。敵がいないけど。

〈グゲェー‼〉

そう思っていたら突然鳴き声が響き渡り、水中から半魚人が飛び出してきた。名前は『サハギン』。

身長は百八十センチほどで、俺より一周りでかい。

「人型か。好都合だな」

ほかのゲームでＰｖＰの経験がある者にとって、人型モンスターはむしろやりやすい。

両腕から生えた、刃物のようなヒレで襲いかかってくるサハギン。俺はその攻撃を回避して、カウンターで槍を突き込む。やはり蛾よりも戦いやすいな。

だが、幾度かの攻防で不利を悟ったサハギンは、水中に飛び込んだ。

「泳ぎなんて鍛えてないぞ……」

グリーンスライムの巣で泳ぐなど、ただのバカだ。悪魔が【水泳】スキルに向いているかも怪しい。だから【水泳】スキルの購入は考えていなかった。

水中の影に【バレット】を打ち込んでみるが当たらない。【ブレイズ】も水中には届かない。と、サハギンが水面に顔を出した。チャンスか？　と思ったのも束の間、口から噴出された水ブレスが襲ってくる。

「うおっと！」

直線攻撃だったので回避は楽だが、奴はまた水中に潜ってしまう。

「くそ、落ち着け……」

奴はさっきの攻防で不利を悟り、水中に逃げた。蛾と違い、それなりの思考能力がある。

「ならば……」

俺は右手に槍、左手に短剣を持ち、わざと隙を見せた。こうすれば……。

——ザパァーン

左後方から飛びかかってくるサハギン。シャドウウルフと同じだ。半端に知能があるからフェイントや誘いに弱い。振り下ろされた爪を槍で防ぎ、ガラ空きの胴に死蛾の短剣を突き込んでやる。

〈グゲゴッ⁉〉

苦しげに呻いて水中に逃げるサハギン。しかし、水中でも短剣が与えた猛毒は容赦なく奴のＨＰを削る。もちろん継続して水上におびき出し、カウンターを叩き込む。

やがて毒で全身が紫に染まり、ボロボロになったサハギンが苦しげに水面に浮いてきた。

「とどめだ！」

一番効きそうな【スパーク・バレット】を撃ちまくると、サハギンはついに力尽きた。

ドロップアイテムを確認しようとすると、メッセージが表示された。

《フィオは『中位悪魔(ミドルデーモン)』にランクアップしました》
《スキル【使い魔契約(ファミリア)】が解禁されました》

新しく手にしたスキル【使い魔契約】。

文字どおり、モンスターを自分の下僕(しもべ)にするスキルのようだ。自分が相手を下僕にしたいと思うだけで発動する。だが、攻撃的(アクティブ)なモンスターは、戦って勝たなければ下僕にはできない。もちろんスキルの成功確率は百パーセントではないので、運次第といったところだ。

条件もある
一――使い魔は三体まで（ランクアップにより増加）。

二――一度に呼び出せるのは一体まで（ランクアップにより増加）。

三――強いモンスターほど契約しにくい。
四――使い魔は主人の能力上昇、主人への信頼度によって成長する。
重要なのはこんなところか。ちなみに召喚しなくても信頼度は上昇するようだ。
となると――
一――初期に弱いモンスターを使い魔にして成長させる。
二――ベータテスト後半に強いモンスターを使い魔にする。
この二択になるわけだが、どちらを選ぶべきだろうか？
考えた末に、俺は前者を選んだ。ポ〇モンだって弱いうちから育てたほうが、最終的には強くなるし。
そういえば使い魔は、【召喚】スキルの召喚獣や【テイム】スキルの従魔とどう違うのだろう？
あとで情報交換サイトで調べよう。

おっと、サハギンのドロップアイテムを忘れるところだった。
奴が落としたのは――
単独撃破報酬　耐水の腕輪　効果　水耐性（小）　★★★
最速撃破報酬　アメンボの指輪　効果　水上移動　★★★★★
なかなか、面白いものが出た。

耐水の腕輪は★四、アメンボの指輪は★五だ。ふたつのアクセサリを着けて水へ向かう。さっそく実験だ。

――パシャ

少しフワフワするが水の上に立てた。フィールドによっては頼もしい効果だな。

「じゃ、町に戻るか」

目的を果たし、俺は町に引き返すことにした。

水上を歩いていたら、真下からアリゲーターが襲いかかってきて、死ぬほど驚いたのは余談だ。

モンスターパニック映画かよ……。

＊　＊　＊

町に戻り休憩した俺は、森に向かっていた。

やはり使い魔にするなら奴だろう。待っていろ、シャドウウルフ。気合を入れて、いざチャレンジだ。

しかし――

「夜になってしまったな……」

倒しても倒しても、シャドウウルフは使い魔にならない。プレイヤースキルで薙ぎ倒しているが、ステータス的にはまだ奴は強敵の部類に入るのだろう。

今日はあきらめて一度引き返すか。

昼でも気味が悪いが、夜の森はさらに不気味だ。

ふと気が付いたのだが、明かりもなにも用意していない真っ暗闇。なのに最低限は周囲が見えている。悪魔には暗視能力もあったのか。いままで気付かなかったが、ありがたい能力だ。


行きに倒しまくったからか帰りに敵が出ない。暇な帰り道だ。

と、そのとき、木の上に光が見えた。ゴーストより小さい。ウィスプか?

〈クスクスクス……〉

十数センチほどの光が笑い声を上げた。あれは――

「妖精?」

木の上からこちらを見つめていたのは、小さな妖精『ピクシー』だった。

いままで夜に森に来たことがなかったので、木の上の彼女たちの存在に気付かなかったようだ。

相手が攻撃的なモンスターなら不意打ちを受けていたところだな。危ない危ない。

そろそろ探知系スキルを手に入れないと。

「これもなにかの縁か……」

俺はピクシーに向けて【使い魔契約】スキルを発動する。

するとピクシーはふわりと寄ってきて、両手を差し出した。なにか欲しいのだろうか?

いろいろアイテムを見せてみるが、お気に召すものがないらしい。花、草など、それっぽい物は見せたのだが。

「なら、光り物かな？」

ウィスプのドロップアイテムの『魔石の欠片』を差し出してみた。

お、興味を持っているぞ。当たりだ。

ピクシーが笑顔で受け取ると、欠片は光の粒になって消え、彼女に吸い込まれた。

《契約に成功しました。名前を付けてください》

聞こえてくるアナウンス。名前か……。

「よし。『フェイ』にしよう」

種族　〈ピクシー〉
名前　〈フェイ〉
属性　〈風〉
ランク　一
《使い魔契を約完了しました》

契約を終えるとフェイは光の粒子になり、俺の影の中に消えていった。影が待機場所のようだ。

「死霊の森にピクシーか……」

以前なにかで、行き場をなくした子供の魂がピクシーになるという話を聞いたことがある。

「そう考えるとミスマッチとも言えないのかもな……」

開発者の誰かが、その話を知っていたのかもしれない。そんなことを考えながら俺は町に引き返した。

＊　＊　＊

◇宏輝◇

再びログアウトした俺は、情報収集に精を出していた。

友人たちとはすれ違いになったようだが、共同サイトには質問と詰問がしっかり届いていた。あとで直接答えよう。すさまじく嫌な予感がするが……。

さて、『使い魔』と【召喚】スキルで呼び出す『召喚獣』は、呼び出し方式が違うらしい。

使い魔は呼び出すときにＭＰを消費するが、召喚獣は消費なしで呼び出せる。代わりに召喚している間はＭＰが減り続けるという。

現状では二体以上の同時召喚ができる者はいないようだが、二体で二倍、三体なら三倍減り続けるのだろう。まあ、プレイヤーたちの予想だが。

召喚獣契約には、契約したいモンスター一体につき一個の『召喚のオーブ』が必要で、いまのところ数の制限はないらしい。ただ、召喚獣の強さは召喚者の能力に応じて多少は修正されるものの、基本的に成長しないようだ。

オーブは消耗品で、召喚獣は武器防具と同じ。弱くなったら新しく強いものを用意するってことか。まあ、戦闘以外でも役に立つ能力はあるし、愛玩用という目的もあるけどな。

「テイムのほうは……。うおっ、流行ってるな」

テイムに必要なのは当然【テイム】のスキル。

野生のモンスターをテイムする方法は『使い魔』と変わらない。テイムしたいモンスターを、スキルを使ってから倒すだけだ。従魔になったモンスターは、しっかり成長もするようだ。

ただし従魔はプレイヤーひとりにつき一体まで。別の従魔が欲しい場合は、いままでの従魔と別れる必要がある。

割り切れる奴はともかく、それまでの従魔に愛着がある者は、従魔が力不足だと感じたときは迷うだろうな。

「ほう、魔獣屋か」

野生のモンスターをテイムしなくても、魔獣屋という施設で卵が売っているらしい。ただし、現状では魔獣屋は始まりの町にしかないようだ。

いまのところ、従魔は卵から孵すのが一般的なようだ。理由は単純に、そのほうがテイムするより楽だし確実だからだ。確かに成功率百パーセントは大きい。

そして、従魔の役割は戦闘だけではない。小動物型の従魔なら探査や索敵能力に優れており、大型従魔なら背中に乗ったり馬車を引かせることができる。

ひとりにつき一体ということは、パーティが四人なら四体の獣魔を連れて行けるので、全員が戦闘用従魔を持っている必要はないからな。

「おう……、ここでもランダムかよ」

魔獣屋の卵は生まれるモンスターがわかっている卵と、ランダムの卵があり、当然ランダムのほうは当たりがあれば、ハズレもある。そして値段が高い。まさにギャンブルだが、情報サイトには当たりを引いたプレイヤーの自慢話が載っていた。

「ワイバーンか。確かに当たりだな」

読んでみると、投稿者のパーティメンバーが前足が翼で尻尾に毒針を持つ竜の亜種『ワイバーン』を従魔にしたらしい。サイズはまだ体長一メートルくらいという話だが、いずれ人を乗せられるようになるかもしれない。さらにブレスなどの能力も覚える可能性が高い。確かに有望だ。

小型従魔としては視覚探知の鳥型、嗅覚探知の犬型、聴覚探知の兎型、暗視能力の猫型などが人気のようだ。魔女の下僕みたいだな。

大型従魔は二足歩行の小型恐竜『ダッシュラプトル』、ダチョウのような『ランドエミュー』、大型の馬『マスタング』などが人気らしい。馬車を引かせたり直接乗ったりすると移動が格段に楽になるとか。

「始まりの町か。行きたいんだが……」

どの方向に進めばたどり着けるかわからないのだ。

マップでも売ってないかと探してみたがないようだ。

まだ探索していないのは南だが、平原が広がるだけでなにも見えない。

「もうちょっと探索して、わからなかったら南に行くか」

と、そこで俺は気になる書き込みを見つけた。

そのプレイヤーは数少ない野生のモンスターテイム派で、テイムするモンスターを選別しているらしい。

〝野生のモンスターには個体差があり、強い個体がいれば弱い個体もいる〟〝自分はできるだけ強い個体を狙っている〟と、いうのが彼の主張だ。

「ふーん。確認してみようかな」

攻撃を避けるのは得意だし。じっくり見定めてやろうじゃないか。

次の予定を立てながら、俺はゲームを再開した。

＊　＊　＊

◇フィオ◇
「えーと、【シンクロ】か。これだな」

俺はスキル屋で新しいスキルを購入した。

パーティで行動する場合、【地図表示】スキルを持ってマップ係を担うのはだいたいひとりだ。

俺は平気だが、多くのプレイヤーはマップ情報に気を取られ、注意力が低下してしまうからだ。

そしてマップ係の従魔は探知系であることが多い。それは【シンクロ】というスキルがあるからだ。

【シンクロ】は本来、対象とした従魔や召喚獣の鋭敏な感覚を、主人にも与えてくれるスキルだ。

だが、【シンクロ】で得た感覚は、あまりはっきり感じられないらしい。もとから感覚の鋭い獣人系種族にとってはむしろ邪魔だそうだ。猫の暗視は便利だろうけど。

しかし、プレイヤーが【地図表示】のスキルを持っている場合、獣魔や召喚獣の感じ取った情報が視覚化されてマップに表示されるようになるのだ。まさにレーダー。一パーティにひとり必須だろう。

俺の場合、探知スキルがあまりに高額で、必要だとは思っても手を出せなかったのだが、【シンクロ】はお手頃価格だ。そして、このスキルは使い魔も対象にできる。俺は【地図表示】スキルは最初に入手済み。あとは探知能力持ちのモンスターだが、心当たりはある。


「よし。いるいる」

俺が目星を付けたのはポイズンスネークだ。俺の予想では、こいつは面白い探知能力を持っているはず。

さて、問題はどいつを狙うかだ。正直、見た目では違いがあるようには思えない。

「適当でいいか……んん？」

そこで俺は妙な奴がいることに気が付いた。一匹のポイズンスネークが、沼に首を突っ込んでジッとしているのだ。水を飲んでいるわけでもなさそうだし、なにをやっているのだろう。

――バシャ

近付いても反応がないので傍で見ていると、いきなり顔を上げた。その口にはカエルが咥えられている。おお、なるほど。こいつは狩りをしていたのか。

〈……〉

「……」

と、そこでようやくポイズンスネークは俺の存在に気が付いた。感情のない爬虫類の目が俺を見つめる。俺も目を逸らさずに見つめ返す。

――パチャン

見つめ合うことしばし、ポイズンスネークは興味をなくしたように沼に首を突っ込んだ。俺を無視して狩りを続行することにしたようだ。

確かに俺は敵意を見せなかったが、本来ポイズンスネークはアクティブモンスターのはず。自分から襲ってこないうえにプレイヤーを無視って、なんてマイペースな奴だ……。

「うん、なんかお前を気に入ってしまったな」

これが個体差というやつか。ちょっと癒やされてしまった俺は、こいつに【使い魔契約】スキルを発動した。

ポイズンスネークは沼から首を上げると、こちらをじっと見つめてくる。その反応ってノンアクティブモンスターのものじゃないのか……。

《契約に成功しました。名前を付けてください》

種族〈ポイズンスネーク〉

名前〈バイト〉

属性〈水〉
ランク 一

《使い魔契約を完了しました》

ポイズンスネーク改めバイトが要求したのは、当然のように食い物だった。腐肉はさすがに食わないだろうと、アリゲーターがドロップした『ワニ肉』をプレゼントしてみたら大当たり。喜んで丸呑みにした。チョロいぞ、バイト。

しかし、水属性か。アナコンダみたいな水蛇だったんだな。

それでは、バイトを呼び出し【シンクロ】を使ってみよう。余談だが【召喚】は「サモン」、【使い魔】は「コール」がスキル発動トリガーとなる。

「コール、バイト。【シンクロ】」

スキルを発動するとマップに赤い光点が現れた。茂みの点はおそらく蛇。水中の点はスライムだろう。少しスライムの反応が弱いが、これはわかりやすいな。

ポイズンスネークの探知タイプは『熱探知』だ。蛇はピットという器官で熱を感じ取り、レーダーとしている。だから狙った獲物は逃がさない。執念深いなどと言われる原因だろう。リアリティを追求した『リバース・ワールド・オンライン』ならば、と思ったのだが当たりだ。

探知タイプにはそれぞれ短所がある。

視覚系は障害物を見通せず、地中や水中は索敵不能。

嗅覚系は地中や水中の敵、そしてゴーレムのようににおいのない物質系の敵は探知できない。

聴覚系はゴーストやウィスプのように、音を立てない敵は探知不能。

バイトの熱探知は索敵範囲は広いが、熱を発さないアンデッド、ゴーレムなどは索敵不能だ。

まあ、いまのところ万能はないということだ。

次に戦闘力の確認のため、バイトを近くのスライムにけしかけてみた。

さて、物理に強いスライムとどう戦うのだろう。

バイトはバネのように飛び上がりスライムに咬みついた。スライムが紫に染まる。毒だ。

バイトは酸を持っているスライムの触手の先端に触れないように距離を取り、伸びてきた触手を尻尾で迎撃する。

「これは……」

毒が切れるとまた咬みつき、ヒット&アウェイでじりじりと削る。

そして、スライムは力尽きた。

「そういうことか……」

間違いない。いまの戦闘スタイルは、サハギン戦での俺のものを参考にしている。

使い魔が主人の強さに比例して強くなる、というのはステータスだけの話ではないようだ。戦闘ロジックも強化されている。これはありがたい事実だ。

「それじゃあ、次は森だな」

アンデッドだらけの森では熱探知は役に立たないな。バイトを戻してフェイを呼ぶ。

フェイは探知持ちではないが、従魔と同じく危険を察すると主人に教えてくれる。風属性のフェイなら感覚は鋭いだろう。イメージだけど。

そこで、ふと思い出す。例のサイトの情報だ。

「モンスターの個体差ね……。調べるなら奴だな」

肩の上にフェイを乗せ、俺は森に向かった。

＊＊＊

森の中、俺は無数のスケルトンと戦った。

個人的にはモンスターの個体差説には一定の信ぴょう性があると思っている。根拠はこの森にいるグール。奴はゾンビを襲って食っていた。

それは一種の戦闘ではないのか？　モンスター同士でも戦闘するとしたら、勝利し成長した個体も現れるのではないか？　そう考えたのだ。

そしていま、目の前にいる個体。

見た目は普通の剣と盾を持ったスケルトンだ。しかし空っぽのはずの眼窩に、俺はシャドウウルフやサハギンと同じ意思を感じていた。

それは強さも同じ。はっきりとほかのスケルトンとの違いを感じる。

時に剣で攻撃を受け流し、時に盾で殴ってくる。攻撃パターンが豊富なのだ。

「こいつだな」

最後の三体目。戦闘要員にこいつはふさわしい。

使い魔が主人の戦闘ロジックの影響を受けると知ったとき、最初に思い浮かんだのはスケルトンだった。武器を使用できる人型モンスターで、体格もある。

バイトでさえあれだけ俺の動きをコピーできたのだ。こいつなら……。

「成功してくれよ」

俺はスケルトンの頭部を横薙ぎで粉砕した。


そしていま、最後の使い魔が俺の足元にひざまずいていた。

《契約に成功しました。名前を付けてください》
種族〈スケルトン〉
名前〈ネクロス〉
属性〈闇〉
ランク 一
《使い魔契約を完了しました》

「さて、実力はどうかな」

周囲の見張りをしていたフェイを戻し、ネクロスを呼び出す。

結果は上々。彼は三体のスケルトンをあっさり返り討ちにした。文句なしに強い。だが――

「剣が折れたか」

俺、そしてスケルトンたちとの連戦で耐久度が限界を超えたのだろう。ネクロスの持っていたボロボロのブロンズの剣は折れてしまった。

「長所でもあり、短所でもあるな……」

フェイは魔法、バイトは自前の牙があるので武器を買い与える必要はない。

しかし、ネクロスには装備が必要だ。どうしても費用がかさむ。だが、強力な装備があれば一気にパワーアップできる。

「出費は痛いが、仕方ないか」

俺は町でネクロスの装備を買うことにした。

「盾は奮発して鉄にするか？　いや、待てよ……」

俺自身は剣も盾も使わないので、鍛冶屋のラインナップは見ていない。

もしかすると、手持ちの素材で鉄よりいい装備が作れるかもしれない。ボスの素材もあるしな。

＊　＊　＊

「こんなとこか」

ネクロスの武器は、ロトンモスのドロップ素材『死蛾の鎌足』から作った頑丈な片手剣『死蛾の大鉈』。例によって毒付加の能力持ちだ。

盾はサハギンの『半魚人の鱗』から作った『アクアスケイルシールド』。こっちは水の耐性持ちだ。

俺自身は蛇皮の靴とグローブをワニ皮製に替え、蛇皮装備はネクロスに渡した。

とりあえず、こんなものか。欲を言えば鉄製の槍が欲しいが、予算が厳しい。魔法があるし、あと回しでいいだろう。

「次は始まりの町探しか」

まずは森と沼をよく調べてみよう。それで、なにもなければ南へ行こうかな。

延々と歩けばなにか見えるだろう。

「そうだな、ついでにまたボスとも戦ってみるか」

＊　＊　＊

使い魔が参戦しただけで、戦闘はすさまじく楽になった。

沼のサハギンは、俺とネクロスに挟まれて水中に逃げることもできず倒された。

森の蛾は飛び回るフェイに気を取られ、俺の魔法にやられ放題だった。攻撃範囲の広い毒風刃も的の小さいフェイには当たらず、まぐれで当たりそうになっても風属性の防御魔法【エア・シールド】に逸らされた。

いまの俺は、自身の知覚速度や反応速度にアバターの能力が追い付いていない。しかし、使い魔たちは違う。自身の能力を限界まで引き出している。

頭の悪い蛾は、ダメージソースの俺より目障りなフェイを狙う。俺から【ブレイズ】を食らいこっちを向いても、フェイが【エア・バレット】を一発撃ち込むだけでそっちを向くのだ。一戦目が嘘のような楽勝だった。数の力は偉大なり。

そしてプレイヤー以外は数に入らないらしく、単独撃破報酬も出た。前回と同じものだったが、ありがたくいただいておこう。

大嫌いな蛾と嫌々戦って森を調べてみたが、始まりの町に繋がるような隠し通路などはなかった。沼にもなかった。

「やっぱ、南か……」

次の目的地を南に定め、町に戻って遠出の準備をすると、すぐに出発した。

「うーん、やっぱり見える範囲じゃなにもないな」

念のためバイトを呼び出して南へ歩きだすが、敵はいないし、地平線まで見渡す限り草原だ。

しかし、だいぶ歩き、町が小さくなったあたりで妙な違和感を覚えた。

なにか薄い膜を通り抜けたような感じだ。

「は？」

地平線だった草原の向こうに大きな町が見える。驚いて後ろを向くと地平線までの草原。

「これは……」

引き返して膜のようななにかを通ると、また小さく黒の隠れ里が見えた。

「結界ってやつか？」

向こうの大きな町、おそらく始まりの町と黒の隠れ里は、距離にすればそれほど離れていなかった。だがほかのプレイヤーは来ないし、いまのところ情報交換サイトにも載っていない。

本来なら、黒の隠れ里にたどり着くためにはなにかの条件があるのだろう。

「ほんとに隠れ里だったんだな……」

もしかすると、あの町にこそ『悪魔』に転生するための手がかりがあるのかもしれない。

もとから悪魔の俺には関係ないが。

「とにかく、ようやく始まりの町に行けそうだ」

俺はまた結界を通り抜け、遠くに見える大きな町に向かって草原を歩きだした。


「弱いな」

初めて見る敵『ゴブリン』、『ワイルドドック』、『ワイルドボア』などと遭遇するが、ほとんどがただの動物だ。バイトの一咬みで倒れるくらい弱い。フィールド名も『始まりの草原』だし、完全な練習用フィールドだ。

ちらほらとほかのプレイヤーも見かけた。なんだか感動してしまうな。馬車を引いて走る鳥、あれが『ランドエミュー』か。兎ばかり狙うプレイヤーはテイム狙いか、欲しい素材があるのか。

とにかく賑わっている。一万人のプレイヤーの大半が始まりの町をホームにしているのだから当然か。やがて見えてくる門。バイトは念のため戻しておこう。

そして、ようやく俺は正規のスタートポイントに立った。

――とそこで俺は、視界に浮いたタイマーが点滅していることに気付いた。

強制ログアウトまで一時間を切ったのだ。俺と同じタイミングで強制ログアウトなのだろうか。ほかにも多くのプレイヤーたちが、安全な場所でログアウトするためにゾロゾロと町に戻ってくる。

「ここまでだな」

俺も宿屋へ行きログアウトすることにした。

体感時間で十六日は結構長かったな。

第二章　第一エリア攻略

◇宏輝◇

「どういうことだ！」

「運だよ」

リザードマンのアバター『ヒデ』が問い詰めてくる。

「ずるいです……」

「そう言われてもな……」

フェアリーのアバター『カヨ』がジト目で睨んでくる。

「我々はやり直しを要求する！」

「やかましい！」

ドワーフのアバター『マサ』が無茶なことを言いだす。

「ひがんでやる！」

「好きにしろ」

ヒューマンのアバター『リエ』が文句を言う。

「呪われろ……」

「やんのか？　こら！」

オーガノイドのアバター『タク』がケンカを売ってくる。

ログアウトした俺は無数の立体映像ホログラムに囲まれ、つるし上げを食っていた。友人（の、はず）と妹のグループに。

ホログラムの姿はゲーム内のアバターで、名前もキャラクターネームが表示されている。彼らの部屋に映し出されている俺の姿も、悪魔のアバター『フィオ』のものだろう。

しばらく苦難の時間を過ごしていると、ようやく連中が落ち着いてきた。

やれやれ……。ようやく情報交換ができるな。

さて、彼ら、彼女らの種族と使用武器は――

タク　――　オーガノイド／戦斧
ヒデ　――　リザードマン／大剣
マサ　――　ドワーフ／ハンマー
リエ　――　ヒューマン／片手剣＆盾
ハル　――　エルフ／小剣＆魔法
アキ　――　ワーキャット／短剣
カヨ　――　フェアリー／杖＆魔法

――と、みんなバラバラだった。

聞くところによると、すでにいくつかのパーティが集まってギルドが組まれているらしい。ギルドはメンバーを集め、名前を決め、ホームを手に入れると登録されるそうだ。

もともとほかのゲームでトッププレイヤーとして有名な友人と妹たちは、すでにギルドの中核メンバーとして活躍中だとか。

そして俺の種族に関してだが、ぼかした情報を流す程度にしておいたほうがいいそうだ。

名乗り出るなどもってのほかだとか。

理由は悪魔希望者たちの悪行と、ギルド同士の対立だ。

現時点で判明している特殊種族の人数は――

第一サーバー　ヴァンパイア一／リッチ一
第二サーバー　リッチ一／天使一
第三サーバー　ヴァンパイア一／天使一／悪魔一（俺）
第四サーバー　ヴァンパイア一／リッチ二

――という状況らしい。

俺以外は皆ギルドマスターであり、彼らのプレイスタイル＝ギルドの方針のようだ。

それは俺の第三サーバーも例外ではない。ヴァンパイアのプレイヤーは常識人らしく、彼のギルドもいたって普通らしい。ヴァンパイア希望のオレンジプレイヤーたちは入団を拒否されたようだ。

そして天使のプレイヤーは、正義感の強い真っ直ぐな女性らしい。彼女のギルドもオレンジ、レッドのプレイヤーを許さず、積極的に討伐しているようだ。

もし、俺が名乗りを上げると、悪魔希望のオレンジ、レッドプレイヤーが群がってきて、俺を担ぎあげようとするだろう。そうなれば天使ギルドとの正面衝突だ。

いや、下手をすると〈悪魔〉というだけで狙われるかもしれない。一方的な正義感は目を曇らせるからな。

頭の切れる犯罪プレイヤーなら、ことあるごとに俺の名を出して天使ギルドとの対立を煽る。そうやって俺を自分たちの側に付かざる得ない状況に追い込む、なんてこともありえるわけだ。

別に俺をトップに据えても彼ら自身が悪魔になれるわけではないのだが、実はそう思い込む根拠がある。

それはヴァンパイアの種族スキル【眷属化】の存在だ。このスキルは、指定したプレイヤーを〈ヴァンパイア・スレイブ〉に種族変化させるらしい。

ヴァンパイア・スレイブの能力は、基本種族よりも高いのだとか。主人のヴァンパイアに絶対服従とか制約はあるようだが、もともと仲間同士なら関係ない。

【使い魔契約】の対象はモンスター限定なので、残念ながら彼らの希望には添えないけどな。

ともあれ、皆の言うことはもっともなので、俺は自分の種族は隠してプレイすることにした。窮屈だが仕方がない。『使い魔』は『召喚獣』だと言ってごまかそう。

ギルドへの所属もやめたほうがいいだろうな。

正直言って、過去にいろいろあった身としては、どうもほかのプレイヤーを信用しきれない。もう気にしていないつもりなんだが、トラウマってのは厄介だな……。

まあ、使い魔たちもいるし、ソロでもしばらくは大丈夫だろう。いざとなったら臨時パーティやレイドに参加すればいいか。

とにかく、やっと正式なスタート地点に立てたのだ。次のログインが待ち遠しい。

始まりの町は隠れ里と違って、いろいろ設備が充実しているみたいだしな。楽しみだ。

＊　＊　＊

◇フィオ◇
「さ～て、どこから見てまわろうかな」

再びログインした俺は、始まりの町を歩いていた。

さすがにいろいろな種族のプレイヤーがいるな。格好もさまざまだ。

全身ローブを着こんでいる奴もいるので、コートのフードを被って顔を隠していても目立たない。

俺が着ているのは、シャドウウルフの毛皮で作ったコートだ。真っ黒でかっこいいが、現時点では俺以外持っている奴はいないかもしれないな。

プレイヤーの店も多いが、知り合いがいないのでどこがいい店なのかわからない。

「金を稼ぐなら、冒険者ギルドかオークションか」

冒険者ギルドならクエストを受けられるし、職人ギルドではオークションをやっている。

オークションは、職人プレイヤーが自信作をより高く売るための場所だ。レアドロップの売買にも利用できる。ちなみに匿名制だ。

欠点は、資金力のある有力ギルドによる買い占めを許してしまう構造だろうか。

もっとも、個人でも直接職人プレイヤーと売買すればいい話だし、お得意さんにでもなれば職人プレイヤーも便宜を図ってくれるだろう。

俺のようなコネのないプレイヤーは不利なのだが、こればかりは仕方がない。この町に来たばかりなんだし。

「これとこれ、あとこの素材もまだ出回ってないだろうな」

二個目の『防毒の首飾り』と『耐水の腕輪』、そして素材をいくつか出品登録する。最低価格はNPCの買い取り価格の八割ほど。競売だから、ここから値段が上がっていくわけだ。あとは明日、金を受け取りに来ればいい。

さあ、次は本命の施設だ。

＊　＊　＊

「ここが冒険者ギルドか……」

冒険者ギルドは役所と酒場を合わせたような感じで、窓口がたくさんあり、一角は食堂になっている。

『リバース・ワールド・オンライン』では別になにも食べなくても死にはしないが、空腹だとスタミナが減りやすくなるなどのデメリットはある。料理を食べれば味はしっかりするし、食材によっては一時的にステータスにボーナスが付いたりする。

ちなみに俺の料理を食べるとＨＰが減り、毒状態になる。……悲しいほどに適性ないんだよ。

「う～ん、結構視線を感じるな……」

半月もすればたいがいのプレイヤーの顔は知れるからな。見たことない奴が来れば目立つか。

「いらっしゃいませ」

受付と思しきところへ行き、冒険者登録する。

受け取ったギルドカードには、幸い種族についての記載はなかった。

まあカードを見せなければいい話だ。受付もＮＰＣだしな。

ギルドカードに表示されているランクはＦだ。ここからＦＦ、Ｅ、ＥＥ～ＡＡ、Ｓ、ＳＳ、ＥＸと上がっていく。いまのところＣランクまでいったプレイヤーがいるらしい。

依頼リストを見る。いま俺が受けられる依頼はＦとＦＦ、Ｅランクを対象としたもので、どれも簡単だ。

「これと、これと、これと、これと……」

討伐系を片っ端から受けることにする。期限をすぎると罰金だが、三日もある。余裕だ。

一度横断した、町の北にあるフィールド『始まりの平原』。町の南に広がる『獣の森』。獣の森の中にある洞窟型ダンジョン『ゴブリンの巣』と建物型ダンジョン『コボルトの砦』。

どこも訓練用なので、出現する敵は雑魚ばかりのようだ。

「んじゃ、行きますか」

先立つものがないとどうにもならない。まずは金を稼がないと。

と、俺の隣を馬車が走り抜けて行った。

「いまの馬はただの馬じゃないいな」

そう、いま出発して行ったパーティは、馬車を『マスタング』に引かせていたのだ。

「従魔も欲しいところだな」

まだまだ始まりの町でやることは多いな。

＊　＊　＊

「へえ、ここがゴブリンの巣か」

練習用洞窟型ダンジョンであるここは、アリの巣のような構造をしている。無数の小部屋と細い通路で構成され、出現するモンスターはもちろんゴブリンだ。

ゴブリンは弱い敵だが、暗い洞窟という環境、細い通路での挟撃など状況次第では苦戦することになる。初心者はここでダンジョンのイロハを学ぶわけだ。

もちろん、出現する敵は奥に進むほど強くなっていく。武器を使う『ゴブリンチーフ』、防具を装備した『ゴブリンリーダー』、各属性の【バレット】を使う『ゴブリンメイジ』、光属性の初級回復魔法を使う『ゴブリンプリースト』、そして指揮能力を持つ強敵『ゴブリンジェネラル』。これらの敵を突破しないと、最深部に君臨する王『ゴブリンキング』に挑むことはできない。

暗い洞窟の中をバイトの熱探知を活用し、迅速に討伐を進めていく。

本来なら松明などが必要だが、俺には暗視があるし、バイトの熱探知も暗闇に影響されない。

「うーん、先客かな……」

思ったほど敵が現れない。おそらく倒された直後なのだろう。まあ、まだ入り口付近だし、最深部でボスを倒して戻ればそれなりの数になるはずだ。

と、バイトの熱探知にプレイヤーの反応が引っかかる。

マップの表示では四つの緑の光点が、別の色をした五つの光点に囲まれている。これは――。

「ふたつは赤、三つはオレンジ？」

赤は敵性ユニットを表す。ではオレンジは？

「……なるほど。そういうことか」

状況を把握した俺はプレイヤーたちの反応に向けて駆けだした。急いだほうがいいな。

＊　＊　＊

◆とある生産職パーティ◆
「そこを通してください！」

「そうはいかないね。通行料を払ってもらわないと」

「ふざけるな！」

「別に殺して奪ってもいいんだぜ？」

資金集めと素材集めのためにゴブリンの巣にやってきた私たち四人は、ゴブリンの群れを倒しホッとした瞬間、突然現れた五人の男性プレイヤーたちに囲まれてしまった。

私たちも話には聞いていた。特殊種族になるため、あるいは楽しいからとほかのプレイヤーを襲う者たちがいることを。

カーソルがオレンジやレッドになった犯罪プレイヤーは、町中では目立つ。だから、フィールドやダンジョンの安全地帯をホーム代わりにして、物資はほかのプレイヤーから強奪することで手に入れる。

プレイヤーは戦闘不能になって拠点に帰還すると、アイテムボックスの中のものは減らないが、手持ちのアイテムはほとんどが、装備は一定確率でアバターが消えた場所に残される。

この連中も、すぐ使えるようにアイテムボックスから出してある薬や食糧、武器防具を狙い襲ってきたのだろう。

ただでさえ数で負けているうえに、全員が戦闘直後で消耗している。そもそも私たち職人プレイヤーは戦闘が不得手だ。勝ち目などない。

絶望的な雰囲気が漂ったとき、入り口側からひとりのプレイヤーが現れた。

「話には聞いていたけど、ホントにやってるんだな」

黒いコートにフードを被り、槍を持った男性は感心したように言った。

彼は松明もなにも持っていない。夜目の利く猫獣人かと思ったが、フードのせいで種族もわからない。

「なんだ、てめえは！」

「邪魔しないでもらえるかな」

犯罪プレイヤーたちが騒ぐが、男性は気にした様子もない。

彼は私たちに歩み寄ると――

「助けたほうがいいですか？」

――と聞いてきた。

「お願いします！」

「協力して！」

彼が協力してくれれば数的には互角になる。そう思っての言葉だったが――

「じゃあ、真ん中に集まって動かないでください」

彼はそう言うと、前方を塞ぐ三人の犯罪プレイヤーと向き合った。後方を塞ぐ残りの二人はどうするのだろう。そう思ったとき、彼は呟いた。

「コール　ネクロス」

次の瞬間、彼の影から片手剣と盾を持った骸骨が現れた。

「なっ！」

誰もが絶句する中、彼は静かに命じた
「ネクロス、後ろのふたりを倒せ」

＊　＊　＊

◇フィオ◇
「なんだ、こいつは！」

「骸骨!?」

「こんな奴知らねえぞ！」

犯罪プレイヤーたちが動揺する。ネクロスはその隙を逃さない。スルリと大剣持ちのレッドプレイヤーに近付くと、右手の大鉈で腹を切り裂く。

「がっ⁉」

止めに、うずくまった大剣使いの頭を容赦なくかち割る。

「てめえ！」

我に返ったもうひとりがバトルアックスを横薙ぎに振るう。しかしネクロスは逆に相手に踏み込み、斧が振り切られる前に柄を盾で押さえて止めた。


——ガキィ！


金属音が響き、勢いを殺された反動で斧使いの動きが止まる。次の瞬間ガラ空きの首が切り裂かれた。急所へのクリティカルヒット。即死だ。

俺はあっけにとられる前方の三人の犯罪プレイヤーに声をかける。

「ぼさっとしていていいのかい？」

ハッとしたように慌てて三人がフォーメーションを組む。相手を襲うことには慣れていても、自分が襲われる側に立つことを考えたことがないのだろう。前衛は盾とメイス、中衛は槍、後衛は杖か。まあ、教科書どおりだな。しかし、縦一直線はよくないぞ。

「くっ、食らえ！　炎弾よ、敵を撃て【ファイア・バレ「遅い」は？」

――バリバリバリ！


「ぐあっ！」

「ぎゃあ！」

前方の三人は、無詠唱で放った中級雷魔法【ライトニング・ボルト】の一撃でまとめて吹っ飛んだ。ＨＰは全員ゼロ、勝負ありだな。ペナルティを受けてこい。

＊　＊　＊

◆とある生産職パーティ◆

「無事ですか？」

「は、はい。みんな軽傷です」

「じゃあ治療しましょうか。【アース・ヒール】」

犯罪プレイヤーをあっさり倒した黒いフードコートの男性は、呼び出した骸骨に見張りをさせると、私たちの治療を始めた。

光属性は初級で回復魔法があるが、水属性と土属性は中級にならないと回復魔法はない。つまり、彼は雷属性と土属性の中級魔法を使用できるサモナーということか。

「じゃあ、俺はキングを討伐してきますけど、このあとどうします？」

尋ねられたが、もうこれ以上探索を続ける気力はないので、自分たちは引き返すことにする。

そう伝えると彼は――

「縁があったらまた会いましょう」

そう言って彼はひとりで……いや、恐るべき戦士を引き連れて巣の奥に進んで行った。

彼らにとってボスのゴブリンキングなど雑魚同然だろう。

「いまの人、知っている？」

「見たことないし、話も聞いたことない」

「強力な召喚獣がいないと、サモナーなんて地雷職だ。逆に言えば、あんな怪物を従えてるサモナーなんていたら大騒ぎだぜ」

「じゃあ、私らが初遭遇？」

とにかく、町に戻ってギルドの仲間に報告だ。情報も集めないと。

＊　＊　＊

洞窟で犯罪プレイヤーに襲われた職人プレイヤーたちが帰還して数日が経った。始まりの町は『圧倒的な強さのスケルトンを使役し、自身も多属性の中級魔法を無詠唱で使用できる黒いフードコートのサモナー』が現れたという噂でもちきりとなっていた。

自分のパーティやギルドに誘おうとプレイヤーたちは動いたが、そのプレイヤーを特定することはできなかったという。

それもそのはず、黒コートさえ脱いでしまえば、ただの槍使いを装うことなど簡単だったからだ。

そう、いち早く状況に気付いたフィオは、ＮＰＣの店でコートを別の色に染めてもらったのだ。

彼はいま、青いコートを着ており、ネクロスを呼ぶのも控えている。

「もっと自重しないとだな……。疲れた」

＊　＊　＊

◇フィオ◇

俺は自重したが、立ち止まらなかった。

ソロプレイは全滅のリスクが高いが、経験値を独占できるので戦闘スキルの上昇が速い。あっという間に近場のフィールドはやり尽くし、ギルドランクもＤＤだ。

あのあと俺はコボルトの集落も攻略した。集落といっても防護柵などが備え付けられた本格的なもので、コボルトたちもゴブリンに比べると強かった。連中はゴブリンよりも背が高いし、剣や槍、弓など多彩な武器を使用してきた。ただし魔法を使うコボルトはいなかった。

オークションに売り出したアイテムは、予想外に高く売れた。特に『防毒の首飾り』は市販の倍以上の値になった。出品者を探す動きもあったようだが、システム上不可能だ。

仮にどのモンスターがドロップしたのか教えたとしても、いまのところ俺以外はあそこには行けないだろう。

犯罪プレイヤーも積極的に倒した。彼らのデスペナはそのままこちらの収入だ。賞金も出る。犯罪プレイヤーたちは不満だろうが、文句があるなら初めから悪さするな。

現在、第一エリアのフィールドは移動制限がかかっていて、一定以上遠くに進もうとするとループしてしまう。だが、特定のダンジョンをすべてクリアすると、一周り広い第二エリアへの道が開放されるらしい。

クリアしなければならないダンジョンは残りふたつ。獣の森の先、町の南東にある『スネークマン』たちの住処、『蛇の谷』。もうひとつは町の南西にある『オーク』たちの村、『オークの集落』だ。『蛇の谷』の『スコーピオン』、『オークの集落』の『キラービー』が毒持ちらしい。どちらも小さいモンスターで、スネークマンやオークと戦っているところをチクリとやられるようだ。だから、防毒の首飾りが人気だったんだな。

現在もっとも活躍している、通称『トップギルド』の動向としては――

『蛇の谷』はヴァンパイア率いる『血の棺』と、天使率いる『パンテオン』が攻略中だ。『オークの集落』は妖精種中心の『ティルナノグ』と、獣人種中心の『ビーストロア』が挑んでいる。

後者の二ギルドは初期が上位種族だったプレイヤーたちが、強敵だらけのフィールドを切り抜けるために手を組んだのが始まりらしい。

ちなみに、ハイ・ヒューマンは普通に始まりの町の中心からのスタートだったようだ。そしてヴァンパイアは町はずれの墓地、天使は聖堂からだったとか。どちらも始まりの町の中なので、特に問題はなかったそうだ。

　そして悪魔同様、スタート地点が始まりの町ではなかったのが、種族ランダムで獣人の上位種族と妖精の上位種族を引き当てた者たちだ。

　獣人プレイヤーは、始まりの町の西にある村『獣人の集落』からスタートし、近くにあった『月夜の森』に挑んだ。妖精プレイヤーは始まりの町の東にある村『妖精の集落』からスタートし、『妖樹の森』に挑んだそうだ。

　どちらも現在の最前線より敵が強く、いまだにクリアされていないらしい。そんなところに挑んだ者たちは、ゲーム開始初日で死に戻りを経験してしまった。

　結局、彼らは始まりの町を発見すると、そちらに移動することにした。現在もふたつの森はクリアされていない。だが、悪魔の開始フィールドと同じくらいの難易度だとすれば、俺ならクリアできる。

「人に見られるとやりにくいからな。そっち行ってみるか？」

　特に制限はないようで行き方は公開されているが、そこの素材はほとんど出回っていない。手に入れれば結構な値で売れるだろう。

　誤解してほしくないが、俺は別に守銭奴ではない。ただ、めぼしいスキルは購入しているが、まだ必要なものが揃ってはいないから金がいる。

　そして、忘れてはいけないのは従魔だ。

　最前線は結構遠いので、走って行くにはスタミナが続かない。だから足がないと時間がかかって仕方がないのだ。

人を乗せられる従魔をレンタルすることもできるが、ぜひ自分のものが欲しい。

すでに【テイム】は購入済み。あとは従魔を購入する資金のみというわけだ。

「まずは『妖樹の森』にしよう」

いかにも火が効きそうだからな。【ブレイズ】の餌食にしてやろう。

目的地は少し遠い。まず『妖精の集落』に向かい、宿を取ったほうがいいかな。森がやたらと広くて時間がかかるとかあるかもしれないし。

＊　＊　＊

結論。思ったよりも楽勝だった。

『妖樹の森』は情報どおり、『マンドラゴラ』や『リビングプラント』などの植物系モンスターと『キラービー』や『ポイズンバタフライ』といった虫系モンスターの巣だった。

毒持ちもいるし、植物系はＨＰが高めだ。上位種族とはいえ初期はきついかもしれない。

しかし、いまの俺にはどうということはない。

他人がいないのでネクロスを呼び、雑草を刈るように進んだ。草だけに。

最深部で現れたボスは、巨大な動く木『トレント』だった。

槍による攻撃をものともしない頑丈さは脅威だが、動きが鈍い。

襲い来る枝はネクロスが斬り捨て、連発した【ブレイズ】の炎が奴を松明に変えた。

結局、時間はかかったが一方的な勝負となったわけだ。

これならおそらくトップギルドも攻略自体は可能だろう。

ただ『ティルナノグ』の主要メンバーは、ゲーム開始直後に挑んで負けたせいで苦手意識が植え付けられている。だから、あと回しにしてしまうのだろう。『月夜の森』で同じような経験をした『ビーストロア』も同様だ。同格のギルドの慎重姿勢を見て、『血の棺』と『パンテオン』も警戒しすぎているようだ。

まあ、そのおかげで最速撃破報酬がもらえるんだけどな。

単独撃破報酬『マジックリング』　効果　魔法威力上昇（小）　★★★
最速撃破報酬『トレントの槍杖』　トレント素材の槍と杖の複合武器　★★★★★

また面白い物が出た。マジックリングはフェイにあげよう。

「『槍杖』か。初めて聞くな」

杖という武器は魔法の増幅器であり、装備しているだけで魔法系ステータスやスキルにボーナスが付く。だが、杖自体の攻撃力は低く、『杖術』のスキルは存在せず技もない。完全に魔法の補助具扱いなのだ。

しかし、この槍杖は槍技を使用でき、杖としての効果も持っている。いわゆる複合武器で、斧技と槍技を使えるハルバードや、片手剣技と大剣技を使えるバスタードソードのようなものだな。

さすがボスドロップというべきか、木製で軽いのに攻撃力は鉄に匹敵する。

気をよくした俺は、次の目的地『月夜の森』に向かった。

＊　＊　＊

森に入ったとたんに夜になったのには少し驚いた。

なるほど、だから『月夜の森』か。月が明るいが、それでも視界は悪い。暗視がないと、ランタンとか明かりがいるところだったな。

出てくるモンスターは獣系とキノコのモンスター『ツキヨドクタケ』。ここでも毒持ちが出たか。防毒アクセサリがないと大変だろうな。しかし、問題はここにもシャドウウルフが出る点だ。

しかも、ここでは群れで現れる。

ゲームを開始していきなりここじゃ、『ビーストロア』の連中は酷い目に遭っただろうな。

しかし、もはやシャドウウルフも俺とネクロスの敵ではない。自分ひとりじゃさすがにきついだろうけど、ネクロスとともに蹴散らして進む。

そして、最奥には当然ボスが待ち受けていた。

そこにいたのは翼の生えたクラゲ『ルナジェリー』だ。森だから獣系かと思ったら、月繋がりで海月（クラゲ）かい。

槍杖を突き込んでみるが、手ごたえが薄い。見た目は水生モンスターだが、実際は精霊系モンスターらしく物理攻撃が効きにくいみたいだ。

俺はネクロスを戻して、フェイを呼び出す。

かなりの速さで伸ばされる触手を躱して魔法を撃ち込む。おそらく触手には毒がある。だってクラゲだし。

各属性の【バレット】を試し、弱点を探していると雷に反応があった。動きが止まったのだ。チャンス！　と思ったが——違う！

纏う光が増幅していく。ヤバい！

「フェイっ！」

フェイとともに距離を取る。次の瞬間、奴の周囲に電撃が放たれた。

雷は禁止だな。ほかの属性はどれも変わらないか。なら、正攻法でいこう。

放電によるカウンターにさえ気を付ければ、奴の攻撃手段は毒の触手のみ。飛んでいるといっても低空だ。ジャンプしなくても十分に武器が届く。

ほどなくルナジェリーは地に伏せ、消えた。

単独撃破報酬『耐雷の指輪』　効果　雷耐性（小）　★★★

最速撃破報酬『幸運の護符』　効果　五分間、運が大幅に上昇　★★★★

「うーん、指輪は自分で装備するとして、護符は一回限りの消費アイテムか……そうだ！」

閃いた。護符を使ってランダム卵を買おう。財布はスッカラカンになるが、これしかない。

足取りも軽く、俺は始まりの町に戻った。

＊　＊　＊

始まりの町に戻ると、なんだかプレイヤーたちが沸いていた。

話を聞くと、俺が出ている間に『蛇の谷』と『オークの集落』がクリアされたらしい。するとフィールドの南端に、新たなダンジョンが現れたらしい。その名は『魔像の迷宮』。

おそらく、そのダンジョンが第一エリアの最終ダンジョン。そこをクリアすればフィールドの移動制限が解除され、第二エリアへの道が開かれるのだろう。

トップギルドは慎重に、時間をかけて調査を行うらしい。近くのプレイヤーに聞いてみたところ、現在わかっているのは出現モンスターがゴーレムなどの物質系モンスターであること、そしてボス戦はレイドで挑めるということだけだ。

『リバース・ワールド・オンライン』では、パーティひとつの定員は六人までとなっている。しかし、ボスが複数だったりパーティひとつではとても歯が立たない強敵の場合、定員五十人の大規模パーティを組むことができる。それが『レイド』だ。

複数パーティの連合チーム、通称『ユニオン』との違いはいくつかある。まず、五十人全員が同じパーティとして扱われるので、パーティを対象とする補助や回復が全員にいきわたる。そして、ボスを討伐した際のドロップ素材も全員が、戦闘中に死亡してしまってももらえるそうだ。

それと、撃破報酬はないようだが、もっとも活躍したプレイヤーにはＭＶＰ報酬があるらしい。

十分な調査が完了したら、必要に応じてレイドメンバーを募集して、攻略に乗り出す予定だとか。

「その間に『蛇の谷』と『オークの集落』に行ってみようかな」

レイドにも参加してみたいが、トップギルドの連中はソロの俺を入れてくれるだろうか。

まあ、いま考えても仕方ないか。町での用事を済ませることにしよう。

＊　＊　＊

最初にオークション会場へ向かい、素材を出品してきた。珍しい素材だから、それほど時間がかからず売れるはずだ。前回も職人たちが奪い合うように落札していったらしい。ホント、ここは職人たちの戦場だな。

それから冒険者ギルドを訪れ、依頼達成報告をする。

ちなみに、ここでは槍使いを装っている。噂、早く鎮静化しないかな……。

それはさておき、持っている素材やアイテムの納品依頼も受け、次々達成にしていく。

これでランクはCになった。プレイヤーの中でも上の中といったランクだろう。

パーティに誘ってくるプレイヤーもいるが、ソロのほうが気が楽だと断る。悪いな。でっかい秘密を抱えているんでね。

そういえば、最近は犯罪プレイヤーたちがおとなしいようだ。そろそろデスペナから立ち直ってもいいころなのだが。

話を聞くと、快楽目当ての犯罪プレイヤーは、自分らが狩られる立場に置かれたことで自重するようになったらしい。ペナルティが重くて割に合わなくなってきたのだろう。

更生できたのならなによりだ。始まりの町に来てから、賞金欲しさに積極的に討伐してきたが、狩りまくった甲斐がある。

問題は悪魔希望プレイヤーだ。連中があきらめることはない。なぜなら正しい方法が不明なので、彼らのやり方が間違っているという根拠もないのだから。

う～む、厄介だな。そのうちまた派手にやりだすのだろうか。

いろいろと考えていると魔獣屋は目の前だった。よし、行くか。

「いらっしゃい」

ＮＰＣの親父が迎えてくれる。この商売ばかりはプレイヤーがやるのは不可能らしい。将来的にはわからんが。

「小動物の卵は安いな」

大型魔獣の卵は高い。確かに人を乗せられるラプトルやエミューも魅力的なんだが、すでに心は二度目のランダムに定まっていた。ちょっとイカサマするけど。まあ、合法だろう。

ランダム卵の中身は毎回一新されているので、小細工なし、本当に運次第らしい。

「勝負だ……」

護符を使用してランダム卵を注文する。差し出されたのは二十五個の卵。

護符の効果で当たりは多く入っているはず。あとはそれを引けるかのリアルラック次第。

卵に手をかざし、無詠唱魔法を使うときのように集中する。すーっと手をずらすと、わずかに反発を感じる卵があった。ほかの卵はなにも感じない。

これはつまり、どういうことだ？　よくわからないな。

悪魔に反発ってどういうことだろう。気になる。だから、これに決めた。

インスピレーションは大事だ。

「親父、こいつだ」

「ほう……、なにか感じたか？」

「俺の感覚に引っかかるっていうか、反発するっていうか。よくわからん……」

「卵の時点で魔力に反応するなんてめったにないぜ」

「魔力に反応？　じゃ、当たりか？」

「そこまでは責任持てんな。ホレ、登録するぞ」

卵のうちに個人登録することで転売を防止するのか。

「従魔は大事な相棒だ。大切にしてやってくれ」

「おう、当然だろ」

俺は卵を懐に入れて宿屋に向かった。


そして、その夜。

——ピキピキピキ

「はれ？　もう生まれんのか！」

ずいぶん早い孵化だな。まあ、いろんな食料を用意してあるし。竜でも馬でも鳥でもどんとこい。

——パキキ

〈キュ……〉

卵から生まれた従魔は——

「これって、リス？　……じゃないな。宝石があるし」

エメラルドグリーンの体毛を持ち、額に赤い宝石の付いたリスのような姿のモンスターだった。

某有名モンスターにそっくりの姿だ。だが、『リバース・ワールド・オンライン』でそのモンスターが登場するという話は、情報サイトで見たことも聞いたこともない。

「これは当たりなのか？」

レアなんだろうけど、どうにも判断しにくいな。ここは専門家に聞いてみるのが一番だろう。

＊　＊　＊

翌日、俺は生まれた従魔を連れて魔獣屋へ向かった。

額に赤い宝石の付いたエメラルドグリーンのリス。こんなモンスター、情報にはなかった。

そういえば、俺は選ぶとき『魔力』を頼りにしていた、と店主は言っていたな。この『魔力』というのはファンタジー系ゲームにおける便宜上の呼称だ。MPとか、ステータス上の魔法系パラメーターとは関係ない。

VRゲームをしているとき独特の、情報の流れとでも言えばいいのだろうか。VR適性の高いプレイヤーは、そういったものを感じ取れるという研究報告が、最近発表されている。

なにを隠そう、発表者は我が恩師、影山教授である。

とにかく、現実では感じることができない感覚をファンタジーゲームでは『魔力』と呼んでいるのだ。そして、魔力を感じ取れるプレイヤーは直感に優れている。

まあ、要するに理屈ではなく本能で選んだわけだな。


魔獣屋に着くと、俺は店主に問いただした。

「なあ、もう生まれたんだが……」

「おう、昨日の兄ちゃんか」

「ん？　覚えているのか？」

「ああ、最近はランダムを選ぶ奴はほとんどいないからな。一時は流行ったんだが……」

ワイバーンのネタが載ったころだろう。そして、みんな夢破れたと。って、それはいまはどうでもいい。

「それより、こいつだよ、こいつ！」

従魔を見せると店主の表情が変わった。

「そいつは……。ちょっと来い」

「？」

俺は店の奥に案内された。俺と店主はテーブルを挟んで座り、従魔をテーブルの上に乗せた。

「結論から言うと、そいつは『カーバンクル』。ワイバーンどころかドラゴンとも並ぶ幻獣種だ」

はい？　幻獣？　それって後半のボスクラスのモンスターなんじゃ……。

「まず、カーバンクルは光属性でブレスやヒールなど多彩な能力を持つ」

なるほど、光属性だから反発するような感じがしたのかな？

「で、この幻獣は種族固有能力として【魔力探知】が使える。【シンクロ】はあるんだろう?」

「⁉」

【魔力探知】は対象種族、地形、ともに弱点のない探知系の最高峰スキルだ。それだけでも十分すごいのに多芸って、こいつやばくないか?

「目立ちたくないなら、隠しておいたほうがいいぞ」

「そうするわ……」

そのあと、食事など基本的なことを聞いて店を出た。

そして、この獣魔の名前は『リーフ』に決めた。

従魔
種族〈カーバンクル〉
名前〈リーフ〉
属性〈光〉
ランク 一

リーフは普段はフードの中やコートの内側に隠れてもらうことにした。フードを二重にしたり、コートの裏にポケットを付けてもらったほうがいいかもしれないな。

頼もしい相棒を得たわけだが、問題がひとつ残った。

「俺、足がないままじゃん……」

レンタルする金もない。また金稼ぎに励まないと。

「『蛇の谷』と『オークの集落』に行くかな。歩いて……」

冒険者ギルドで依頼を受注して、かつての最前線に向かう。

「最速撃破報酬はないけど、単独撃破報酬はあるはずだしな」

両方クリアするころには、トップギルドのダンジョン調査も終わっているだろう。

槍使いとしてレイドに参加しようと思うのだが、攻略では四つのトップギルドが手を組むのだろうか。それともおのおのが戦力を集めて、早い者勝ちでいくのだろうか。

いまのところ情報は共有しているみたいだし、前者の可能性が高いか。

「ま、帰ってきてからだな」

＊　＊　＊

数日後、俺は『蛇の谷』、『オークの集落』をクリアして町に戻って来た。『スネークマン』は四肢を持つ、二足歩行の蛇だ。槍や片手剣を得意とし、動きが素早い。『オーク』は豚ではなくイノシシのモンスターだ。筋肉質の体と剛毛により耐久力が高い。武器も斧やハンマーなどの重量系のものを好む。

人型モンスターとの戦いはいい訓練になるからか、スキルアップにいそしむプレイヤーが結構いたので、使い魔は呼ばなかった。

久しぶりのひとりだったが、ほかのプレイヤーに狩られまくっているので雑魚は少ないし、ボスも人型の『スネークマンロード』と『オークキング』だったのでタイマンで倒した。

単独撃破報酬は『スネークメイル』と『ビーストアーマー』だった。

レア度は両方★四つ。スネークメイルは蛇の皮にうろこ状の金属板が張り付けられた、スケイルメイルと呼ばれるタイプの軽装鎧。ビーストアーマーは獣の皮を、厚く重ねたレザーアーマーだ。

どちらもブロンズより丈夫だったので、スネークメイルは自分、ビーストアーマーはネクロスが装備した。性能的にはどっちでもよかったけど、俺は上からコートを着るからな。


町の広場の近くを通ると、レイド参加希望者を募っているという話が聞こえてきたので、行ってみることにした。

「へえ、こいつらがトッププレイヤーたちか。まあ、装備はいいな」

しばらくすると台の上に四人の男女が現れた。なるほど彼らが……。

「皆さん、今回は我々の呼び掛けに応じてくれてありがとう。『血の棺』のレイです」

赤い目に白髪ロングの兄ちゃん。白衣みたいな服装のせいか、医者や研究員みたいに見える。彼がヴァンパイアか。丁寧な物言いで穏やかな印象だ。

「『パンテオン』のルーシアです。知ってのとおりレイドの人数は五十人。みんなの中から十八人を選ばせてもらうわ」

金髪に碧眼、白い翼に頭上の輪っか。まんま天使の格好の少女。左腰には小剣を差し、左手には小型の盾を装備している。緊張しているのか少し硬い。委員長タイプなのかな。

十八人選ぶということは、すでに四つのギルドから八人ずつ選抜してあるということか。

「『ビーストロア』のダムドだ。テストは単純。俺らの選抜メンバーと試合をしてもらう」

頭に竜の角がある赤髪金眼の少年。種族はドラゴノイドだな。革や毛皮中心のワイルドな服装。白っぽい骨製と思われる片手斧を、腰の後ろに差している。ガキ大将的な雰囲気だが、背伸びしている印象がある。

町中での戦闘はシステム的に不可能だ。攻撃しても障壁に阻まれ当たらない。だが試合、いわゆるデュエルは自由だ。賞品を懸けることもできる。

「その前に『魔像の迷宮』の調査結果を説明するねー。あ、『ティルナノグ』のティーアだよー」

明るい茶色の髪に緑の目、背中に二対の翅のある女性。種族はニンフか。ドレスみたいな服装だが、植物系素材の防具のようだな。雰囲気から察するに、おっとり系の性格のようだ。

初めて見る四人のギルドマスター。実力はどうなのだろう。そんなことを考えているとダンジョンの説明が始まった。

「ダンジョンのボスは三メートルほどの動く悪魔像。いわゆる『ガーゴイル』です」

ヴァンパイアのレイさんが説明を始める。どうやら彼がまとめ役のようだ。

「しかも、お供に四体も『ストーンゴーレム』がいるのー」

ニンフのティーアさんがあとに続く。どうでもいいけど特徴的な話し方だな。

「雑魚も『リビングアーマー』や『リビングソード』、『ウッドゴーレム』なんかの魔法生物だ」

「特殊攻撃はありませんが、とにかく攻撃力と防御力に優れています。だから、武器は鉄以上が望ましいでしょう。それに壁役の防具も」

ダムドとルーシアは少し嫌そうに説明する。ふたりは前衛タイプなのだろう。斧装備のダムドはともかく、小剣使いのルーシアは物質系のモンスターとは相性が悪い。かなり苦戦したようだ。

「魔法は普通に効くよー」

「それと、大人数で行動しますから大型の従魔は連れて行けません」

ティーアさんとレイさんは後衛の魔法職なんだろうな。種族的にも魔法スキルのほうが適性は高いはずだし。

それにしても、なかなかよく調べている。だてに時間をかけていないな。

「では、選抜に移りたいと思います。いまの説明を聞いて無理そうだと思った方は、辞退していただいて結構です。ボス戦は今回だけではないですしね」

ようやくか。さて、トップギルド選抜の実力はどんなもんなのかな。

＊　＊　＊

結局広場に集まった連中は全員残った。俺を含めて三十人ってところか。周りはやじ馬だらけだ。

そしてテストが始まる。槍使いで申告したので、俺のテストの相手は戦士系プレイヤーのようだ。

「次の方どうぞ」

俺の前の奴が負けた。試験の相手は結構な使い手らしい。茶色の髪に碧眼。大剣を持ち、重装鎧で身を包んだヒューマンの男性。おそらく状況によっては、大盾を装備して盾役もこなすんだろうな。

「『パンテオン』のハイド。お相手する」

「あー、ソロのフィオです。よろしく」

「うむ、ではいくぞ！」

試験管のハイドさんは格好といい、口調といい、まさしく西洋の騎士といった感じだった。

剣を大上段に構え、突っ込んでくるハイドさん。しかし動きが粗い。これじゃあ初動を見ただけで攻撃の軌道が予測できる。振り下ろされた一撃をスルリと横に躱す。すると、ハイドさんは片手を剣から離し、裏拳を放ってきた。おお、やるじゃないか。

――ザクリ

「ぐあっ！」

しかし、俺はそれを左手に握っていた短剣で受ける。

短剣は、小手の隙間からハイドさんの左腕に突き刺さった。即座に刃を引き抜き、距離を取る。

「くっ、これは毒？」

惜しい、猛毒だよ。それもボスでさえ毒殺する強力な。俺は町に着いてから【短剣術】スキルも買っておいたのだ。せっかく強力な短剣があるんだ。使わないともったいないからな。

ハイドさんのHPがどんどん減る。彼が勝つには短期決戦しかないだろう。狙いどおりハイドさんは防御を捨てて攻めてくる。しかし、焦りから攻撃はどれも単調で、俺には当たらない。

俺の本領はカウンター。だから重装備の相手に守りに入られると面倒だ。だが、こうして相手から攻めなければならない状況に追い込めれば、もうこちらのものだ。

大振りの一撃を躱したところで、俺は二カ所の鎧の隙間、脇の下と首に槍を突き込んだ。

「【ダブル・スラスト】！」

「ぐがっ⁉」

急所への攻撃はクリティカルヒットとなり、ダメージが跳ね上がる。まだ半分はあったハイドさんのHPが、一気にすべて吹き飛ぶ。

《YOU WIN》

メッセージが表示され、試合のデータも公開される。

《被弾率　〇%　命中率　百%　被ダメージ　〇》

――シーン

ハッ、しまった。やりすぎた。周りがドン引きだ。

「うちのサブリーダーを完封って、あなた何者？」

ギャラリーを押しのけ、ルーシアが近付いてきた。サブリーダー？　ハイドさんが？　なるほど、そこらのプレイヤーより強いわけだ。顔は天使なのだが、視線は刃物のように鋭い。怖っ。

「う～ん、私じゃ相手にならないなー」

ティーアさんまで来てしまった。なんで、逃がさないようなポジション取っているんでしょうか。偶然そこに立ってるだけですよね？

「猛毒だと？　あの短剣はなんだ？」

ダムドの興味は武器のほうに向いているようだ。うん、なんか君、安心できるタイプだわ。裏表がなさそうで。

「ふむ、もしかして君が噂の『黒衣のサモナー』なのかな？」

レイさんまで来てしまったよ。リーダー全員集合じゃないか。って、あれ？

周りの視線がレイさんに集中する。

「君のコートは、青く染めてあるけどシャドウウルフ素材だね？　僕のローブも白く染めているけど、同じ素材なんだ。だから色を変えてもわかるんだよ。で、この素材のもともとの色は黒だ」

むう、確かに自分で持っていればわかるか。

「でも、この素材を手に入れるには、相当の実力が必要なんだそうです。ですよね？」

話を振られたダムドたち『ビーストロア』の連中がうなずく。

そうか、『ビーストロア』の幹部連中は『月夜の森』に挑んだことがあるんだったな。

「これでも調べたほうでね。スケルトンが僕のスタート地点でもある墓地に、まれに現れることもわかっている」

ほう、そうなのか。『死霊の森』にはウジャウジャ出たが。

「もちろん挑んでみたんだけど、いやはやとんでもない強さだったよ。三人で互角、五人で安全ってくらいだ」

まあ、正面から挑めばそうかもしれない。

「ステータス差がありすぎるのか、テイムも召喚契約も無理だった。逆に言えば、スケルトンを連れているプレイヤーがいるとすれば、その人物はとんでもなく強いってことになるよね？」

「いま見た彼の実力なら、スケルトンを使役していてもおかしくないってわけねー」

なぜかティーアさんがまとめたが、ごまかすのは無理かな……。仕方がない。

「コール　ネクロス」

俺の影から骸骨の戦士が現れ、その迫力に周りがざわめく。

「すみませんね、俺ソロプレイが向いているんで。勧誘合戦にまいっちゃったんですよ」

「そ、それは個人の自由だけど、ソロでどうやってそこまで……」

完全武装のスケルトン、ネクロスの迫力にレイさんの顔が引きつる。

「ソロだと経験値が集中するから、戦闘スキルは成長しやすいんですよ。あと、ボスには単独撃破報酬ってのがあるんです」

「ボスの単独撃破ですって？　そんなこと……」

「いや、彼らの話でも黒衣のサモナーはひとりで『ゴブリンキング』に挑んでいる。可能なのだろう」

ルーシアが疑ってきたが、ハイドさんは信じたようだ。しかし、彼ら？　ゴブリンの巣にいた職人たちのことかな？

「あー、召喚獣や従魔は人数に入らないみたいなんですよ」

「ふーん、たとえばどんなアイテムが出るのー？」

おっと、今度はティーアさんが食いついてきた。

「俺とネクロスの鎧は『蛇の谷』と『オークの集落』の単独撃破ドロップです」

「ちょっと見せてー……これ革素材なのに強度は鉄並みじゃない。すごいわー!!」

うわっ、テンション高っ。レイさんが引いてしまったネクロスに怯むことなく近付いて、鎧を見ている。表情などないネクロスが、迷惑そうにしているように見えるんだが気のせいだろうか?

なんだか選抜テストどころではなくなってしまったようだ。

＊　＊　＊

揉めに揉めたが、なんとか俺は切り抜けた。もちろん結果は合格。

十八人の選抜は無事（?）終わり、このあとは幹部クラスで編成を決めるらしい。そして明日、攻略に行くそうだ。

そういえば、選抜に落ちたプレイヤーたちが集まってなにやら話していたな。まあ、ガーゴイルと戦えるのはベータテスト中で一回限り。倒すとリポップはしない。残念なのはわかる。

「さて、採集クエストでもやるか」

手持ちの素材を納品して小銭でも稼ごうと、冒険者ギルドに向かおうとすると——

「あの……」

声をかけられ、振り向く。そこにいたのは男女二、二の四人組。んん?　どっかで見たような気がするな……。

「ゴブリンの巣で助けてくれたのはあなたですよね」

「ありがとうございました」

ああ、あのときの。俺の宣伝をしてくれた方々でもあるわけだが、いまさら噂は消えないし、すでに盛大に暴露されてしまったあとだからな。そして、さっきのは自重を忘れた俺が悪い。

「別に当然のことをしただけですよ」

「そんなかしこまった口調じゃなくても……」

「そうかな。じゃあ……」

ここぞとばかりに礼を言われ、質問攻めにされる。俺をずいぶん探していたらしい。

「へえ、『パンテオン』のメンバーだったのか」

「はい。ギルド内にはいろいろな担当がいて、私たちは職人チームなんです」

ふむ、『パンテオン』は犯罪プレイヤーを敵視している。逆に考えれば犯罪プレイヤーにとっても『パンテオン』は目障りだ。彼らが襲われたのは偶然ではなかったのかもしれない。

やらかしてしまい、いろいろとヤケになっていた俺は四人に『妖樹の森』のドロップ素材を見せてみた。その結果はものすごい反応だった。どうやら、ほとんど出回っていない素材ばかりらしい。

NPC店の一割増しで買うというので、半分くらいを彼らに売ることにした。

すると、様子を見ていたほかの職人プレイヤーも乱入してきて、大騒ぎになってしまった。俺のバカ。本日二回目じゃないか。なにやっているんだよ……。

俺は結局、持っていた素材の七割近くを売り払うことになった。もちろんやばい素材は隠したが。

自業自得とはいえ騒ぎの連続で疲れた俺は、早めに休むことにした。

＊　＊　＊

◆ギルド『パンテオン』◆

レイドメンバー編成会議は問題なく終わり、トップギルドの幹部たちはそれぞれのホームへと帰って行った。明日のダンジョン攻略の準備を整えるためだ。

そして、その日の夕方、『パンテオン』のホームでは幹部クラスが集まり、できたばかりの装備を確かめていた。

「『妖樹の森』と『月夜の森』の素材製ですか……」

「ええ、どれもいい出来です。明日の攻略戦では役に立ってくれるでしょう」

ルーシアは当然のように答えるが、事情を知らないメンバーは新しい装備に目を奪われている。

昼に職人チームが持ち込んだ素材は、まだ攻略が進んでいないはずのフィールドのものだった。

それを持っていたのは――

「フードのサモナーか……」

口には出さないが、誰もがなんとなく察していた。彼はふたつの森をすでに攻略している、と。

「彼にとっては、ほかのメンバーなど足手まといなのかもしれないな」

実際に戦ったサブリーダーのハイドには、彼のプレイヤースキルが異常に高いレベルであることがわかっていた。あまりにも正確で、無駄がない。あまりにも反応が早く、隙がない。

化け物のような召喚獣以外は足手まとい。ゆえにソロ。

「でも、よかったですね」

漂う沈黙を断ち切るように、リーダーのルーシアが言う。

「彼は私たちの仲間を助け、これまでにも犯罪プレイヤーを何人も撃退しています」

生真面目な性格の彼女は、ゲームといえども犯罪者が許せない。だから最初は、得体の知れない実力者である彼を警戒していた。もし、彼が犯罪プレイヤーだったら誰にも止められない脅威だっただろう。

だが、彼は犯罪プレイヤーではなかった。それどころか、ギルドの仲間を助けてくれた恩人だった。さらに彼が犯罪プレイヤーを積極的に倒していることがわかると、ルーシアの態度は一気に軟化した。

「そして、明日一緒に戦うレイドメンバーです。間違いなく、彼は大きな戦力になってくれるはずです」

＊　＊　＊

◇フィオ◇
そして決戦の日はやってきた。レイドメンバーに選ばれたプレイヤーたちが、続々と南門に集まってくる。そこで俺は、呆れる話を聞くことになった。

昨日の夕方ごろ、選抜にもれたプレイヤーたちが、独自にメンバーを集めて『魔像の迷宮』に挑んだというのだ。もちろん結果は惨敗。

ダンジョン内は迷路になっており、彼らは道がわからず迷って無駄に消耗した。大きな被害を出しながらも、かろうじて最奥にたどり着いたのは見事と言える。だが、そんな状態でボスに勝てるはずもなく、あっさり叩き潰されたそうだ。無謀というかなんというか……。

しばらく待っていると、数台の馬車が南門に近付いてきた。ダンジョンまでの移動は馬車を使うようだ。まあ、五十人でゾロゾロ歩いて行くわけないよな。

この馬車は、すべてトップギルドの所有物なのだそうだ。もちろん馬車を引くのは大型の従魔だ。金があるんだな……。

「では、レイドメンバーは馬車に乗り込んでください」

レイさんの指示でレイドメンバーは馬車へと乗り込んでいく。俺もさっさと乗ろう。いままで乗ったことがなかったから初馬車だな。

＊　＊　＊

俺が乗ったのは『ビーストロア』が所有する馬車だった。マスタング二頭が引く馬車はかなりのスピードが出ている。俺は特にすることもなく、おとなしく馬車に揺られていた。

「あの……」

「ん？」

隣に座っていたワードッグ、いや上位のワーウルフの少年が話しかけてきた。

「それって、シャドウウルフの素材製ですよね」

「ああ、そうだけど」

「その、どうやって倒したんですか？」

彼は『月夜の森』で奴らにやられた経験があるのだろう。周りのメンバーも興味を引かれたようだ。とはいえ、どうやってと言われてもな……。

実際のところ真正面から戦えば、シャドウウルフより、武器持ちのスケルトンのほうが強い。しかし森はシャドウウルフが立体移動でき、スピードを生かせるホームグラウンドだ。

そして、シャドウウルフは思考力を持つ。ただ突っ込んでくるだけの敵とは違う。

しかし、思考力は時として短所にもなる。相手の思考を誘導し、隙をつくる。あるいは罠に追い込む。重要なのは頭を使って戦うこと。単純な力押しでは駄目ということだ。

「はあ……」

ピンとこないようだ。まあ、普通は初期の雑魚に戦術なんていらんからな。


そうこうしているうちに『魔像の迷宮』に到着した。

ゴーレムなどの大型の敵が出現するからだろう。通路は結構広い。三列で歩いても余裕がある。暗いうえに敵が魔法生物なので、ほとんどのレーダー役が兎などの聴覚探知系従魔を連れている。

ちなみに俺は、探索中は最後列の殿だ。そしてボス戦では、一番入り口側のストーンゴーレムと戦うグループに配属されることになっている。

俺のコートの中にはリーフが隠れているので、魔力探知によってレーダー役より先に敵を発見できる。ほかのプレイヤーの手を借りる必要もなく、背後から迫る敵を察知し、さっさと倒す。

主に出現するのは『リビングアーマー』と『ウッドゴーレム』、そして『リビングソード』だ。

リビングアーマーはコアが弱点でウッドゴーレムは火に弱い。リビングソードは速いが、動きが単純で防御力もＨＰも低い。どれも雑魚だ。

苦戦などするはずもなく、レイドパーティは順調に進んで行った。

＊　＊　＊

◆とある斥候役の獣人◆

私は『ビーストロア』に所属するワーラビット。いわゆる斥候役で、従魔はフクロウです。この子は優秀で、視覚探知とともに暗視を持つので暗いダンジョン内でも役に立ちます。

私は自身と従魔の索敵能力を買われ、重要な殿のひとりに選ばれている。

しかし、いま私は自分が殿じゃなくてもいいんじゃないかと思い始めています。理由は同じく殿を任せられた、青いフードコートのプレイヤーです。

歩いていると、突然彼が立ち止まり、後ろを向きました。すると私の探知に、すごいスピードで迫る敵の反応が引っかかりました。

「危な……」

――ギィン

私が言いきる前に、リビングソードは刀身をへし折られて消滅していました。さっきからこの調子。私より先に敵に気付き、あっさり倒してしまう。私、必要ないですよね？

本当に、この人はいったい何者なのでしょう。

馬車の中での会話は私も聞いていましたが、正直さっぱりわからなかったです。わかったのはこの人にとって、シャドウウルフが脅威でもなんでもないということだけ。

その強さはプレイヤーとしては羨ましく、そしてレイドメンバーとしては頼もしい。

やがて私たちの前に、大きな両開きの扉が現れました。

『ビーストロア』のリーダーのダムド君が、私たちを見渡して号令をかけます。

「ここがボスの部屋だ。いくぞ！」

扉が開けられ、レイドメンバーが先頭グループから順になだれ込みました。彼らはそのまま最奥に待ち受けるガーゴイルに向かって突撃し、続くグループがボスの護衛を抑えることになっています。最後に突入する私たちは、一番入り口側の敵が相手です。そして戦いが始まりました。

＊　＊　＊

◇フィオ◇

殿の俺は、一番あとに部屋に飛び込んだ。

プレイヤーたちは十人ずつに分かれて、それぞれの敵に向かって行く。

俺のグループの相手は『ストーンゴーレム』だ。身長四メートルはある。これだけのサイズの敵はトレント以来だな。作戦どおり、魔法による先制攻撃が始まる。ＭＰが切れたら近接戦闘に変更し、魔法使いはＭＰポーションを使う。それを繰り返す堅実な作戦だ。だが――

「魔法で上半身、武器で下半身を狙おう！」

俺の提案に、ほかのメンバーは一瞬顔を見合わせる。だが、すぐ了解してくれた。

俺は中級炎魔法【ファイア・ランス】を顔面に撃ち込み、よろけた隙に接近する。そして重心の変化を観察し、負荷のかかった部分を石突きで打ちすえる。

「【ヘビー・スイング】！」

――ガギン

重い衝撃。さすがに一撃では無理か。だが、ゴーレムは後衛の魔法攻撃に気を取られている。攻め放題だ。やがて狙い続けた何カ所かに亀裂が入る。

「ヒビを狙うんだ！」

ほかのプレイヤーにヒビの存在を伝え、ここぞとばかりに攻勢を強める。しかし、そこで後衛の魔法が途切れる。どうやらＭＰが切れたようだ。

俺は距離を取ると、後衛の代わりに魔法攻撃を開始した。後衛がマジックポーションでＭＰを回復している時間くらいなら、俺ひとりでも気を引くくらいはできる。

前衛が必死に攻撃すると、やがてヒビは大きくなる。後衛が回復を終えて復帰したので、俺も前衛に加わると、ついにゴーレムの下半身は崩壊した。崩れ落ちるゴーレム。

両足を失い、うつ伏せに倒れたゴーレムに抵抗する手段はない。

「よし。まず一体」

打ち合わせどおり、数人の前衛が残ってゴーレムに止めを刺す。残りのメンバーは、バラバラに散ってほかのグループに合流する。俺もほかのグループと合流して、ゴーレムの足を破壊して回る。

ほどなく俺は、最後の一体の足が破壊されるのを確認した。こうなればあとは簡単だ。

残るはボスだけだ。

＊　＊　＊

「戦況は……」

部屋の奥を見ると、ボスの『ガーゴイル』のＨＰは約半分。こちらの魔法部隊はＭＰ回復中だ。

正面に立つのは『パンテオン』のふたり。振り回される爪と尻尾を重装備のハイドさんが大盾で防ぎ、軽装備のルーシアは避ける。ルーシアは回避盾と呼ばれるスタイルでも戦えるのか。

近接攻撃は斧装備のダムドが中心だ。彼は盾を外して両手に片手斧を装備し、暴風のような連撃を叩き込んでいる。もしかすると、両手に武器を装備すると強化補正が付く【二刀流】スキルを持っているのかもしれない。戦況はなかなか順調のようだ。

俺も魔法部隊に参加しようと考え、ＭＰポーションを使いＭＰを回復しながら駆け寄る。

しかし、そのとき俺は気付いた。

ＨＰが半分を切ってから、ガーゴイルの目の赤い宝石が徐々に光り始めていることに。

「まずい……」

おそらくなにかの特殊攻撃の前兆。しかし前衛は近すぎて、それに気付いていない。

そして、魔法部隊の回復が終わり、前衛が下がろうとした瞬間——


——ドゴォ!!


ガーゴイルの両腕が地面に叩きつけられ、そこを起点に衝撃波が走った。前衛は防御も回避もできずに吹っ飛ばされ、後衛も体勢を崩して混乱する。

広範囲攻撃か。まずいな、情報になかった技だ。

俺は急いで前衛とガーゴイルの間に駆け込み、追撃を防ぐ。ＨＰ減少による攻撃パターンの変化は予想されていたから、混乱したメンバーもすぐに体勢を立て直すだろう。

ガーゴイルの目の光は消えている。連発はできないようだ。

「足止めする。早く立て直せ！」

一言叫ぶと、返事を聞かずにガーゴイルと向き合う。

とはいえ、さすがにエリアボス相手に単独で挑むのは、分が悪いどころか無謀だろう。

だから頼らせてもらう。同格の技量を持つ相棒に。

「コール　ネクロス」

ストーンゴーレムはすでに全滅している。おそらく、全魔法部隊の一斉攻撃を加えればボスは倒

せる。あと数分あれば準備は整うだろう
問題はその数分間を、俺たちだけで稼げるかだ。
「さあ、来い。相手になってやる」

＊　＊　＊

ガーゴイルの爪が振り上げられる。それが振り下ろされる瞬間、俺は肘の部分に突きを入れる。

ものすごいパワーだが、勢いが乗りきる前なら止められる。


――ガン！


ネクロスが尻尾の一撃を盾で防ぐ。しかし、重い。ガードの上からでもわずかにダメージが入る。

ひとりでは対応しきれないだろうが、ネクロスとふたりがかりで攻撃をしのぐ。

もちろん、こっちもやられっぱなしではない。

毒は効かないようだが、俺の槍杖とネクロスの大鉈がガーゴイルの金属のような体に食い込み、傷を付ける。まだ一分にも満たない攻防だが、やけに長く感じる。

紙一重の戦いが続く中、俺は槍の距離から離れたガーゴイルに牽制の【バレット】を撃ち込んだ。

すると、ガーゴイルの目に見覚えのある光が灯った。

「しまった、そういうことか……」

ガーゴイルの特殊能力は、魔法を受けるとチャージが開始されるようだ。このままでは、またあの衝撃波が来る。もう少しで部隊の立て直しが終わるというのに。

さらに、幾度かの攻撃を加えてガーゴイルのＨＰが三分の一ほどになったとき、いきなり奴は翼を広げて飛び上がった。翼は飾りではなかったらしい。

どうする？　いや、これはチャンスだ。

空中のガーゴイルに向けて、あえて魔法を放つ。するとチャージが加速し、即座に完了する。そして、衝撃波を放つためにガーゴイルは真下に急降下する。

「ここだ！」

水属性中級魔法【カーラント】。

間欠泉のように、強烈な水柱を真上に発生させる対空用攻撃魔法を放つ。

急降下の勢いと水流が拮抗し、ガーゴイルの動きが止まる。

「ネクロス！」

俺はネクロスの盾に飛び乗ると、カタパルト代わりにして打ち上げさせる。そして隙だらけのガーゴイルの両目に槍を突き込んだ。

「【ダブル・スラスト】！」

赤い宝石のような両目が砕け散り、ガーゴイルの体勢が崩れる。

「【ヘビー・スイング】！」

さらに追撃を加えてガーゴイルを下に叩き落とし、俺自身は反動で後ろに飛ぶ。離れたところに着地するがその衝撃は大きく、ＨＰがかなり減少した。だが、あとは――

「ネクロス、帰還だ！　魔法部隊！　いいぞ！」

すでに全部隊の態勢は整っていた。俺の任務は完了していたのだ。

俺が離れ、ネクロスが消えたのを確認するや魔法の絨毯爆撃が開始された。すぐに俺も魔法攻撃に参加する。両目を砕かれたボスはチャージができないようだ。魔法攻撃がやむと、ボロボロになったガーゴイルに今度は近接部隊の一斉攻撃が行われる。

そして、ついにボスはポリゴン片となって爆散した。

決着はついた。大きな歓声が上がる中、俺は表示されたメッセージを見ていた。

《ＭＶＰ報酬として『星屑の杖』が贈られます》

ＭＶＰを取ってしまったか。でも、俺は杖を使わないんだよな。

「よし、〈下位吸血鬼（レッサーヴァンパイア）〉から〈中位吸血鬼（ノービスヴァンパイア）〉にランクアップです」

「私も〈天使（エンジェル）〉から〈大天使（アークエンジェル）〉にランクアップね。でも、この【使徒化】ってなんなのかな？」

「私の【眷属化】と似たようなものですかね？」

レイさんとルーシアがランクアップしたようだ。そして俺も――

「よう、大活躍だったな」

突然、肩をたたかれる。

「ああ、ハイドさん」

「どうしたんだ？　ボーっとして」

「ええ、ちょっと。すいません！　ちょっといいですか！」

大声を上げて注意を引く。皆、何事かと注目する。

「実はMVP報酬ってやつが出たんです。レア度★六のメテオライト製の杖なんですけど」

場がざわめく。当然だろう。鋼鉄製の装備でさえ現状は珍しいのに、その上の性能の武器が出たというのだ。マズイ、俺を見る目が肉食獣みたいになってきたぞ。

「でも、俺は杖を使わないんで、明日の昼のオークションに出そうと思います」

慌ててそう宣言すると、各ギルドで話し合いが始まってしまった。

『ティルナノグ』のほうからはティーアさんの懇願する声が聞こえてくる。そんなに欲しいのか、というか威厳ないな。

そんな中、俺はメッセージに視線を戻す。

《フィオは〈上位悪魔(グレーターデーモン)〉にランクアップしました》
《【使い魔】の使役数が六体になりました》
《【使い魔】同時呼び出し数が二体になりました》
《使役している使い魔がランクアップしました》

――って感じでいろいろ出ていた。

＊　＊　＊

オークションで杖を買うという各ギルドの方針は変わらないようだ。

揉めているのは予算に関してだろう。いくらになることやら。談合とかはしてほしくないな。

「戻るのか？」

声をかけてきたのは『ビーストロア』のリーダー、ダムドだった。

「ああ、装備を整備して、これをオークションに出さないとだしな」

いまだに予算について揉めている『ティルナノグ』に目をやりながら答える。さっさと出品したほうがよさそうだ。

「そうか、まあ大活躍だったしな」

「最後に数分時間を稼いだだけだったし、全員の勝利ってことでいいんじゃないかな」

「まあ、それもそうか」

ダムドと別れた俺は、町に引き返しがてら『ウッドゴーレム』を使い魔にすることにした。

そろそろ壁役がいてもいいころだからな。


このダンジョンのモンスターは、さっき殲滅されてしまったので、新たにポップしたモンスターばかりだ。目に見えるほどの個体差はないだろう。

そんなわけで契約自体はあっさりできたのだが――

《契約に成功しました。名前を付けてください》
種族　〈ウッドゴーレム〉

名前　〈ギア〉
属性　〈土〉
素材　〈木〉
《使い魔契約を完了しました》

なんだろう。ランクの代わりに素材とかあるぞ？　まあ、いいか。あとで調べよう。

外に出た俺は、さらに猫型モンスター『ストレイキャット』を使い魔にすることにした。

たまたまダンジョンの近くにいたんだが、襲ってくるでもなくジッとこちらを見つめていたのだ。

その愛らしさに負けた俺は、小回りの利く使い魔がいてもいいんじゃないか、とか考えたのだ。

単純に俺、猫好きだし。むしろウェルカムだ。そして使い魔にすると――

《契約に成功しました。名前を付けてください》
《使い魔がランクアップしました》
種族　〈ストレイキャット〉→〈エッジパンサー〉
名前　〈リンクス〉
属性　〈土〉
ランク　二
《使い魔契約を完了しました》

なんといきなりランクアップ。これはすごい。

全体的にシャープな印象になり、体長も二メートルほどに大型化した。豹(パンサー)だからか尻尾が長い。まるでムチだ。

では最後の一匹は、やはり奴か。

ターゲットは『月夜の森』のシャドウウルフの群れだ。ついでに森までリンクスに騎乗してみることにした。かなりの距離を走ってもらうことになるが、大丈夫だろうか。

「う～ん、ちょっと苦しそうだな。」

体長二メートルの大型獣だが、猫型モンスターは身軽さと瞬発力に優れる代わりに持久力に劣るのかもしれない。その点も、シャドウウルフは期待できそうだな。


森に着いた俺は、木に登ってシャドウウルフの群れを観察していた。なるほど、注意して見ると指揮を執るリーダーが存在しているな。よし、ターゲットは群れのリーダーだ。一回り大きいそいつを狙って使い魔にする。そして——

《契約に成功しました。名前を付けてください》
《使い魔がランクアップしました》
種族　〈シャドウウルフ〉→〈ヘルハウンド〉
名前　〈ハウル〉
属性　〈闇〉〈火〉

ランク　二

《使い魔契約を完了しました》

おおー。ようやく足にぴったりの使い魔が。黒い毛皮には赤いメッシュが入っている。炎のブレスも使えるようだ。体格は一回り大きくなり、がっしりとしていて、犬ゾリどころかそのまま乗っても問題なさそうだ。

でも、乗っていたら目立ちそうだよな。いやでも、さっきリンクスに乗って爆走してきたんだし、いまさらか。

当然、ほかの三体も進化している。

まずフェイは——

種族〈ハイピクシー〉
名前〈フェイ〉
属性〈風〉〈雷〉
ランク　二

見た目の変化としては背中の翅が二対になった。二倍とまではいかないが機動力が強化され、小柄なこともあり、回避率が高い。そして、雷属性が追加され攻撃面も強化されている。

次にネクロスは——

種族　〈ブラッディボーンソルジャー〉
名前　〈ネクロス〉
属性　〈闇〉
ランク　二

骨が血のように真っ赤になった。結構怖い。特殊な能力はないようだが、近接戦闘向けにステータスがアップしている。
最後にバイトは――

種族　〈デュアルパイソン〉
名前　〈バイト〉
属性　〈水〉
ランク　二

見た目は電柱みたいなでかさの双頭の蛇。体長は五メートルはある。でかいな。

これは、とんでもない軍団になってしまったぞ……。

さて、あとはギアについてだが、素材？　構成素材のことかな？　試しに石を与えてみると、なんと吸収されてしまった。だが、まだステータスに変化はない。足りないのかな？

採掘したときに出た、ハズレアイテムの石が大量にあったので全部あげると――
《ギアの構成素材を『木』から『石』に変更します。よろしいですか？》
――というアナウンスが。もちろん、イエスだ。

種族〈ストーンゴーレム〉
名前〈ギア〉
属性〈土〉
素材〈石〉

見事にパワーアップしました。順序から言うと次は鉄、いや鉄鉱石か？　錬金術でインゴット化された鉄は高いが、鉄鉱石自体はそれほどでもない。これは一気にアイアンゴーレムにできるのではないだろうか？
そんなことを考えつつハウルに跨る。なんか尻尾を激しく振っているな。あんまり目立つことは避けてほしいんだが、嫌な予感が……。

――ビュン！

「うおっ⁉、速っ‼」

ものすごいスピードでハウルは駆けだした。ハウルは馬車を見つければ並走し、プレイヤーを見つければ近寄っていく。こいつ遊んでやがるな……。

ノリノリだが、スピードはバイク並みだ。町に着くのはあっと言う間だった。

だが、当然のようにメチャメチャ目立っていた。

＊　＊　＊

とんでもない高額を支払い、オークションを制したのは『ティルナノグ』だった。というか、こんなに払っていいのか？　ティーアさん、そんなに欲しかったのか……。以前素材の説明を見たとき、メテオライトってあんまり魔法と相性がよくなかった気がするんだけど。

「まあ、俺は儲かったからいいんだけどな。装備のメンテナンスしてもらわないとだし」

槍杖を始め、俺の装備はだいぶガタがきていた。装備一式を修理するとなると、それなりに金がかかるだろう。だから、今回の収入は正直ありがたい。

「修復だけならＮＰＣの店で十分か」

俺は適当なＮＰＣの店を見つけて、同じく傷んでいたネクロスの装備も一緒に修繕に出した。そろそろ職人プレイヤーともコネを持たないとだな。

修理を終えた装備を受け取った俺は、人気のないフィールドにやってきた。しばらくはここで、成長した使い魔たちの慣らしを行い、連携も訓練する予定だ。使い魔たちは見違えるほど成長している。こいつらなら第二エリアの敵にも負けないだろう。

すでに第二エリアには、三分の一ほどのプレイヤーが移動しているそうだ。現在はメインの拠点となるエリア中央の大きな町で足場を固めているようだ。

話によると第二エリアには砂漠、湖、雪原、火山など、あらゆるフィールドダンジョンが存在するらしい。第一エリアは練習で、第二エリアからが本番ということなのだろう。

ギアのために鉄鉱石を買おうと思ったが、第二エリアではより高級な鉱石が出るので、少し待つと値が下がるという話を聞いた。ストーンゴーレムでも十分強いし、あと回しでいいか。

いろいろと準備をしていると、強制ログアウトの時間がきた。時間をまったく気にしていなかったわ。俺も廃人の仲間入りかもな。

＊　＊　＊

◇宏輝◇
「そっちも第二エリアが解放されたのか」

「うん。いまのところ第一サーバーと第三サーバーが解放済みね」

意外そうに聞き返した俺に、リエは少し得意そうに答える。う〜む、第三サーバーだけかと思っていたけどやるじゃないか。

「攻略情報が載ったから、残りのサーバーもこのあと攻略するみたいだぜ」

「第四サーバーはトップギルドが協力しないで競っているみたいですけどね」

タクとアキが情報サイトを見ながら、ほかのサーバーの動向を教えてくれた。競争するのは結構だけど、この場合は手を組んだほうがいいと思うんだが……。

バラバラに挑んで上手くいくのだろうか。疑問だ。

「あー、それ知ってる。それで順番にやられているんでしょ」

とか考えていたら、リエが答えを教えてくれた。まあ、普通はそうなるよな。


ログアウトした俺は、友人たちとの共同サイトで情報交換をしていた。連中のサーバーも第二エリアは解放され、新エリアにはすでに行ってみたらしい。

「第二サーバーは、悪魔希望の犯罪プレイヤーが多くて攻略が遅れているみたいですね」

「む、悪魔の情報は載せないほうがよかったかな?」

情報サイトを見ていたアキが、追加の情報を教えてくれた。第二サーバーは、犯罪プレイヤーの動きがかなり活発になっているらしい。悪魔の高スペックが知れ渡ったことは、無関係ではないだろう。少し責任を感じてしまうな。

「いや、やる奴はやるし大差ないだろ」

「悪魔転生の方法が判明するか、PKやら悪事は意味がないって証明できればなぁ」

ヒデとマサがフォローしてくれる。まあ、確かにそうだよな。

「まあ、ほかのサーバーのことだしさ。俺らじゃ、どうにもできんだろ」

「そりゃそうだな」

友人たちと情報交換するのは、すでに恒例だ。それを終えたら、次は情報交換サイトを見てみることにした。

「ウグッ！」

やたらと強い槍使いのサモナーの話題でもちきりだ。誇張はされていないが、これは――

「誰がチートだ。どいつもこいつも」

ちらほらと見かけるチート書き込みに、子供時代を思い出して一気に気分が悪くなる。根拠のないチート発言は、開発陣に対する暴言だと理解しているのだろうか。まあ、この書き込みもそのうち削除されるだろう。特に酷い場合はサイト自体閉鎖されるかもしれない。

「ま、外野のたわごとはどうでもいいか」

気が付けば俺はこの『リバース・ワールド・オンライン』を楽しんでいる。初めはテストだ調査だと身構えていたが、いまでは純粋に。

「教授に感謝しないとだな……」

そして俺は〝もうひとつの世界〟の新天地へ進むべく、ＶＲマシンを起動した。

第三章　第二エリア攻略

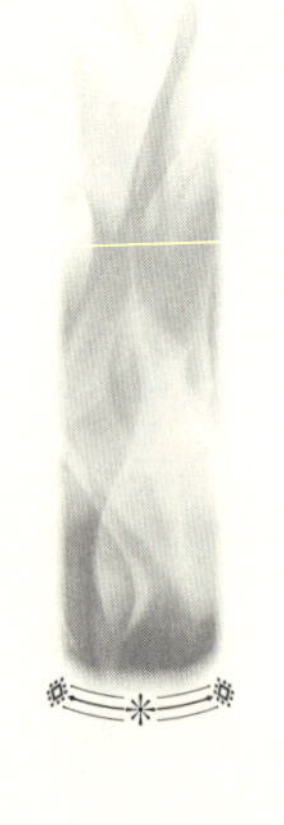

◇フィオ◇

新しいエリアが解放されてしばらく経った。

始まりの町には、第二エリアの中心拠点となる『第二の町』との直通路であるワープポイントが現れた。これにより第二の町までの長い距離を、わざわざ踏破する必要はなくなったわけだ。

現在、第二エリアの探索を行っているプレイヤーは三千人ほど。非戦闘系プレイヤーの総数もほぼ同数なので、合わせて約六千人。全プレイヤーの半分以上が、活動の場を第二エリアに移したことになる。では残りのプレイヤーはというと、まだ第一エリアにいる。

理由は単純に第二エリアの難易度が高く、実力の足りないプレイヤーは探索できないのだ。数任せ、装備任せの力押しでは第二エリアを戦い抜くことはできない。なにしろモンスター一体の強さがプレイヤーと同格で、数も多いのだから。

必要なのは技術と連携、そして戦術。第一エリアは訓練場にすぎなかったのだ。

第二エリアのダンジョンやフィールドは、前半と後半ふたつのパートに分かれている。中間地点には中ボスが待ち構えており、倒すと次回からそのプレイヤーは踏破した前半をショートカットできるようになる。そして最奥の大ボスを倒すと、そのフィールドやダンジョンはクリアとなる。

現在は全フィールドの中ボスを倒すことが当面の目標となっている。中ボスでさえかなり強く、俺もひとりで大ボスに挑むのは無謀だと判断している。

おそらくユニオンかレイドを組んで、一体ずつ確実に仕留めていくことになるだろう。

それと第二エリア解放によって新しい技術も解放された。マジックアイテムと武器強化だ。

マジックアイテムは、基本的に結晶型のクリスタルや球状のオーブの形をとっている。松明の代わりに暗闇を照らすものから攻撃魔法、回復魔法、補助魔法を込めたものまでいろいろある。

まず、採掘スキル持ちが水晶原石を発掘し、錬金術スキル持ちがそれをクリスタルに錬成する。次に鍛冶スキル持ちがクリスタルをオーブに加工し、魔法スキル持ちがオーブに魔法を込めるというのが一般的な製作法だ。最後に商業スキル持ちが、完成したマジックアイテムを売ることで金を稼いでいる。驚いたことに第二エリアのＮＰＣには、マジックアイテムを買いに来る者もいるのだ。

ちなみに商業スキルはＮＰＣの客に対してのみ有効だ。プレイヤーが相手の場合、必要なのはリアル交渉力となる。

武器強化は、いままでは一から新しく作っていた武器を、既存品に素材を加えることで安く作る方法だ。素材になった武器はなくなってしまうが、上手くいくともとの武器の特殊能力を継承することがある。つまり、俺の死蛾の短剣やネクロスの大鉈を素材にすれば、毒能力を引き継ぐ可能性があるということだ。

俺はいまのところ装備の充実と地道なスキルアップを行っているが、そろそろ本格的な攻略に動きだしてもいいころだと思っている。ダンジョンの前半部分はひとりでも攻略できるし、中ボスも数体は単独撃破した。次はダンジョンの後半を攻略し、情報を公開する。そして組まれるであろう大ボス攻略レイドに参加する。予定としてはそんなところだ。

幸い、俺自身の評判は悪くないからな。メンバー入りを断られることはないだろう。

ダンジョンなどでばったり出くわしたパーティに、なるべく協力するようにしているのがいいのかもしれない。情けは人の為ならずってやつだ。

よし。それじゃあ、行こうかな。

＊　＊　＊

◆とあるDランク冒険者パーティ◆

第二エリアのフィールドダンジョン『密林』。そこは植物、獣、昆虫、鳥と多種多様なモンスターが生息し、採取ポイントも多い。ただし、視界が悪く、非常に広いので迷いやすい。

その密林を三人のプレイヤーが歩いていた。男性ひとりに女性ふたり、装備は主に鉄製。悪くはないが、第二エリアでは十分とはいえない質だった。

「ここにも採取ポイントがあるよ」

「モンスターが近付いたらすぐ逃げるぞ」

「わかってるわよ」

警戒しながらも、できるだけ迅速に採取を進めるが、しばらくするとマップ役の従魔がモンスターの反応を感じ取った。

「来たわよ！」

「よし、音を立てないように逃げよう」

〈グガオオォォォ……〉

「え？」

聞こえてきたのは明らかに断末魔の叫び声。マップに映っていたモンスターを表す赤い光点が、次々と減っていく。いったいなにが起きているのかと三人は困惑する。

「……どうなったんだ？」

「さあ……。え？　ちょっと、あんた行ってみる気？」

「だって、気になるもん」

そうして三人が進んだ先では、巨大なクマ『グリズリー』二頭が鉄色のゴーレムに蹂躙されていた。体長二メートルの大熊が、身長五メートルはあるアイアンゴーレムに踏み潰され、締め落とされる光景に三人の思考がフリーズする。

さらにシューシューという音に気が付き、上を見上げる。すると電柱のような太さの双頭の大蛇が大イノシシ『ブレイクボア』に巻きつき、ふたつの口には茶色の巨大ネズミ『ジャングルラット』を咥えていた。

そして次の瞬間、ＨＰがゼロになった五体のモンスターは消滅し、二体がこちらを向いた。逃げるべきだということはわかっているが、あまりに馬鹿げた光景に三人はなにもできなかった。

そんなとき――

「こんにちは」

「おうわあー！」

「ひいいいいいいいいいい！」

「きゃあああああああああ！」

「え？　あれ？」

突然かけられた声に驚き絶叫する三人が落ち着きを取り戻すには、少しの時間が必要だった。

「大声上げてすみません……」

「いや、気にしないでください」

白いフードコートを被った声の主は、フィオと名乗った。驚いたことに鉄のゴーレムと双頭の大蛇は彼の召喚獣だという。さらに、彼は町に帰るところなので送ってくれると提案してきた。

正直、戦力に不安のあった三人は喜んで提案に応じた。明らかに格上とわかる相手。三人は、ここぞとばかりに質問をぶつける。

「こんな強力な召喚獣を二体も召喚するなんて、ＭＰは大丈夫なんですか？」

「ええ。このアクセサリがありますから」

彼のコートの内側には赤いブローチと青いブローチが付いていた。おそらくマジックアイテムだ。

「『ヒールタリスマン』と『マジックタリスマン』。効果はＨＰ、ＭＰの自動回復です」

「え、それってとんでもなくレアなんじゃ……」

「まあ、いろんなレア素材と大金が必要ですよ。でも、それが用意できればすぐ作れます。オークションにもよく出ているし、上位のプレイヤーならだいたい持っていますよ」

「そうですか……」

襲ってくるモンスターはフィオがあっさり片付けてしまう。ほどなく三人は安全に、譲ってもらった大量の素材を持って町にたどり着いた。

　数日後、彼らは自分たちが出会ったプレイヤーがサーバー最強のプレイヤーだったことを知る。

＊　＊　＊

◇フィオ◇
　第二エリアのメイン拠点となる町、通称『第二の町』。

　おそらく第二エリアに来たばかりであろう三人と別れ、俺は冒険者ギルドに向かっていた。

　第二エリア解放後、ギルドではプレイヤーも依頼を出すことができるようになった。戦闘以外が全然ダメな俺は、モンスター素材を報酬にして採掘クエストを出したり、鉱石が報酬のクエストを受けたりしていた。

　今回受注したクエストは、密林の中ボス、巨大なトンボ型モンスター『カイザードラゴンフライ』の素材を納品するというものだった。密林は暑くて湿っぽいフィールドで、スタミナ消費が大きくなる。だが、第二エリアの中ボス素材を使って新調した白いコートは、耐寒耐熱の機能があるのでずいぶん楽だった。

　今回のクエストの報酬はミスリルのインゴット。鉱石ではなくインゴットだ。品質にもよるが、同品質、同量で十倍は価値が違う。

「これで、防具も強化できるな」

「あ、いたいた。フィオさん」

「ん？　ああ、オーブ屋か……」

もう少しで冒険者ギルドというところで、後ろから声をかけられた。

彼は第二エリアで知り合ったグラスワーカーの職人だ。名前はケイル。眼鏡をかけた顔にいつも愛想笑いを浮かべていて、胡散臭そうな雰囲気をしている。

しかし、その技量は確かなもの。なにしろ〝オーブに魔法を込める〟という技術を、最初に成功させたのがこいつなのだ。だから彼の通称は『オーブ屋』だ。

前に護衛の依頼を受けてから、彼は調査や実験の護衛、素材の納品などでよく俺を指名してくる。

「で、どうした？」

「いや、実はオーブが百個くらいできまして……」

「また上級魔法か？　しかも百個？　俺をミイラにする気かよ……」

彼からの依頼で特に多いのがこれだ。彼は高品質、高性能のオーブを作成できるが魔法スキルは高くない。一方、俺は数少ない上級魔法の使い手。オーブが評判になって売れ始めると、必然的に俺への依頼も増えていった。だからといって百個はどうかと思うが……。

「メテオライト鉱石三十個でどうです？」

「ぐっ。……やる」

「じゃあ、店の工房で待っていますね」

ギアを『メテオライトゴーレム』に強化するためとはいえ、さすがにオーブ百個に魔法を込めるのはキツイ。いったい何時間かかるんだろう……。

それでも報酬の魅力には逆らえず、ゲンナリしながら俺はオーブ屋の工房へ向かった。

＊　＊　＊

◆とある職人プレイヤーパーティ◆

その日、とある職人ギルドの採掘班四人が第二の町の入り口に集まっていた。彼らの目的は火山での採掘。そのために、馬車もレンタルしていた。

火山は採掘ポイントが多いが、溶岩だらけで火属性の攻撃力の高い敵が出る。だから彼らは採掘の護衛をクエスト発注し、受注したプレイヤーを待っていた。

「ギルドの話ではAランクパーティが受けてくれたらしいね」

「ああ。運がいいって言っていたな」

現在トップギルドは不動の四ギルドだが、彼らに次ぐ上位ギルドは増えてきている。そのクラスのパーティが護衛してくれれば、まず間違いない。

「お待たせしました」

声をかけられた四人が振り向くと、そこには白地に赤い炎のような模様の入ったフードコートを着たプレイヤーがいた。手には変わった形の槍を持っており、顔はフードでよく見えない。

しかし、気になったのは――

「へ？　ひとり？」

そう、現れたのは彼ひとりだったのだ。

「はい。フィオといいます。よろしく」

「あ、ああ。よろしく」

「依頼は、火山での採掘護衛で間違いないですね？」

「ああ、うん」

「では、行きましょう」

「あ、あの……」

意を決して、職人プレイヤーのひとりが尋ねる。

「火山って敵多いですよね。ひとりで大丈夫なの？」

すると彼、フィオは気にした様子もなく答える。

「はい。大丈夫ですよ。なにせ――」

その影から四枚羽の妖精と、赤と黒の体毛の巨狼が現れた。絶句する四人に彼は笑いかけた。

「ひとりじゃないので」


四人は馬車で、フィオは巨狼ハウルに乗って移動し、火山に到着した。

言葉どおり、フィオたちは現れるモンスターをあっさりと倒していく。不思議なのは地中から現れるイモムシ『ラーヴァウォーム』など、発見の難しい敵もなんなく見つけてしまうことだ。

「どうしてわかるんですか？　【聴覚探知】？」

聞いてみるが、彼はチラリと自分のコートを見ると――

「秘密です」

――と、流していた。

そのとき、フィオのコートがゴソッと動いたが、それに気付いた者はいなかった。

＊　＊　＊

その後、採掘は順調に進んだ。火山は採掘ポイントが多いが、暑さのせいで普通よりスタミナを消耗するので、ふたりずつ交代で採掘する。

休憩に入ったふたりが、周囲を警戒するフィオになんとなく問いかけた。

「どうして水系や氷系の召喚獣を呼ばないんですか？」

「えーっとですね」

確かに普通に考えると敵の弱点を突ける水、氷系の召喚獣を呼んだほうがいい。しかし、この灼熱のフィールドでは彼らは弱ってしまい力を発揮できないうえ、彼ら自身も火に弱いため大ダメージを受けやすくなる。その点、飛行能力を持つフェイや火属性のハウルなら溶岩を気にせず戦える。

——ということだった。

なるほど、とふたりは納得した。そしてAランクはだてじゃない、と感心する。

「その槍、変わってますね」

「ああ、これは槍杖っていうんです」

「ソウジョウ？」

それはふたりが聞いたことのない武器だった。彼自身も自分以外持っている人は知らないという。

詳しく聞くと、モンスタードロップのレア武器をミスリルで強化して使い続けているということだった。そして、職人プレイヤーに頼まれて解析したことがあるが、いまのところ生産はできていないらしい。特殊な武器の解析には時間がかかるようだ。

「あー、暑いなもう……。そんなコート着ていてフィオさんは平気なの？」

そのうち、採掘していたふたりのスタミナが切れて交代となった。彼らもフィオに興味を持ったのか、いろいろ話しかける。そしてふたりはフィオの着ているコートに興味を持った。

「このコートには耐寒耐熱の機能があるんです。便利ですよ」

「うわ。羨ましい……」

「へえ、いいね。素材は？」

「メインは『イエティ』と『フレイムウルフ』の毛皮ですね」

「は？　それって雪原と、この火山の中ボスじゃないの！　メチャメチャ高級品だよ！」

なんとなく聞いてみただけだったのだが、予想外の高級品に彼らは目を丸くして慌ててしまった。

＊　＊　＊

そして採掘が終わり帰ることになった。ところが、フィオは四人にとんでもないことを提案した。

「中ボスを倒して転移で帰ったほうが早いですよ」

「無理ですって、死んじゃいますよ！」

「ああ、すいません。俺が倒してくるので、皆さんには少し待っていてもらおうかなと」

「え、一人で勝てるの？」

「はい。中ボスなら」

ここの中ボスはさっき話に出た炎狼『フレイムウルフ』。中堅プレイヤーでは六人パーティでも苦戦する相手だ。本当に単身で倒せるなら、でたらめな強さだ。だが、そこでパーティのひとりに、ある考えが浮かんだ。

「フィオさん、私らを守りながらフレイムウルフ倒せる？」

「依頼ですからできる限りは。百パーセントの保証はしかねますが……」

「わかった。お願い」

「おい！」

「危険だぞ！」

仲間内で若干揉めるが、タダで中ボスの素材が手に入るチャンスなのだ。最終的には皆が納得した。ハイリスク、ハイリターンな選択だが、フィオの強さが彼らの決断をあと押ししたのだ。

「じゃあ、行きましょう」

フィオは気負った様子もなく、中ボスの待ち受けるエリアへと進んだ。

＊　＊　＊

フレイムウルフと戦っているのは、フィオと妖精のフェイだ。巨狼のハウルは四人の護衛として、彼らの前に陣取っている。戦闘中、四人は狙われないように戦闘フィールドの端に隠れていることになっている。

戦闘は一方的だった。フィオはフレイムウルフの攻撃をユラリ、ユラリと紙一重で回避し、反撃を叩き込む。フレイムウルフも必死に攻撃するが、フェイが風の魔法で牽制するため大技が出せず、動きも制限されてしまう。牽制とはいえ、放たれる風の魔法はバカにできない威力なのだ。

そしてフェイの放った風刃をフレイムウルフがジャンプして躱したとき、フィオが勝負に出た。

水属性中位魔法【トーレント】。掌から鉄砲水のように噴射された水流が、フレイムウルフを押しやる。そして、水流がフィールド端の溶岩に達したとき、すさまじい水蒸気爆発が起きた。

吹っ飛ばされ、地面に叩きつけられたフレイムウルフに、フェイの雷撃とフィオの魔法が襲いかかる。とどめに氷属性上位魔法【アイス・ブラスト】を食らい、フレイムウルフは消滅した。

「すごいな……。これが中ボスの素材か」

「わあ……『炎狼の毛皮』なんて初めて見たわ」

「皆さん、帰りますよ」

「あ、はい」

「すいません、興奮しちゃって……」

希少素材を手に入れて浮かれていた四人は、フィオに声をかけられて正気に戻った。

中ボスエリアの入り口に現れた転移陣を使って町に戻ると、時刻はもう夕方だった。フィオは依頼報酬の鉱石を受け取り、帰って行った。

「なんていうか、規格外の人だったね」

「うん。思わぬ収入もあったしね」

今回のクエストは大当たりだったといえるだろう。なにしろ鉱石だけでなく、中ボスの素材も手に入ったのだから。

「この素材どうする？　売る？」

「実は、フィオさんにいいこと聞いたんだよ」

「いいこと？」

「このフレイムウルフの素材とイエティの素材でね……」

「耐寒、耐熱？　マジか！」

職人プレイヤーは地味かもしれない。しかし、彼らには彼らのストーリーがある。

『リバース・ワールド・オンライン』はプレイヤーひとりひとりが主人公なのだから。

＊　＊　＊

◇フィオ◇
空に輝く月と星は、ここがゲームの中であることを忘れるほど綺麗だ。

俺はいま、砂漠の大ボスに挑むレイドメンバーのひとりとして砂漠を歩いていた。

時刻は夜。闇に包まれ、寒さも厳しい。通常なら避ける時間帯だが、今回はあえて夜に挑む。

主導するギルドは『血の棺』と『ビーストロア』。この日のために、レイドメンバーは協力して入念な調査と準備を行ってきた。

「この先ですね」

「みんな準備はいいか？」

レイさんとダムドが確認を取る。

砂漠の大ボスは『サンドウォーム』。体長二十メートルはある大ミミズだ。こいつは地中を移動し、攻撃のときしか姿を現さない。そして、巨体なのだが、砂に潜るとどこにいるのかわからなくなってしまう。しかし、対策は考えてある。

「では、行きましょう」

レイさんの号令を合図に、初の大ボス攻略が始まった。

砂の中を移動するサンドウォームには攻撃魔法が効きにくい。だが、今回のレイドパーティには魔法使いが二十人近く参加している。それも、すべて作戦どおりだ。

「頼む。フェイ」

フェイがフィールドの中央に向かい、マジックアイテム『集魔の鐘』を鳴らす。

これは本来、前衛が敵の注意を引き付けるために使うアイテムだ。だが、今回は地中のサンドウォームをおびき出すために使う。

——ゴゴゴゴゴゴ

——ドバァ!!

地響きが近付き、フェイの真下から巨大なサンドウォームが飛び出した。

「いまだ!」

合図とともにレイさんと、彼の【眷属化】スキルによりヴァンパイアとなった三人の仲間が種族固有スキル【ヘル・ファイア】を撃ち込んだ。【ヘル・ファイア】は、直接ダメージ自体は大きくない。しかし、受けた敵を火ダルマ状態にする追加効果がある。そして、MPを消費し続けるが、解除しない限り敵を焼き続けるのだ。

〈キュアアアアア‼〉

サンドウォームは絶叫を上げて砂に潜る。だが――

「よし。予想どおり。よくわかるぞ！」

【ヘル・ファイア】の炎が、砂の中にいるにボスの巨体を浮かび上がらせる。これなら探知なしでも丸わかりだ。この作戦のために、あえて夜を選んだのだ。

「来るぞ。魔法部隊用意！」

〈キシャアアア‼〉

地中からサンドウォームが飛び出すが、すでに全員が退避済みだ。奇襲を回避されたサンドウォームは、勢いあまって全身を砂の上に露出させてしまう。そこへ――

「【シャドウ・バインド】」

「【ライトニング・チェイン】！」

「【アース・バインド】！」

「【ファイア・ジェイル】」

「【ライト・ウェブ】」

「【アクア・バインド】」

「【フリーズ・ジェイル】！」

無数の拘束魔法が襲いかかり、巨体を束縛する。サンドウォームは攻撃魔法には強いが、拘束系の魔法は普通に効く。巨体はそれだけで武器になるが、動けなければただのでかい的だ。

「突撃！」

直接攻撃部隊が攻撃を開始する。俺はというと今回は拘束部隊だ。

巨体がのたうつが、大きくは動かない。動けない。口から吐き出す砂嵐のブレスも、正面に立たなければ怖くない。

「拘束が解けるぞ。離れろ！」

ダムドの指示で、直接攻撃部隊が距離を取った。直後、サンドウォームは拘束を引きちぎり、地中に逃げ込む。しかし、最大の武器である隠密と奇襲を封じられた奴に、勝ち目はない。

「落ち着いて対処しろ！」

再び奇襲を回避して拘束する。そこにダムドたちが襲いかかる。大ボスではあるが、あまり頭はよくないようだな。油断は禁物だがなんとかなりそうだ。


膨大なＨＰのため時間がかかったが、ついにサンドウォームは力尽きた。

「やれやれ、ＭＰが持ってよかったですよ」

戦闘中ずっと【ヘル・ファイア】を維持し続けていたレイさんたちだが、やはり結構ギリギリだったようだ。

「思ったよりも安全に戦えましたね」

「そうですね。フィオ君もフェイちゃんもご苦労様でした」

レイさんと話していると、ダムドが大声でみんなを集めた。点呼を取るようだ。見た限り、戦闘不能になった者はいないみたいだな。ちなみに今回はエリアボス戦ではないので、ＭＶＰはなしだ。

だが、最速撃破報酬はもらえた。

「『砂隠れの外套』か。使いどころが限定されるな」

砂嵐を無効化してくれる防具だが、残念ながら砂漠でしか役に立たない。まあ、ないよりはあったほうがいいけど。

しばらくして確認が終わったが、やられたメンバーはなしだった。上々の結果だろう。戦勝を祝い、レイドメンバーは解散した。

こうして初の大ボス攻略は大成功に終わった。

＊　＊　＊

その日、俺はとある大ボスの攻略会議までの時間を酒場で過ごしていた。といっても、飲んでいるわけではない。素材やアイテムの整理をしていたのだ。

「しかし、アメンボの指輪があんなに役に立つとはね……」

先日のバトルを思い出して呟く。昼間なので客は少ない。しかし、数少ない客の会話が耳に入った。おそらく、中堅クラスのプレイヤーたちだ。

「『湖』が『パンテオン』に攻略されたらしいな」

「あそこの大ボスってデカイ水竜なんだろ？　よく倒したな」

「なんでも水上移動のアクセサリを大量に複製したらしいぜ」

「さすがトップギルド。用意周到だねえ」

大ボス戦は調査と準備がものをいう。戦う前に勝敗の半分は決まっていると言ってもいいのだ。

「そういや、昨日『戦獣騎士団』と『ワイルドブレイク』も大ボス攻略に行ったらしいぜ」

「へえ、場所は？」

「『火山』だってよ。あそこの大ボスは『フレイムワイバーン』だったっけ」

フレイムワイバーンは強靭な牙と爪、そして尾の毒針が武器で、炎まで吐く強敵だ。しかし、もっとも厄介なのはその飛行能力だろう。

「で、結果はどうだったんだ？」

「ボロ負けだと。上級魔法のオーブを山ほど持って行ったらしいけどな」

「おいおい、大損じゃねえか。ギルドの運営にも影響が出るぞ」

大方、飛んでいるフレイムワイバーンをオーブで撃ち落とそうとしたんだろう。

だが、奴は魔法防御力が高い。そしてオーブの威力は魔法を込めた術者ではなく、使用者の魔法系ステータスの影響を受ける。半端な実力者が撃ち込んでも、レジストされて終わりだろう。完全な調査不足だ。

正しい戦術としてはこちらも飛行可能な種族を揃えるか、拘束系魔法で拘束して地面に引きずり下ろすといったところか。

「いまはデスペナと損失を取り返そうと必死みたいだぜ」

「つーか、そんなにオーブ買ったら、勝っても損じゃねえのか？」

「俺に言うなよ」

「そりゃそうか」

彼ら上位ギルドがトップギルドより一段低く見られがちなのは、時折彼らが考えなしとしか思えない行動を取るからだ。その理由はひとえに経験不足。

彼らは攻略情報を見て、そのマニュアルどおりに戦い急速に力を付けた。装備やステータスではトップギルドと大差はないだろう。

だが、彼らは調査し、研究し、自分で作戦を立てる、といったことをしたことがない。だから未知の敵と戦うとき、勢いで、力押しで、あるいは的外れな戦法で戦ってしまうのだ。

トップギルドのつけた道を通っているだけでは、どんなに近付いても並ぶことはできない。ましてや超えることなどできない。

それに気付かない限り彼らは『上位ギルド』のままなのだ。

「っと、そろそろかな」

俺は酒場をあとにして会議の会場へ向かった。


その二日後、『ティルナノグ』主導でレイドが組まれ、火山の大ボス『フレイムワイバーン』は討伐された。

＊　＊　＊

「お前ら、ホント懲りないな……」

「な！」

「てめえは！」

俺はいま、クエストで第一エリアのとある洞窟に来ていた。

十を超えるパーティが参加する大規模クエストだが、その内容は『犯罪プレイヤーの討伐』だ。

最近第一エリアに犯罪プレイヤーが増え、素材を集めている職人プレイヤーが困っていたので今回の大規模討伐戦が行われることになった。

どうやら最近、犯罪プレイヤー同士が連携を取り始めているようなのだ。

そこで事前に情報が伝わり逃げられないように、全ダンジョンに一斉に討伐部隊を送り込むことになった。そして担当の洞窟を訪れた俺は、以前討伐したことのある連中に出くわしたわけだ。

「さて、覚悟はいいな？　職人たちの平穏と、俺の財布のためにくたばってもらおう」

「ふざけんな！」

「前と同じだと思うなよ！」

「てめえの骸骨なんかもう怖くねえぞ！」

おうおう、威勢がいいじゃないか。犯罪者とはいえ相手はプレイヤーだ。討伐を楽しむつもりはないが、お灸をすえる必要はありそうだ。

「ほう、ご指名だぞ。コール　ネクロス」

「「「「ヒィッ！」」」」

ダマスカスの大剣とミスリルのラウンドシールドを構えた深紅の骸骨の姿に悲鳴が上がる。

「び、びびるな！　陣形を組め！」

四人の犯罪プレイヤーは前衛二、後衛二のフォーメーションを組んだ。

だが――

「ほんと、進歩しないな。お前ら……」

「なに？　ぐあっ！」

「は？」

後衛のふたりは、音も立てずに後ろに回っていたリンクスの奇襲を受け、あっさりＨＰがゼロになった。そして、それに気を取られた瞬間、ネクロスの剣が走り、前衛のふたりも倒れた。

「やれやれ。ネクロス、リンクス、ご苦労さん」

自分たちが襲うことには慣れても、襲われることは考えもしない。まったく成長していない連中にいっそ感心してしまう。

「これが中二病ってやつかね……」

いまだに悪さをする悪魔志望プレイヤーは、十代半ばの少年が多い。悪魔というファンタジーな種族への憧れ。悪いことをするという行為自体への解放感。後先考えない無鉄砲さ。周りの迷惑を考えない身勝手さ。そして、まったく懲りない思慮の浅さ。

偶然か、必然か、犯罪プレイヤーの年齢層は固定されてきているのだ。もちろんこれはゲームだし、運営側も特に規制はしていない。むしろ、犯罪プレイヤーの行動が与える影響などもいいデータになるのだろう。

とはいえ、第二サーバーのように、ゲームの進行に悪影響が出るのはマズイはずだ。

「揉めごとの種は摘んでおいたほうがいいよな……」

悪魔の情報に関しては俺以上に詳しい者はいない。しかし、いま俺が持っている情報だけでは、犯罪プレイの抑止に関してはまったく役に立たないことも事実だった。結界を抜け、隠れ里に向かう方法がわからなければ意味はないのだ。

だが、俺はその手がかりとなる可能性がある場所に心当たりがあった。

第二エリアのダンジョン『暗黒の遺跡』。中ボスは『ミノタウロス』、大ボスは『ゴルゴン』。どちらもすでに討伐されている。

中ボス以降のエリアはすでに完全に調査されているし、それぞれのボスを倒したあとにボス部屋も調べたが、特になにもなかった。

だが中ボスまでの部分はミノタウロスの部屋まで一直線に行けたので、脇道の調査は十分にされていない。そして、ここは敵が強いのに採取ポイントがないので職人プレイヤーも行かない。

無駄足になる可能性もあるが、調査してみるか。

＊＊＊

暗黒の遺跡の中ボス部屋までは、『インプ』や『グレムリン』などの悪魔系モンスターや『レッドキャップ』などの小鬼系モンスターがよく現れる。

こいつらは質より量タイプで、奇襲を得意としている。脇道には人があまり行かないため、それらのモンスターがかなり溜まっており、駆除に少し時間がかかった。

ハウルとリンクスに周囲を警戒してもらい、俺は怪しいところを調べていく。

しばらくして、俺は壁に妙なものを見つけた。

「魔法陣?」

壁には、円の中に星型という典型的な魔法陣がふたつ刻まれていた。ありがちな模様だが星の角と線の交点、計十カ所に黒い宝玉がはまっている。それがふたつ。怪しい。

調べてみようと手を触れると、黒い宝玉のひとつに赤い光が灯った。光は徐々に増えてゆき、ついに十の宝玉すべてが赤く光った。

もうひとつの魔法陣にも触れてみると、同じように光が灯っていく。

そして二十の宝玉に光が灯ると魔法陣全体が輝き、壁に人がひとり通れるくらいの転移魔法陣が現れた。

「当たりか。でもこんな目立つ仕掛け、なんでいままで誰も気付かなかったんだ?」

不思議に思いつつ、俺は転移魔法陣を起動した。

「ここは……」

そこはたとえるなら教会の中だった。ただし、雰囲気は正反対。名称は『闇の祭壇』だった。

ここの神様は邪神とか暗黒神とかそういうたぐいの神だろう。

そんなことを考えていると声が響いた。

〈二十の強き魔を己が力のみで打ち破りし者よ……〉

二十の強き魔? ボスか? 己が力のみ……。そうか! そういうことか!

さっきの仕掛けを動かす条件は、二十体以上のボスの単独撃破だ。これは確かに現時点では俺以外いないだろう。

〈汝、さらなる力を望むか?〉

「望む」

〈それが闇の力であったとしてもか？〉

「かまわない」

〈ならば、その力を持って資格を得るがいい〉

声が消えると祭壇の中心に魔法陣が現れ、そこから黒い闇が吹きあがる。そして、その中から現れたのは――

「『グレーターデーモン』かよ……」

山羊の頭と下半身、蛇の尾に蝙蝠の翼。腕には鋭い鉤爪を持った典型的な悪魔が咆哮を上げた。

「コール　ネクロス　ギア」

転移時に使い魔たちが消えていたので新たに呼び出す。しかし――

「呼べない？」

なんの反応もない。

「なるほど。正真正銘、自分の力だけで倒せってことか」

思えば久しぶりのタイマンだ。相手の大きさは三メートルほど。第一エリアの最終ボス『ガーゴイル』に近い。

爪の攻撃は躱せるが尻尾は面倒だな。別のモンスターみたいに動いてやがる。まずはこれを封じる必要があるな。

「そらっ！」

――ザシュ！

攻撃を回避しながら尻尾を狙う。徹底して狙い、幾度かの攻防で尻尾を切り落とす。

〈グガアアアア!!〉

グレーターデーモンが翼を広げて飛び上がる。だが、この狭い祭壇では飛行能力は生かしきれない。壁を蹴ってジャンプし、奴の上を取る。予想外だったのか、グレーターデーモンがこちらを見上げて硬直する。

「【ファイア・ブラスト】！」

〈グガッ！〉

「【サンダー・ブラスト】！」

〈ガグッ！〉

「【ロック・ブラスト】！」

〈グギャアアアア!!〉

隙を逃さず上級魔法の三連発。さすがにだいぶ効いたようだが、こっちのＭＰの消費も激しい。ひとりではマジックポーションを使う暇がないからな。

「そろそろ、くたばれよ……」

かなり追い詰めたはずだが、とたんに奴は防御に専念し、カウンターを狙いだした。

くそ、やりにくい。俺自身がカウンタータイプだからな。こうなれば力押しだ。

「【アイス・ブラスト】！」

魔法と同時に駆けだし、吹雪を隠れ蓑に接近する。距離があったので奴は魔法の直撃を回避する。

しかし、十分な隙だ。

「【マルチ・スラスト】！」

槍術の上級技、スキルレベルに応じて増加する連続突きがグレーターデーモンの胸部を捉える。

しかし、わずかにＨＰが残った。爪によるカウンターを避けるため後ろに飛ぶ。だが――

「ブレス⁉」

大きく息を吸い込んで放たれたのは【デーモン・ブレス】。高位の悪魔系モンスターの必殺技だ。

体勢の崩れた俺は回避できない。【マジック・シールド】で逸らすには近すぎるし、強力な防御魔法を使うには時間が足りない。

しかし、グレーターデーモンは大きく目を見開き驚愕した。突然、俺の前に光の障壁が現れ、デーモン・ブレスを防いだからだ。

「【エアロ・ブラスト】！」

直後に俺が放った風の上級攻撃魔法が、グレーターデーモンのＨＰを削りきった。

「悪いな。本当は一対一じゃなかったんだよ」

〈キュイ！〉

フードからリーフが顔を出し得意げに胸を張った。一対一のはずだが、なぜか従魔の加勢は許可されていたのだ。

「そういや、店の親父が言っていたな」

従魔は相棒、従魔は半身と。

《フィオは〈大悪魔（アークデーモン）〉にランクアップしました》
《使い魔の使役数が九体になりました》
《使い魔の召喚数が三体になりました》
《使い魔たちがランクアップしました》
《種族固有スキル【魔術の魔眼】が解放されました》
《種族固有スキル【悪魔化】が解放されました》

ランクアップか。なにやらいろいろと増えたな。

実はいままで上級魔法は、詠唱省略はできても無詠唱はシステム制限がかかっていた。魔術の魔眼】はそのシステム制限を解除してくれるらしい。ほかにも魔法発動の察知や魔法系トラップの看破などの能力がある。

これは『魔力の視覚化』という設定によるものだろう。

【悪魔化】のほうは『使用条件を満たしていません』となっている。条件付きのアクティブスキルか？　よくわからんな。

そして、使い魔たちもランク三にアップしたようだ。

種族　〈ハイピクシー〉↓〈スプライト〉
名前　〈フェイ〉

属性　〈風〉〈雷〉〈光〉
ランク　三

フェイは光属性を得たことで回復能力を得た。今回は補助系が充実する進化だったな。

種族　〈デュアルパイソン〉↓〈トライヴァイパー〉
名前　〈バイト〉
属性　〈水〉
ランク　三

バイトは頭部が三つになり、さらに巨大化した。欲を言うなら、そろそろ遠距離攻撃手段が欲しいところだな。

種族　〈ブラッディボーンソルジャー〉↓〈アンデッドナイト〉
名前　〈ネクロス〉
属性　〈闇〉
ランク　三

ネクロスは身長二メートル半に巨大化し、腕が四本に増えた。戦力アップはありがたいが、新しい武器の出費も増えそうだな……。

種族〈エッジパンサー〉→〈サーベルタイガー〉
名前〈リンクス〉
属性〈土〉
ランク　三

リンクスは豹から虎に変化した。身軽さはそのままに持久力が強化された感じだ。

種族〈ヘルハウンド〉→〈オルトロス〉
名前〈ハウル〉
属性〈闇〉〈火〉
ランク　三

ハウルはバイトみたいに頭が増え、双頭に進化した。これで、咬みつきもブレスも二倍だな。

そして、手に入れたアイテムは『邪神像』のみ。これがキーアイテムかな？

う～ん、素材くらい欲しかったな。悪魔の素材とか大騒ぎになっただろうに。

そこで、ふと疑問が浮かぶ。

通常では、これで初めて黒の隠れ里のある領域に行けるわけだ。確かにあの周辺は、初期にしては難易度が高かった。手に入れたアイテムもグレードのわりには優秀だった。

しかし、試練を通過したプレイヤーにとっては雑魚ばかりだろう。アイテムにしても、第二エリアでもっとよいものがすでに出回っている。

不思議に思ったが、予想もついた。

おそらくベータテストではエリア内の難易度に上限が設定されていて、あれが第一エリアにおける最大難易度だったのだ。

モンスターの生息域や移動範囲はいちおう決まっているようだが、『はぐれ』と呼ばれるイレギュラーが出るように完璧ではない。初期から、予想外に強いユニークモンスターが現れるなどのアクシデントを防止する意味もあるはずだ。

隠しエリアだからといって、あそこだけ難易度を変更するのは現段階では難しかったのだろう。ていうか、そんな地獄設定にされたら、俺でも初期で攻略は無理だ。おとなしく村を離れただろう。まあ、製品版では上手いこと調整してくれるのを期待しよう。

では、さっそく黒の隠れ里に向かってみるとしようか。

＊　＊　＊

ここは本当に同じ町か？　そう思いたくなるほど、再訪した黒の隠れ里の皆さんはフレンドリーだった。邪神像を持つ者は同胞ってわけね。

俺は最初から悪魔だったのに彼らの態度は友好的とはいえなかった。つまり、彼らの友好度は種族ではなく、信仰心の有無によって変化するのだろう。

邪神像を持ってさえいれば、悪魔に転生していようとほかの種族だろうと友好的ということか。

村長のところへ行ってみると――

「おお、礼拝ですか。どうぞ、どうぞ」

すごく歓迎されたあと、隠し通路に案内された。そして、その先にあったのは――

「闇の祭壇じゃないか」

グレーターデーモンと戦った場所にそっくりの祭壇だった。

とりあえず奥に進むと、覚えのある声が聞こえてきた。

〈よくぞ試練を乗り越え、我が元にたどり着いた〉

祀られている巨大な邪神像が赤黒く光っている。なんて邪悪な光景だ。

〈力強き汝を我が眷属として迎え入れよう〉

〈エラー　フィオの種族はすでに悪魔です〉

〈では行くがいい。汝は汝の欲するままに生きよ。我はそのすべてを祝福しよう〉

声は消え、邪神像の光も消えた。

「転生条件発見か……」

これで犯罪プレイヤーが少しは減るといいんだが……。

＊　＊　＊

ログアウトした俺は、さっそく情報交換サイトに大まかな内容を載せた。

〝ボスを大量に単独撃破すると『暗黒の遺跡』の隠し部屋に行ける〟

〝そこで出される試練を乗り越えると『邪神像』がもらえる〟

〝邪神像があると第一エリアにある『黒の隠れ里』に行ける〟

〝黒の隠れ里で邪神から『悪魔』に転生させてもらえる〟

〝ＰＫや犯罪プレイは一切関係ない〟


こんなところか。あとはなるようになるだろう。友人たちには詳細をメールをしておくか。

「トップギルドの連中には話しておこうかな……」

正直、隠してコソコソしているのは後ろめたかったのだ。というか、情報を載せたのが俺だということはレイさんあたりにはバレそうだし。自分から白状したほうがいいだろう。

そんなことを考え、俺は再びＶＲマシンを起動した。

《隠し条件が解明されました。第三サーバーには特典が贈られます》
《第三サーバーではゲーム内時間で一週間後、特別クエスト『死神の襲撃』が行われます》

第四章　死神の襲撃

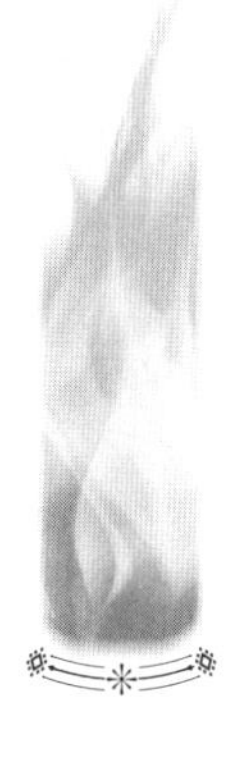

◇フィオ◇

「……と、まあ、こんなところです」

第二の町にある『血の棺』のホームエリア。そこにトップギルド、そして彼らと協調路線を取る上位ギルドの幹部メンバーたちが揃っていた。

そこで俺は、彼らの前で初めてフードを外し、自分の種族が悪魔であると明かした。悪魔希望の犯罪プレイヤーにつきまとわれたくなくて隠していたこと。そして、転生方法を発見したことを、できるだけ包み隠さず話した。

反応は大きかったが、幸いなことに俺を責める者はいなかった。むしろ、これで犯罪プレイヤーが減ると歓迎してもらえた。

「あなたも大変だったんですね」

ルーシアが共感してくれた。

「いきなりあのレベルのフィールドを攻略するとはな……」

「フィオ君がでたらめに強いってことは変わらないよねー」

ダムドとティーアさんが感心している。

「それで最初は君のことが知られてなかったんですね」

レイさんが納得している。

「でも、皆さんも薄々気付いていたんじゃないですか？」

第一エリアのうちは召喚獣でごまかせた。しかし、ランクアップした使い魔たちと同じ種族のモンスターは、いまのところ見つかっていない。新しく召喚獣契約したでは無理がある。成長した、でも厳しい。なぜなら、通常の召喚獣に比べて使い魔たちは強すぎるからだ。

「そうですね。おかしいとは思っていましたよ」

「でも、無理に聞き出そうとまではねー」

なんというか、ありがたかった。かつて俺を追い詰めたクソどもとは大違いだ。

「では、本題に入りましょうか」

そう。俺のせいで脱線していたが本題は別にあるのだ。


特別クエスト『死神の襲撃』。先日、その詳しい内容が公開された。

形式はいわゆる都市防衛戦。第一エリアの始まりの町に、死神型モンスター『リーパー』率いるアンデッド軍団が襲ってくるのだ。規定の時間町を守りきるか、リーパーをすべて倒すことでクエストクリアとなる。今日はその対策会議を行うために皆が集まっているのだ。

「リーパーは翼の生えた蛇に乗っていて、飛行能力があるそうです」

「始まりの町に一定以上に被害が出ると敗北なんだろ」

「アンデッドを防壁で食い止め、リーパーを各個撃破が基本だな」

「余裕があったらこっちから攻めてもいいんじゃないか？」

「ゴースト系は物理攻撃が効きにくいからな。ミスリルか聖銀コーティングがいるな」

さまざまな意見が出され、検討されていく。二時間ほど会議は続き、基本的な方針は決まった。

あとは――

「この場にいないプレイヤーについてはどうしましょう？」

「うーん、できればこっちに合わせてほしいけど……」

「大手の職人ギルドの協力は必須だろうな」

「いくつかの上位ギルドは無理だな。我々をライバル――というより敵視しているところもある」

「情報を独占しているって？　言いがかりじゃないか」

「う～ん、最悪でも対立して足を引っ張りあうことは避けたいわねー」

いままでにない大規模クエストになる。こちらも準備は万全にしなければ。

そして、その日はやってくる。

＊　＊　＊

クエストの日、俺は始まりの町を歩き回っていた。〝そっちのほうが見慣れているから〟と言われたのでフードは被ったままだ。

城壁の周りでは深い堀が掘られていて、底には油が流し込まれている。古典的な手だが、単純なアンデッドには効果があるだろう。

それ以外にもあちこちでバリケードやカタパルトが設置され、町の要塞化は進んでいた。

俺だって別にサボっているわけではない。ギアは土木作業を手伝っているし、俺自身はプレイヤーたちの状況を確認しているのだ。というのも、いくつかの上位ギルドと彼らに近しいプレイヤーたちが共闘を拒否したからだ。結局、話し合いの結果、上位ギルド陣が南を防衛して、トップギルド連合は北、東、西を防衛することになった。

ちなみに俺は遊撃。好きに動けというありがたい役目をいただいた。

いま、町には援護の職人プレイヤーも合わせて八千人以上のプレイヤーがいる。第三サーバーのプレイヤーの大半がこのイベントに参加しているのだ。戦闘職だけでも五千人はいるだろう。四方に千人を配置し、遊撃部隊を千人用意できる計算だ。

しかし、見た感じ南が手薄に思えてならない。プレイヤーの数も少なめだし、防衛設備もほかの三方と比べて貧弱だ。職人プレイヤーたちとのトラブルも起きたと聞いた。いろいろ指摘はしたし、人員を回そうかと提案したのだが、こちらの話を聞く気はないようだ。いざとなったら遊撃部隊が増援に向かわなければならないだろう。

リーパーに対する作戦だが、俺は飛行できる使い魔を用意した。第二エリアに生息する大型の鳥モンスター『ハンターピジョン』だ。群れで獲物を襲う、シャドウウルフの鳥バージョンともいえるモンスター。フィールドで活動する生産職プレイヤーにとって、もっとも警戒するべき相手だ。

先日俺は、職人プレイヤーたちが出したクエストで、甚大な被害を出しているという悪名高いハンターピジョンの群れを討伐した。その際に群れのボスを配下にすることができたのだ。

名前は『ベルク』。彼は使い魔になったことでランクアップし、漆黒の大烏『エアロレイヴン』となった。ベルクに乗れば空中のリーパーともやりあえるだろう。

＊　＊　＊

そして、その時がきた。昼間からアンデッドかよと思っていたら、突然空が薄暗くなったのだ。

そして地平線の向こうから、黒い波のようにアンデッド軍団が近付いてきた。ゾンビにグール、スケルトンにゴーストなど数え切れないほどだ。

そんな中、魔力探知にいくつか大きな反応がある。目を凝らすとそこにはゾンビ系の上位種の『レブナント』、ゴーストの上位種『レイス』、かつてのネクロスと同じ『ブラッディボーンソルジャー』などの上位アンデッドが交っていた。だが、もっとも目を引いたのは――

「ドラゴンゾンビって奴か……」

飛行能力はないようだが、頭までの高さが五メートルはある巨体はすさまじい迫力だ。

地上のアンデッドたちはあまり足は速くないが、『腐肉鳥』やゴースト系などの飛行能力持ちは、先行してかなり近付いてきている。そして――

「あれがリーパーか」

アンデッド軍団の上空には、死神『リーパー』たちの姿もあった。外見は翼蛇に乗った黒ローブ。ローブの中は影のように真っ黒で、赤い目だけが不気味に輝いている。そして、その手には巨大な大鎌を持っている。

すでにギアは北門の前に待機させている。今回は紛らわしいのでネクロスは呼べない。

「コール　フェイ　ベルク」

プレイヤーたちの魔法攻撃を躱し、防壁を飛び越えたモンスターが町に侵入する。

「それじゃ、俺たちも行くぞ！」

いままでにない大規模戦闘が幕を開けた。


町に侵入したモンスターを撃破しながら、俺は駆け回る。ベルクは俺とともに行動し、フェイは町の上空で戦っている。ギアは北門で『ティルナノグ』と共闘しているはずだ。

俺たち遊撃部隊の役目は、劣勢の戦場に援軍として駆け付けること。戦い、移動し、また戦う。その繰り返しだ。

中央付近で悲鳴を耳にする。そちらに向かうと四人パーティがリーパーと戦闘中だった。空中からの攻撃に苦戦しているようだ。

「一度離れるんだ！」

俺は叫ぶと同時に跳躍し、屋根を蹴ってさらに跳ぶ。そしてリーパーの乗る蛇に槍杖を突き出す。

リーパーもそうはさせじと鎌で防ごうとするが、これはフェイントだ。バトンのように槍杖をくるりと回し、石突きで本体のローブを狙う。

「【グランド・スイング】！」


――ゴッ！


リーパーは上位棒術スキルの直撃を食らい、地面に落ちる。

「いまだ！」

声をかけると、四人はすぐにリーパーを囲んで攻撃を開始する。空中に残った蛇をベルクが仕留めるが、蛇はリーパーの武器や防具扱いらしく、リーパーのＨＰは減らない。

だが、地上に落ちたリーパーは戦闘力が半減する。それ以上四人を援護する必要もなく、リーパーは倒された。

「ありがとうございます」

「いえ、このクエストではみんながチームみたいなものだし。気にしないでください」

頭を下げる四人。これが俺の役目なんだが、感謝されると悪い気分はしないな。

「はい。でも感謝ですよ。空中の敵はどうも苦手で……」

「それなら、あそこの補給基地に行くといいですよ」

空中の敵が苦手というプレイヤーは多い。だから今回は対策が練られている。

「なにかあるんですか？」

「職人プレイヤーが『ネットボール』ってアイテムを配布しています。リーパーを地上に引きずり下ろすための道具なんです」

「そんなものが……」

「じゃあ、俺は行きます」

補給基地に向かう四人と別れ、再び町中を駆け回る。まだ戦闘は始まったばかりだ。

＊　＊　＊

倒しても、倒しても、きりがない。しかも、飛行アンデッドたちは点在する補給基地を狙いだしていた。おかげで俺は、数人の遊撃担当のプレイヤーと一緒に補給基地の防衛に専念するはめになっていた。フェイも補給基地のひとつに付きっきりになっている。アンデッドがこんなに頭がいいなんて予想外だ。どこかに、優秀な指揮官でもいるんだろうか？

「なんだか敵が増えてきているな……」

「そういえば……」

遊撃部隊のプレイヤーたちが立ち止まり、空を見上げて呟いた。

俺も周囲を見渡して気付いた。町の上空を飛び回る敵の数が、明らかに増えている。どこかの門が抜かれそうなのだろうか？　だが、北、西、東からの増援要請はない。

「南か……」

「心配していたとおりですね」

俺の呟きに遊撃部隊のメンバーが答える。考えたことは同じだったようだ。

「あいつら……下手な意地を張るからこうなるんだ」

「いまさらだ。とりあえず百人ほどで様子を見てこよう」

「危なかったら順次増員ですね」

遊撃部隊のプレイヤーが続々と集まってくる。彼らも南門の異変に気付いたようだ。

「俺は先行します」

俺は言い残してベルクに乗り、南へ向かう。遊撃部隊を南門の増援に回しすぎれば、今度は町中の補給基地を襲う敵が野放しになるからな。まずは状況を把握しなければ。

「これは……」

たどり着いた南門の状況は、予想より悪かった。門の外の地上のアンデッドの侵入はどうにか防いでいるが、空中の敵にはもう対応できていない。門もどれだけ持つかわからない。

「なにをやっているんだよ……」

空中には十体以上のリーパーが飛び回り、プレイヤーたちは完全に翻弄されている。人数から考えても、かなりの数のプレイヤーがやられたあとだろう。

俺はベルクから飛び降り、指揮官らしいプレイヤーに詰め寄る。

「なんで増援要請をしない！　それ以前にこの適当な戦い方はなんだ！」

本来なら役割分担をして、組織立って戦闘しなければならない状況だ。だが、彼らは皆自分勝手に戦い、各個撃破されている。

考えなしで力任せな戦い方。これでは敵のほうがまだ統制が取れている。

「うるさい！　トップギルドどもの力は借りない！」

「そんなこと言っている場合か！　このままじゃ持たないぞ！」

「黙れ！　俺たちだってやれるんだ！」

「戦っているのはお前たちだけじゃないんだぞ！」

「知ったことか！」

「……もういい」

最悪だ。こいつらは自分たちの見栄に、ほかのプレイヤーたちを巻き込もうとしている。

その根底にあるのはおそらく、トップギルドへの劣等感だろう。

ソロとはいえゲーム開始時からトッププレイヤーだった俺には、奴らの気持ちなんてわからない。

だが、こいつらのやり方は間違っている。

俺は町中に設置されている通信ポイントに駆け込み、北、東、西、遊撃、全部隊に通信を送った。

「緊急通信。こちら遊撃部隊のフィオ。南は陥落寸前。連中は拒絶しているが、増援を送らなければ確実に南門は破られる。防衛に影響のない範囲で人員を回したほうがいい。それと、北門のギアを南門に回す」

事務的な口調で通信を終え、南門に戻る。ちょうど百人の遊撃部隊が増援に到着し、リーパーたちを次々に倒していくところだった。

突然の増援と、その鮮やかな戦いぶりに、南門のプレイヤーたちが呆然とする。百人は皆トップクラスの実力者だ。弱いわけがない。しかし、多勢に無勢。万単位のアンデッドを前に南門が軋む。

俺は門の上に立ち、切り札を一枚切る。

「いくぞ！　完全焼滅【バーン・アウト】！」

火属性最上級攻撃魔法【バーン・アウト】は、俺のＭＰの三割を消費する大技だ。最上級魔法はまだ詠唱が必要なのだが、その威力は絶大だ。南門の前に溢れていたアンデッドは一瞬にして消滅した。だが、この程度では焼け石に水だ。

俺は、一時的に敵がいなくなった南門の前に飛び降りる。

「コール　ベルク　ギア」

町の上空で戦っていたベルクと、北門を守っていたギアを呼び寄せる。

「そう簡単には通さないぞ」

そして俺も押し寄せるアンデッドたちに槍を向けた。

＊　＊　＊

「だいぶ押し返してきたな」

増援が駆け付けたあと、戦況は徐々に好転した。

近くに補給ポイントが設けられ、職人プレイヤーたちが物資を補給し援護する。前線にはカタパルトでアイテムが投げ込まれ、プレイヤーはそれを拾って使用する。

南門守備部隊も指示に従いだした。というより、従わない者たちの大半がやられてしまったのだ。

個人で何十という敵を相手にできる者はごくわずかだ。残念ながら彼らの多くは、そのわずかではなかったということだ。

「やっほー。援軍に来たよー」

さらに意外な援軍が現れた。北門で戦っているはずの『ティルナノグ』のリーダー、ティーアさんだ。飛行スキルで文字どおり飛んできたようだ。

彼女は種族特性もあり、魔法だけなら俺と同等の戦闘力を誇る。心強いのは確かなのだが……。

「ティーアさん？　指揮官が抜けて北門は大丈夫なんですか？」

「ギア君がドラゴンゾンビを片付けてくれたから大丈夫だよー」

そのギアは現在、南門前で大暴れしている。メテオライト製の装甲は、下位アンデッドでは傷ひとつ付けられないだろうからな。まさに鉄壁の門番だ。

「リーパーはどうですか？」

「町中には見かけなかったよー。だいぶ討伐されたみたい」

作戦ではトラップでアンデッド軍団の足を止め、リーパーを町に誘いこんで倒すことになっていた。アンデッドが何万残っていようとリーパーさえ全滅させれば勝ちなのだ。

「よし。俺も向こうに行ってみます。ベルク！」

「落ちないようにねー」


アンデッド軍団の上空にはまだリーパーが残っていた。

ハーピーやフリューゲル、フェアリーにニンフなどが飛行スキルで飛んで戦闘している。俺もベルクに乗って戦闘に参加し、リーパーを撃破していく。ほどなく周辺のリーパーは全滅した。

すると、地上で異変が起きた。アンデッドたちの動きが止まったのだ。

「アンデッドの動きが止まった？」

「終わったのかな……」

突然の静寂にプレイヤーたちも困惑している。しかし、さらなる異変が起きる。東西南北の門からかなり離れたところにひとつずつ、禍々しい赤い魔法陣が浮かんだのだ。

「なんだ？　なにが始まるんだ？」

「あ、アンデッドが！」

上空から見ると、プレイヤーたちは警戒して魔法陣に近付こうとしていない。だが、彼らの目の前で突如アンデッドたちが崩れ去り、骨が、腐肉が、霊体が、魔法陣に吸い込まれていく。

　そして――

「なんだよ、あれ……」

「でかい……」

　現れた巨大な影に、誰もが驚愕している。それは、アンデッドを寄せ集めて作られた巨人だった。

『アンデッドゴーレム』ってとこか。身長は約八メートル、ギアよりでかい。

　それが魔法陣ひとつに三体、合計十二体。

「……ティーアさん、北門に戻ってください」

「そうするねー」

「あと、遊撃部隊にも連絡を」

「りょーかい」

「町中はもう大丈夫そうだな。コール　フェイ」

　アンデッドゴーレムは全方位に現れた。町中のアンデッドはほぼ駆逐されたし、フェイや遊撃部隊にも増援としてアンデッドゴーレムのところに向かってもらわないと。

　巨体のモンスターの弱点は下半身。幸い防御力は低そうだ。

「やれやれ、とんでもないな」

　あれだけの巨体に攻撃されたらダメージはすさまじいだろう。威圧感が半端じゃない。

　門が開かれプレイヤーたちが打って出た。しかし、迫りくる巨体に皆、圧倒されている。

「ビビるな！　基本は巨人やゴーレムと同じだ！」

「遠距離班が上半身を攻撃して気を引け！」

「その隙に近接部隊が下半身を崩すんだ！」

即座に指揮官から具体的な指示が飛び、数百人が一丸となる。俺も暢気に見ていられないな。

そして、後半戦が幕を開けた。

＊　＊　＊

地上に降りた俺は、南門前に現れたアンデッドゴーレムに向かって駆けだす。雑魚アンデッドが消えたので、ここはうちのアタッカーに活躍してもらおう。

「俺が一体抑える！　戻れ、ベルク。コール　ネクロス」

「な！　まだアンデッドが⁉」

「違う！　あいつは……」

新たに現れた凶悪なアンデッドに周辺のプレイヤーが驚愕するが、ネクロスを知るプレイヤーたちが敵ではないと宥めていく。

使い魔はいずれも強力だが、その中でもネクロスは特に戦闘力が高く、ほかのプレイヤーたちからよく知られている。周りにアンデッドがいなくなれば、出し惜しみする必要はない。

『アンデッドナイト』となったネクロスは、四本の腕に剣、斧、メイス、盾を装備している。赤黒い骨は濃紺のオーラに包まれ、身長も二メートル半はある。

呼び出されたネクロスは、すでに戦闘中だったギアと合流してアンデッドゴーレムの一体に襲いかかる。同時に俺もフェイとともに、アンデッドゴーレムとの戦闘に参加した。

戦況は順調。南門に現れた三体のアンデッドゴーレムのうち、俺たちが相手にした一体はすでに倒した。もう一体も両足を破壊されたので、討伐は時間の問題だろう。最後の一体もギアとネクロスが上手く抑えている。ただ、正面から殴り合ったギアは、そろそろ限界だ。大活躍だったギアだが、帰還させたほうがよさそうだ。

このままアンデッドゴーレムを倒せば勝利。そう考えたとき、俺は違和感を持った。

「おかしい……」

このイベントの勝利条件はリーパーの全滅だったはず。アンデッドゴーレムはアンデッド軍団が形を変えたものにすぎない。つまり、ゴーレムを倒しても勝利ではないのでは？

そんな考えが、電撃のように頭に閃いた。

「もし、そうだとすると、どこかにまだリーパーがいるってことか？」

見渡す限りではリーパーの姿は見えない。ほかの場所でも、見つかっていればすぐに倒されるはずだ。ちょうどそこで、南門最後のアンデッドゴーレムが倒された。

「どこかに隠れているのか？」

だとしたらどこにいる？　プレイヤーたちが歓声を上げる中、俺は見落としがないか考える。全方位から死角になる場所はないだろうか？

「あ……」

そこで、ふと思い出した。町に侵入したアンデッドたちは、やけに的確に補給基地を狙ってきた。

まるで指揮官が町全体を見渡しているように。それが答えだったのか！

「上だ！」

飛行できる種族のプレイヤーも、ＭＰやスタミナの消費が激しいため、それほど高度を取っていなかった。それに、空は薄暗いため、下から見上げてもよく見えない。

「ギア、戻れ。コール　ベルク」

俺の突然の行動に驚くプレイヤーたち。それを無視して、ベルクに乗って急上昇する。ネクロスとフェイは念のため地上で待機だ。さらなる増援が現れる可能性もあるからな。


「あいつか！」

かなりの高度にいたそのリーパーは、深紅のローブを纏っていた。おそらく指揮官。

こいつが上空から指揮を執っていたから、アンデッドたちは妙に統制が取れていたのだ。

「『煉獄の死神（バーニングリーパー）』か」

アンデッドゴーレムがすべて倒されると、こいつが町への攻撃を開始するのだろう。だが、それを悠長に待っているつもりはない。ベルクを加速させ、一気に突っ込む。

〈……！〉


――ゴオッ！

こちらに気付いた赤いリーパーが巨大な火球を放つ。ベルクに命じて回避しようとして気付いた。

避けたら火球は町に着弾する。

「くそっ！」

氷系上級攻撃魔法【アイス・ブラスト】を火球に打ち込み相殺する。威力はこちらが勝っていたようで、余波が赤い死神を襲う。魔法の打ち合いなら俺が有利か。

向こうも遠距離戦の不利を悟ったようで、鎌に炎を纏わせ突っ込んできた。

「町を盾にされなくてよかったな……」

さすがにそこまで外道ではなかったようだ。だが、念のため少しずつ町の上空から遠ざかる。


——ガキン！

——ギン‼


槍と鎌が打ち合う音が響く。見た目からは想像できないパワー。俺と同じ万能タイプってことか。

「あちっ、面倒だな……」

属性付与系魔法は、武器の攻撃部分に効果が出る。鎌は刃が大きい分、炎の面積が広い。こちらの武器が長柄で、防具が耐熱でなかったらまずかったかもしれない。だが、属性付与魔法はＭＰを消費し続けるうえに、使用中はほかの魔法は使えないというデメリットがある。

「わざわざそっちの土俵で戦うかよ」

俺は赤い死神の上を取り、魔法を連発して徐々に下に追い詰める。奴の蛇よりベルクのほうが機動力は上だ。ランクは高いが、ボスほどの強さではないのだろう。これなら押し切れる。

「終わりだ！　災禍の呪氷【フリージング・ハザード】！」

〈……⁉〉

残りのＭＰのほとんどを消費して放った氷属性最上級魔法が、赤い死神のＨＰをゼロにした。

《リーパーの全滅を確認。イベントクリアです》

《これより戦績を発表します。しばらくお待ちください》

アナウンスを聞きながら、俺はベルクとともに地上に戻り、その背から降りた。

いやはや強敵だったな。ＭＰがもう空っぽだ。

「ふう。終わったか……って、うわっ⁉」

目の前に、さっき倒したばかりの赤い死神がいて驚愕した。

「な、な、な、なんだ、なんだ⁉　って、へ？」

だが、赤い死神は襲ってくることなく蛇から降りると、俺の前にひざまずいた。

「まさか……」

《契約に成功しました》
《名前を付けてください》
「マジか……」

確かに戦闘中に、こいつ使い魔にできたら頼もしそうだなーとか考えた。そして、こいつはボスというわけではないらしい。しかし、まさか使い魔にできるとは。俺はしばし呆然としてしまった。

＊　＊　＊

「名前か……。よし、お前は『プルート』だ」

《プルートはランクアップしました》
種族　〈氷炎の死神（バーンアイスリーパー）〉
名前　〈プルート〉
属性　〈闇〉〈火〉〈氷〉
ランク　三
《使い魔契約を完了しました》

ランクアップしたプルートは、ローブが紫に変わっていた。プルートは俺の影の中に消える。戦闘も終わったし、フェイとネクロス、ベルクも戻しておこう。
「さて、町に戻るか」

町に戻ると中央広場に巨大なモニターが現れていた。町は広いが人も多い。人ごみをかき分け、俺は苦労してモニターの傍にたどり着いた。

「遅かったな。どこに行っていたんだ？」

「なんだか、すごい勢いで飛んで行ったみたいですけど」

『パンテオン』のトップ、ルーシアとハイドさんが、俺を見つけて声をかけてきた。ふたりは西門で戦っていたはずだが、俺がベルクに乗って急上昇して行くところを見ていたらしい。

「ああ、ルーシアにハイドさん。上空に一体、リーパーが隠れていたんです」

「ふむ。アンデッドゴーレムを倒したのに終わらんと思っていたが……」

「ええ、勝利条件はリーパーの全滅でしたからね。俺もすぐには気付きませんでした」

「ひとりで行ったんですか？　相変わらず無茶しますね……」

入念に準備して堅実に戦ったおかげで、全体の被害は少なかったようだ。だが、やはり南は犠牲が多かったらしい。ざっと数えただけでも、六割以上のプレイヤーがやられていたとか。

「む、結果が出たようだな」

ハイドさんがモニターに目を向けたので、俺もモニターを見上げる。

《集計が終わりました》
《プレイヤーには貢献度に応じて報酬が配られます》

アナウンスとともに、アイテムリストに大量のアイテムが追加された。アンデッド素材とリーパーの素材だ。

《続いて成績上位十位までのギルド、およびプレイヤーを発表します》
《入賞者には追加アイテムが贈られます》
《なお、表示順は貢献度とは関係ありません》

ギルドの戦績は所属プレイヤーの戦績の平均値のようだ。表示された名前は、まずトップギルド四つ。そしてトップギルドに協力して戦った上位ギルド三つ。次に後方支援を行っていた大手の職人ギルドがひとつ。ソロは俺と補給ポイントで奮戦していたヒーラーさんのふたりだ。これで合計十となる。後方支援組もしっかり評価されていたみたいだな。

モニターが消えると、そこには十個のアイテムが残されていた。誰がどれを取るかは、プレイヤーに任せるということのようだ。さっそく、話し合いが始まった。

役に立ちそうなものが多いが、残念ながら俺には合わないモノばかりだ。悪魔は戦闘以外では無能だからな……。まあ、残りものでいいか。

＊　＊　＊

「おい、待てよ……」

突然、ドスの利いた声がかかった。目をやると、見覚えのある奴がこっちを睨んでいる。そうだ、南門で援軍を拒んだあの馬鹿じゃないか。

「『ワイルドブレイク』のリーダーだ。名前はクリフだったか」

隣で『ビーストロア』のダムドが呟く。その顔には、心底うっとうしいという感情が浮かんでいる。確かに話の通じなそうなタイプだったな。

「上位ギルドのひとつだっけ?」

「ああ、俺たちを目の敵にしている連中だ」

馬鹿、じゃなくてクリフはこっちに近付いてくると、大声で喚きだした。

「なんで俺たちが、裏でコソコソしているだけの連中より下なんだ! おかしいだろ!」

周りのプレイヤーたちから非好意的な視線が飛ぶ。偏った見方の独善的なセリフ。役に立つアイテムを用意してくれたのは誰だ。大ダメージを負った者たちを、まとめて何十人も復帰させてくれたのは誰だ。

「連中はいわゆる脳筋集団だからな。後衛職や職人を見下しているんだよ」

前衛が多く、トップギルドの中でもメンバー構成が近いからだろう。『ワイルドブレイク』は『ビーストロア』を特にライバル視しているらしい。ダムドがうんざりするのもわかるな。

ちなみに、今回十位以内に入った職人ギルドのリーダーは、ハイ・ドワーフの男だ。筋骨隆々でクリフより見た目は強そうなんだがな。

クリフの後ろに立つ仲間の反応はさまざまだ。気まずそうにしている者もいれば、賛同している者もいる。

そこで思い出したのだが、『ワイルドブレイク』はフレイムワイバーン討伐に失敗し傾いた。そんな話を以前聞いた覚えがある。それなのに起死回生をかけたであろう今回のクエストで、またも大きな被害を出してしまい、連中はいま、一種のパニック状態なのだろう。

頭に血の上ったクリフは暴言を吐き続ける。

止めたほうがいいかな。場合によっては力ずくで。そう思ったが——

「では、あなた方は威張れるほど貢献したのですか？」

俺が前に出るより先に、『血の棺』のリーダーのレイさんが歩み出た。いつもと変わらぬ穏やかな口調だが、なんだか声に凄味がある。

こりゃ、相当怒っているな……。

「後ろでコソコソ？　彼らは前線ギリギリに補給ポイントを設置していたのですよ？」

「うるせえ、なにがトップギルドだ！」

「あなた方も彼らに助けられたのでしょう？」

「偉そうなことほざくな！　てめえら何様だ！」

「考えなしに突っ込んで、被害を拡大させたあなたたちが彼らより貢献したとでも？」

……怖っ。普段穏やかな人ほど怒ると怖いってホントなんだな。

怒りに燃えるレイさんは、しかし冷静にクリフを追い詰めていく。理路整然と話すレイさんに対し、クリフは支離滅裂に喚いている。

『ワイルドブレイク』の連中もさすがに引き始めたな。と、そのときクリフと俺の目が合った。うわ、嫌な予感。

「てめえ！　てめえが余計なことしたせいで……」

「フィオ君たちが駆け付けなければ、南は落ちていたはずですよ」

「てめえには言ってねえんだよ！　黙ってろ！」

「……ふぅ」

処置なしといった感じにレイさんが首を振る。確かにまったく話が通じていない。俺を睨みつけたまま、クリフはこっちに来る。ダムドの気持ちがわかるな。わかりたくなかったけど。

「てめえ……、悪魔なんだって？」

「ああ、そうだが？」

俺はフードを外す。浅黒い肌に黒髪黒眼。【魔眼】スキルによって、目には紫の魔法陣が輝いている。

「ふん、なにがサーバー最強だ。運がよかっただけだろうが」

まあ、運のよさは否定しない。しかし、実のところ悪魔の総合ステータス自体は上位種族と大差はない。戦闘に特化したスキル成長と、『使い魔』の存在が強さの秘密であることは否定しないがな。

「どうせ仲間モンスターに頼りきりなんだろ」

そのセリフに場が呆れに包まれる。

「知らないって怖いな……」

「さっきの戦闘でなに見ていたんだろ」

「見てる余裕なかったか、節穴なんだろ」

「なんだと！　コラァ!!」

ヒソヒソと聞こえる声に、ますますヒートアップするクリフ。

「転生条件を見つけたのも俺なんだけどな……」

だから堂々と種族を明かすことができた。

「あれが正しいって証拠がどこにある！」

「このクエストが証拠じゃないか」

アナウンスがあっただろうが。結局こいつはなにが言いたいんだ？　ああ、賞品が欲しいのか。もう、相手をするのも面倒だ。どうせ好みの賞品はなかったし、それで黙らせよう。

「あー、そうだ。俺の好みの賞品はなかったからお前らにやるよ。それでいいんだろ？」

「な⁉」

クリフが真っ赤な顔のまま口をパクパクさせる。周りからの視線はもはや絶対零度だ。

「……見下しやがって！」

「原因はそっちにあると思うけどな」

さっきから、私はバカですって宣伝しているみたいなものじゃないか。俺は相手するのに疲れてきて、口調も投げやりになっていく。もともとイベント中の一件から印象は最悪だったのだ。

「一目置かれたいなら、こんなところでからんでないで結果出せばいいだろ」

「黙れ……」

「それこそ悪魔転生にチャレンジすればいいだろ？」

そうだよ、なんでこいつらチャレンジしないんだよ。んー、ああ、そうか。

「攻略情報がないと不安か？　なら今度情報サイトに……「だ・ま・れぇー‼」」

ついにブチ切れたクリフは、バトルアックスを大上段に構えて突進して来た。周囲から悲鳴とどよめきが上がる。防衛イベントによって、いま始まりの町は戦闘フィールド扱いなのだ。禁止コードは解除されていて、攻撃すれば普通に当たる。

おいおい、デュエルじゃないのかよ。犯罪プレイヤーになっちまうぞ。

「くたばれぇ！　クソがぁぁぁ!!」

レイさんは額に手を当てて空を見上げている。ダムドはやっちまえと目で訴えている(気がする)。

ティーアさんは大人にじゃれつく子犬を見るように楽しげに見ている。ルーシアは絞められる前の鶏に向けるような目でクリフを見ている。

よし、反対者はゼロだ。この馬鹿には拳で語らせてもらおう。

「オラァ！【グランド・クラッシュ】！」

クリフは突進から戦斧系上級技を繰り出した。上級技を使えるなんて、やるじゃないか。動きも速い。おそらく、ステータスはトップギルドのメンバーと大差ないだろう。だが――

「単純なんだよ。イノシシ野郎」

――ブオン

――ドガッ！


振り下ろされたバトルアックスを半身になって躱す。刃は俺のすぐ横を通過して石畳にめり込んだ。わざと切らせた髪が数本、宙を舞う。

髪が切れただけとはいえ、明確な意思を持って繰り出された攻撃による部位欠損だ。ＨＰは減らなかったが、クリフの表示がオレンジに変わった。よし、準備オッケーだ。

――ズン

「があっ！」

大技を出した直後の硬直で動けないクリフ。その隙に脇腹部分の鎧の隙間へ、左手に握った短剣を突き刺してやった。クリフはこのままではまずいとわかっていても、硬直が解けず抵抗できない。短剣は右の脇腹、肝臓にあたる部分を抉っている。俺はさらに鎧の隙間に沿って短剣を滑らせ、脇腹を深く切り裂いた。現実なら内臓がズタズタになっているであろう傷だ。

同じ攻撃でも、攻撃を受けた部位によってダメージは変わる。首や心臓などの人体急所は特にダメージが大きい。そしてこれも、内蔵という急所を狙った完璧なクリティカル攻撃。クリフのＨＰは一気に半分も失われた。クリフの硬直が解けたようなので、短剣を引き抜き一度離れる。

クリフは信じられないといった目で俺を見ている。ボーっと見てないでポーションでも使えばいいだろ。それとも、あれか？　使いきっちゃいましたってやつか？

「これは『ロトンダガー』。ダマスカス製の毒短剣だ」

クリフのＨＰバーは毒状態を表す紫色になり、徐々に減り続けている。

「そのままだと死ぬよ？　オレンジペナルティは痛いらしいじゃないか」

クリフは慌てて毒消しを取り出そうとするが、なにかに気付いたように硬直する。え？　本当にアイテムはすべて使い果たしているのか？　毒消しすらないのか？

クリフは『ワイルドブレイク』のギルドメンバーに目をやるが、首を振られる。おいおい、メンバー全員がアイテム切れの、ＭＰ切れなのかよ。

ＨＰが危険域に突入したクリフは、周囲に懇願するような目を向けた。しかし、返ってきたのは汚物を見るような視線。

「どうしてこうなったんだよ……」

ようやく怒りが冷めたようだ。冷静になった頭は疑問と後悔で埋め尽くされているのだろう。再びなにか口にしようとするが、その前に彼の体はポリゴンとなって爆散した。

「クリフ！」

「リーダー！」

「テメェ！　よくも！」

目の前でリーダーを倒された『ワイルドブレイク』のメンバーが殺気立つ。本当に脳筋ばっかりなギルドだな。

「やれやれ、まだわからないのか……。コール　ネクロス　ハウル　プルート」

「ひっ！」

「リ、リーパーまで……」

彼らの前に立ちふさがったのは四腕の不死の騎士、双頭の巨狼。そして、先ほどまで相手にしていた相手が子供に思えるほどの迫力を放つ紫の死神。

「こちらからは手を出すな。オレンジに変わったら仕留めろ」

使い魔に手を出せば、そいつは犯罪プレイヤーだ。逆もまたしかりだから、使い魔たちには先に手を出さないように指示を出す。

――パンッ　パンッ

「もう、その辺でいいでしょう?」

そこでレイさんが止めに入った。まあ、俺としては好き好んで暴れるつもりはない。

「彼がサーバー最強といわれているのは、種族が悪魔だからではなく、その卓越した技量ゆえです」

連中もさすがに黙って聞く。

「従魔も召喚獣も、主人の戦闘ロジックの影響を大きく受けることは証明されています」

奴らも気付いているはずだ。これは引くチャンスを与えてくれる助け舟なのだと。

「使い魔がいるから強いのではなく、彼が強いから使い魔も強いのですよ」

さすがに食い下がる奴はいなかった。『ワイルドブレイク』のメンバーは項垂れて去って行く。

こうして微妙な空気の中、特別クエストは終了した。

＊　＊　＊

数日後、俺はお得意の職人プレイヤーであるオーブ屋の元を訪れていた。

「これが新しいオーブです」

最後まで残った結果、俺がもらうことになった景品は、職人用の鍛冶セットだった。俺は即座にオークションに出したのだが、競り落としたのはこいつだった。

「小さいほうは小型化した試作品です。以前の半分のサイズですが上級魔法を込められます」

「やれと。まあ、いいけど」

【サンダー・ブラスト】を込めるとオーブの中に火花が現れた。

「成功ですね。で、こっちのでかいのが……」

「最上級魔法用か。確かに成功したらすごいが……」

最上級魔法は、いまの俺でもせいぜい四発使うのが限界だ。マジックアイテムにできればその価値はすさまじい。

「こんなでかいオーブ、使いにくくないか？　値も張るだろうし」

「まあ、まずは耐えられるかどうかなんで」

「わかったよ。神の怒り、浄化の波濤……」

水属性最上級攻撃魔法【バイブル・フラッド】を込めてみる。


——ビキビキ　バキーン！


「うーん、駄目ですか」

「サイズじゃなくて純度じゃないのか？」

「そうですね……。また試作品ができたらお願いします」

オーブ屋はそう言い、破片を集め始める。錬金屋で、またインゴットにしてもらうのだろう。

「そういえば聞きました？『ワイルドブレイク』のことなんですけど」

「ああ、職人プレイヤーに総スカン食らったってな」

あれだけ貶せば当然だろう。まあ、ＮＰＣ店が使えるから致命傷じゃないだろうが。

「いえ、あのあとメンバーが半分近く抜けたそうです」

「半分？　規模としては中堅以下になっちまったのか」

「ええ。しかも無茶なボスの単独撃破にチャレンジして、どんどん負けが込んでいるとか」

煽った身としては少し責任を感じてしまうな。しかし、連中は引くということを知らないのだろうか。いくらなんでもワイルドすぎだろう。

「代わりに、この前のクエスト以降調子を上げているギルドも多いですよ」

「へえ、なにかあったのか？」

「なにを言っているんですか。あなたやトップギルドの戦術を見て、考えて戦うことを覚えたんですよ」

なるほど。あの、かつてない大規模戦闘は思わぬ副産物をもたらしたようだ。俺もうかうかしてられないな。

＊　＊　＊

イベントが終了した直後、特別クエスト『死神の襲撃』の情報は、情報交換サイトを埋め尽くした。しかし、ある情報が載ると話題はそちらに傾いた。

その新たな注目の情報の内容は〝リッチ転生の条件に付いての仮説〟。未確定情報とはいえ、悪魔以来の特殊種族の情報に、サイトは沸いた。

その仮説の詳細だが、悪魔にとっての『暗黒の遺跡』のように、リッチ転生の鍵があると疑われているのは、不死系モンスターの巣窟『地下墓地』だ。ゾンビ系や骸骨系、ゴースト系に、珍しいところではマミーなどが出現する。中ボスは首なし騎士『デュラハン』、大ボスはアンデッドの支配者『オーバーソウル』。すでにどちらも攻略されている。

しかし、このオーバーソウルは戦闘前に妙なセリフを言うのだ。〈汝らに、我が魔道の理を受け入れられるか？　その英知を以て我に挑むがいい〉と。

俺はそれほど気にしていなかったが、サイト内では議論が交わされ、仮説が立てられるようになったのだ。そして、いまもっとも有力視されているのが、〝魔法のみでオーバーソウルを撃破することがリッチの資格を得る条件なのではないか？〟という説だ。

一度倒された大ボスは攻略法が確立されているので、その説を実証するために比較的頻繁にレイドが組まれてオーバーソウル討伐が行われている。

オーバーソウルの素材を求めるプレイヤーもかなり多く、冒険者ギルドのクエストにもメンバー募集の依頼がよく出るため、俺も頻繁に参加している。というより、討伐経験者ってことで参加させられていると言ったほうが正しいか。鉱石やらをぶら下げるだけで、結構無茶な依頼も受ける俺は、便利屋扱いされている気もする。

しかし、転生目的のオーバーソウル討伐依頼は一種の縛りプレイだ。オーバーソウルは魔法防御が高く、また攻撃も激しいので被害が大きくなる前に物理攻撃で倒す事態になりやすい。討伐自体は達成できても、リッチ希望者からすれば失敗なのだ。

また、魔法のみでの討伐を達成したとしても、戦闘参加者全員が資格を得られるとも限らない。もっともダメージを与えたひとりのみ、なんてこともありえるのだ。

そうなると俺も最上級魔法をブチ込むわけにもいかない。別に俺はリッチになりたいわけではないのだから。

そして今回も魔法だけでは倒せず、武器攻撃を加えての討伐となり、帰還するプレイヤーたちもぼやいている。俺はなんとなく、その会話に耳を傾けた。

「はあ、厳しいですね……」

「まあ、まだ仮説なわけだしな」

「でも、俺もリッチ転生条件は魔法スキルが関係しているとは思っていたんだよ」

「あー、そういやお前ピュアメイジだもんな」

悪魔の条件を見ても、転生条件がシビアであることは予想されていた。いまだに手がかりのない天使とヴァンパイアにしても同様だろう。気長にチャレンジするしかないのだ。

「でも、もしかすると特殊種族転生って、第三エリアに行ってから解放される予定だったのかも」

「そうかもな。悪魔にしたって、いまの時点で第二エリアの中ボス単独撃破なんて普通は無理だろ」

「そうそう、いまの時点で解明されたほうがおかしいんだって」

おかしくてすいませんね。まあ、非難されているわけじゃないし悪気もないんだろうけど。

グレーターデーモンは第二エリアの中ボスよりはるかに強い。俺だってリーフの援護がなければ危なかったのだ。しばらくは後輩が誕生することはないだろう。

さて、彼らにとっては残念な結果だったようだが、俺にとっては普通に依頼達成だ。このあと行きたいところがあるのでさっさと戻ろう。

実は数日後に、雪原フィールドの大ボス討伐が予定されている。第二エリアの大ボスも未討伐なのは残り数体で、残ったのはどいつも強敵だ。万全を期して挑まなければならない。

俺も雪原の大ボス『アイスマンモス』戦に備え、火属性の使い魔を用意しようと考えているのだ。すでになにを使い魔にするかは決めてあり、そのターゲットは火山の中ボス以降のエリアにいる。なにか適当な火山のクエストを受けて行ってくるとしようか。

＊　＊　＊

予定どおり、俺は火山であるモンスターを使い魔にしようとしていた。

名前は『火炎獣（フレイムビースト）』。外見は恐竜の一種、アンキロサウルスなどの鎧竜に似ていると言えばイメージできるだろうか。現存の生物でいえば陸亀やアルマジロが近いかな？　あえて言えばだが。

こいつは単純な攻撃力と防御力でいえば火山に出現する敵の中でトップクラスだ。体には高熱の血液が流れており、全身から高温のガスを噴き出し、身に纏う。耐熱の装備がないと近距離では戦闘したくない相手だ。

強力なモンスターなので、なかなか使い魔にできない。おまけにこいつは出現率が低い。まあ、こんなのがウジャウジャ出てきたら、たまったもんじゃないけどさ。ちなみにギルドで依頼された素材は、とっくに集め終わっている。うう、今日中に使い魔にできるかな……。

「よし！　ようやくだ！」

結局、俺は日が落ちる直前に契約に成功した。早いかどうかはわからんが。

「そうだな……。お前の名前は『ヴァルカン』だ」

《ヴァルカンは〈溶岩獣(マグマビースト)〉にランクアップしました》
種族　〈フレイムビースト〉→〈マグマビースト〉
名前　〈ヴァルカン〉
属性　〈火〉〈土〉
ランク　三
《使い魔契約を完了しました》

ランクアップしたヴァルカンは、赤熱した溶岩で全身を覆っていた。見るからに強そうだが、乗るのは無理だな。俺のコートが耐熱といっても限度がある。

「それじゃ、戻るかな」

さすがにまだ、ひとりでは大ボスには勝てない。さっさと帰ろう。そう考えたのだが。

「ん？　戦闘中か？」

大ボスのフィールドの方向から戦闘音が聞こえてくる。

「たまには見学もいいかもしれないいな」

自分で挑んだことは数あれど、おとなしく見ていた経験はない。あれ？　俺って戦闘狂？　そんなことはない。……はず。

どうでもいいことを考えながら高台へ上る。そこから見下ろすと、火口で上位ギルドのレイドがフレイムワイバーンと戦っていた。なかなか見事な連携だ。この調子なら手助けはいらないな。

「お、あいつらは……」

戦闘中のプレイヤーの中には雪原攻略に参加予定の者もいた。火属性の素材を手に入れて武器を作り、アイスマンモス攻略に備えようとしているのだろう。しかし――

「あっ！」

予想外のトラブルが起き、俺も思わず声を上げる。アタッカーがフレイムワイバーンの顔面をハンマーで殴ったため、吐き出される寸前のブレスが明後日の方向へ飛んで行ったのだ。その先には負傷して下がった前衛と、彼らの回復を行う後衛がいた。

「まずい！」

完全な偶然。いきなりの流れ弾に誰も反応できない。そして着弾したブレスは周囲のプレイヤーたちを薙ぎ倒した。

「コール　フェイ　ベルク　プルート」

爆煙が晴れると、そこには傷ついたプレイヤーたちが。回復を行っていた後衛も負傷し、元から負傷していた前衛たちは瀕死になってしまっていた。すでに俺は戦場に向かって走りだしている。

「フェイは回復を！　ベルクとプルートはボスの足止めを！」

「あんたは……」

「フィオさん！」

スプライトになったフェイは光属性の回復スキルを覚えている。俺と一緒に負傷者に駆け寄り、回復を行っていく。悪魔は光属性の適性が低い。しかし、水や土属性にも回復魔法はある。

その間にもベルクは風を纏い、プルートは氷刃を振りかざしてフレイムワイバーンを牽制し、前衛を援護する。やがて、メンバーは動揺から立ち直り、フレイムワイバーンは討伐された。

「悪いですね。経験値をかすめ取って」

「いえ、助かりましたよ」

戦闘後、緊急事態だったとはいえ、ボス戦に飛び入り参加してしまったことを謝罪しておいた。俺はレイドメンバーに登録されていないからな。この辺のマナーを守らない、勝手にボス戦に乱入して経験値を持っていく、通称『寄生虫プレイヤー』(パラサイト)も以前はよくいたらしい。悪評が広がっていろいろ痛い目を見たからか、最近は見かけないようだが。

「悪魔さんも火属性の素材を？」

「いえ、火属性の使い魔を揃えておこうと思って」

「ああ、例の作戦のためですか」

「ちょっと卑怯な気もしますけどね」

すでに何度か作戦会議で顔を合わせているからだろう。自然に話はアイスマンモス討伐作戦のことになった。いま検討されている作戦では、弱点属性であるという以上に火属性が重要となるのだ。

「原始人だってマンモスを水辺に追い込んで狩ったんだぜ。まして、俺たちの相手は『アレ』だぞ」

「ああ、うん。そうだね。『アレ』だもんね」

『アレ』とはもちろん雪原のボス『アイスマンモス』のことだ。その体高は八メートルもある。ダンプカーどころの話ではない。初めて見たときは、あまりの迫力に俺も呆然としてしまった。まるで、四階建ての建物が突っ込んでくるようなものなのだ。

「準備しすぎるってことはないからな……」

「そうですね」

俺の呟きに応える彼らも、アイスマンモスの巨体を思い出していたのかもしれない。そして雪原攻略の日がやってくる。

＊　＊　＊

雪原攻略のために集まったレイドメンバーとともに、吹雪の中を行軍する。主導するのは『パンテオン』と『ティルナノグ』だ。

今回の戦いの問題点は足場の悪さ。ただでさえ巨大なアイスマンモスの突進は避けにくいのに、膝まである雪が動きを阻害する。雪の下も氷で滑りやすい。この最悪の戦場でいかに戦闘を有利に運ぶか、何度も話し合われた。

「もうすぐです。皆さん準備はいいですね？」

先頭を歩くルーシアの声も緊張している。当然だろう。彼女も何度も調査に参加したのだから。

あの怪物の恐ろしさはよくわかっているはずだ。

そしてついに俺たちは、雪原の最深部エリアへと侵入した。

荒れ狂う吹雪の向こうに、巨大な影が見える。ズン、ズン、という音とともに、それはゆっくりと近付いてきた。現れたのはまるで動く氷山。全身に氷柱を生やした巨象『アイスマンモス』がレイドメンバーを睨んでいた。

「突進が来るぞ！」

〈プオオオン！〉

壁役を率いるハイドさんが大声で注意を促す。ほとんど同時に、咆哮を上げたアイスマンモスが一直線に突っ込んでくる。だが、その進路上に明かりを灯すマジックアイテムが投げられた。

作戦開始の合図だ。

ティーアさん率いる二十名近い魔法使いと、俺と使い魔たちが奴の正面に立つ。今回呼び出したのは火属性を持つハウルとプルート、そして新規参入のヴァルカンだ。そして、全員が目印のマジックアイテム目がけて一斉に魔法を放つ。

「完全焼滅【バーン・アウト】」

「燃え尽きちゃえー【バーン・アウト】」

「「「紅蓮の閃光【ファイア・ブラスト】」」」

ひとり気の抜けるような詠唱の人がいたが、正しく魔法をイメージできる内容ならば詠唱としては成立する。重要なのはVRマシンが正確に読み取れるイメージを構築できるかで、実は文言自体にたいした意味はないらしいからな。そして言語の補助なしでイメージを完全構築できれば、無詠唱習得となるわけだ。わざわざオリジナルの詠唱を使う人はあまりいないけど……。

放たれた無数の火属性魔法は雪原の雪を蒸発させ、その下の氷を溶かした。その結果、完成したのは巨大な落とし穴だった。マンモスが相手なら、と歴史好きのプレイヤーが出した案が有効と判断され、いま実現した。そして、アイスマンモスは急停止できず、落とし穴に突っ込んだ。

——ドゴオォォォォ！

地震のような揺れとともに、アイスマンモスの動きが止まった。下半身が完全に埋まっている。巨体が災いして脱出どころかまともに動けないようだ。

「攻撃開始！」

そう叫んだルーシアとともに、前衛たちが突撃する。俺は、MPが切れるまでティーアさん率いる魔法部隊に参加することになっている。使い魔たちも同様だ。ハウルは炎弾を吐き、プルートは火球を放つ。ヴァルカンは高温ガスを収束させて打ち出す。的が大きいから外れないし、上のほうを狙えば誤爆もない。

もちろんアイスマンモスも黙っていない。鼻から氷のブレスを放ち、全身の氷柱をミサイルのように打ち出す。耳や鼻、牙で殴られれば大ダメージだ。なにせパワーがでたらめなのだ。

レイピアを片手にルーシアが突っ込む。彼女に従う『パンテオン』メンバーのうち、ハイドさんを含む六人の頭に光輪が浮かんでいる。これがパーティメンバーに強力な補助(バフ)をかける天使のスキル【使徒化】か。

『アークエンジェル』の時から使えたようだがランクアップしたことで、同時に六人にかけられるようになったそうだ。

余談だが、天使は〈大天使（アークエンジェル）〉から〈権天使（プリンシパリティ）〉、〈能天使（パワー）〉、〈力天使（ヴァーチャー）〉の三つのタイプのうちのどれかにランクアップするそうだ。プリンシパリティは万能タイプ、パワーは前衛タイプ、ヴァーチャーは後衛タイプのステータスらしい。ハイ・エルフとダーク・エルフみたいなものだろう。

レイピアを使って戦う前衛型のルーシアは、その中のパワーになったという。


暴れまわるアイスマンモスの鼻と耳と牙を、六人の壁役が必死に防ぐ。その間にも、背中から打ち上げられた氷柱は後衛にまで飛んでくる。動きを封じてもこれか。まったくとんでもないな。

ＭＰの切れた俺は、そのまま前衛に参加することにした。

後ろからアイスマンモスに向けて放たれた魔法が飛んでくるが、当たったとしてもダメージはほとんどゼロだ。システム上、攻撃はまず相手をターゲットとして認識することから始まる。認識していない相手を巻き込んだ攻撃は、ダメージが極めて小さく、攻撃した側のプレイヤーの名前やカーソルの表示もオレンジ色にならない。武器にしても乱戦で偶然当たったくらいなら誤射扱いだ。

逆に言えば表示がオレンジ、レッドのプレイヤーは、ほかのプレイヤーを明確に狙って攻撃を加えた者たちなのだ。この辺は脳波を読み取ることで、プレイヤーの意思を確認できるＶＲゲームの長所といえるだろう。ハラスメント防止にも役立っており、冤罪も極めて起こりにくい。

話が逸れたが、ようはエフェクトで見にくいなどのデメリットはあるが、魔法の誤射や巻き添えはそれほど問題にはならないということだ。俺も気にせず接近する。

しかし、すでにボスは戦闘ロジックを切り替えたらしい。

全身の氷柱による攻撃に重点を置き、こちらが対処できないほどの数を打ち出す作戦に変えたようだ。まさに槍の雨。安全地帯がほとんどない。

「プルート！　上空の氷柱を壊せ！」

俺の指示にプルートは上昇し、炎を纏った鎌で打ち上げられた氷柱を次々と打ち砕く。

「ハウル、ヴァルカンは魔法部隊に飛んでくる氷柱を迎撃しろ！」

これで攻撃に力が裂けるといいんだが。と、それより鼻を抑えているハイドさんともうひとりの壁役が限界だ。交代しないと持たない。

「ハイドさん、一度回復に下がって！　鼻はしばらく俺が抑えます！」

「わかった！　すまん！」

「すぐ戻る！」


——ゴォ　ズドォ！


丸太のような鼻をさばき、逸らす。しかし、完全に受け流したはずなのにこの衝撃。槍が折れるのが先か、握力を失うのが先か。

アイスマンモスの後方と側面では、アタッカーたちが必死に攻撃を加えている。


——ブオン　ドコッ！

「ぐぬ……」

「この程度……」

少し離れたところでは別の壁役が、自動車がぶつかってくるような耳の一撃を、大盾を使ってふたりがかりで防いでいる。だが、ひとりではないからしばらくは持つだろう。

上空からの氷柱もプルートが叩き落としているので、攻撃としてはまばらだ。

さらに後衛のMP回復が終わったようで、火属性魔法の勢いが強くなる。こうなるとボスは前衛に集中できなくなってくる。その隙を見逃すレイドメンバーではない。ここぞとばかりに攻勢を強める。俺は自然回復任せだから、もう少し時間がかかるな。

それにしても、そろそろ壁役を交代してほしい。さっきまでふたりで鼻の相手をしていたのに、なんでいまは俺ひとりなの？　ヘループ！

と、そこで気付いた。ハイドさんたちはすでに復帰していたことに。ただし、そのポジションは耳。さっきまで耳を抑えていたふたりに限界がきたらしい。

え？　俺はこのまま壁役続行？　マジかよ……。

じりじりとボスの体力は減っていく。もう少しで三分の一ってとこだ。

ふと気付くと、俺のMPは五割ほどまで回復していた。タリスマンがあるとはいえ、自然回復で五割って結構時間が経ったみたいだな。ともあれ、好都合だ。このクソ象め、おかえしをしてやる。

――ブオン　ガスッ！

相変わらず単調に振り下ろされた鼻。だが今回はただじゃ済まさない。

「地獄を見やがれ！　完全焼滅【バーン・アウト】」


――ボボン！


〈プルグアァァァァ⁉〉

よし、やった！　あの面倒な鼻の穴に、火属性最上級魔法をブチ込んでやったぞ。アイスマンモスは、いままで吹雪を撒き散らしていた鼻から黒い煙を吐き出して悶えている。

さすがに効いただろ。一歩間違うと、こっちが凍るか殴られていたけど。

「あれ？」

「氷柱が消えたぞ」

「こいつ、うつむいてなにやってんだ？」

アタッカーたちが困惑の声を上げる。突然アイスマンモスがうずくまるように体を丸め、全身の氷柱も消えたのだ。まだＨＰは三割くらいあるのになんのつもりだろう？　不思議には思うが攻撃の手は休めない。しかし、ついにひとりが気付いた。

「こいつ、腹の下に氷柱を！」

「なに？」

「離れろ！」

――ボッ！
――バシュゥゥゥゥ
――ズドォン!!

なんとアイスマンモスは腹の下全面に氷柱を集め、一気に発射したのだ。そして、その推進力で飛び上がる。着地した際にダメージを受けたが、奴は見事に死地から脱出してみせた。

奴の残りＨＰは二割ほど。真正面から戦って削りきれるのか？　不安がこみ上げる。

しかし、メンバーの目は死んでいない。二の手、三の手を用意するなど当たり前だ。全員がプランＡの終了とともにプランＢの準備をする。

とはいえ、危険度はさっきまでとは比べものにならないくらい高い。

「魔法部隊、火属性中級魔法用意！」

「前衛部隊、『アメンボの指輪』装備！」

各部隊で指示が飛び、メンバーが準備を整える。さあ、作戦プランＢ発動だ。


「よし、できるだけ広範囲の雪を解かせ！」

落とし穴から決死の脱出を計ったアイスマンモスは、さすがに考えなしに突進しては来なかった。

そして、奴は冷気を発しているため直接足元の雪は溶かせない。

魔法部隊はボスを遠巻きに包囲、そして広範囲をターゲットに火属性魔法を放つ。ここで重要なのは雪を蒸発させない程度の火力を使うことだ。

「「【ブレイズ】」」

――ジュウゥゥゥゥ

　炎の波が雪を溶かして、水へと変える。これで雪に動きを阻害されることはない。水は即座に凍り始めるが、連発される炎魔法がそれを阻む。そして氷が滑るのは表面が濡れているから。
　そう、作戦プランBは雪を完全に水に変え、その上に水上移動用アクセサリであるアメンボの指輪を装備して立つというものだ。さすがに地上ほどではないが、深い雪や滑る氷の上で戦うよりはずっと動きやすい。

「よし、囲んで攻撃だ！」

「粘りすぎるなよ！　今度は相手も動くぞ！」

「まともに食らったら即死しかねないぞ！」

　攻撃が開始され、俺も槍杖を構えて突っ込む。自由になったアイスマンモスも、先ほどより多彩な攻撃を使ってくる。後ろ足で立ち上がり押し潰そうとしたり、回転して鼻で薙ぎ払ったりしてきた。しかし、奴のＨＰはあと二割だ。押し切れるはずだ。

〈プオオオオン……〉

「止まった？」

「またか。今度はなんだ？」

ＨＰが一割を切ったアイスマンモスが突然動きを止め、うずくまった。さっきの落とし穴脱出とよく似た行動だ。皆が警戒する。しかし今度は――

「な、なんて数……」

「まずい、防御！」

「こっちだ！　防壁を作る！」

アイスマンモスの全身に、まるでイガグリのように氷柱が現れた。魔法部隊は急いで【アイス・ウォール】を使う。中級魔法である【ウォール】は、初級魔法の【シールド】より頑丈で広範囲を守ることができる。ただし動かせないので、使い勝手はよくないというのが俺の印象だ。

だが、この場合はベストな魔法だろう。せり上がった氷壁の後ろに前衛部隊が隠れる。

次の瞬間、アイスマンモスは体を回転させ、全方位に氷柱を発射した。


――ドガガガガガ!!


「まずい、持たない！」

「駄目だ！　破られる！」

「くっ、伏せろ！」

氷柱の乱れ撃ちは防壁を貫き、プレイヤーを薙ぎ倒す。だが、使い魔たちは俺の命令を愚直に守った。プルートが、ハウルが、ヴァルカンが、全身に被弾しながらも氷柱を迎撃する。迎撃しきれない氷柱は、自分を盾にして防ぐ。三体のＨＰが急速に減少していく。

氷柱の一斉発射が収まったとき、魔法部隊の被害は驚くほど少なく、彼らが全力で防御魔法を使ったおかげで前衛部隊も無事だった。そして魔法部隊の盾となった三体の使い魔たちが、光の粒子となって俺の影に戻っていった。

「すまん、助かった……」

使い魔たちの献身もあり、致命傷を負った者はいない。さっき変則的な氷柱の使い方を見ていなかったら、対応が遅れていたかもしれないな。

〈プオオオ！〉

立ち上がったアイスマンモスが、咆哮を上げて突進してくる。余裕がないのは向こうも同じ。最大威力の攻撃できたようだ。しかも最初とは違い、二本の牙が青白い光を纏っている。これは強化魔法か。だが、これをしのげば勝負はつくはず。

「ティーアさん！　左の牙を！　俺は右を狙います！」

「りょーかーい」

「完全焼滅【バーン・アウト】」

「燃え尽きちゃえー【バーン・アウト】」

——ボボン!!

〈プガァァァァ!?〉

最後のＭＰを振り絞った爆炎が、アイスマンモスの牙に着弾し粉砕した。アイスマンモスは、たたらを踏んだようによろめき停止する。

「全員突撃！」

この隙を逃さず一斉攻撃が加えられる。一割のＨＰはついにゼロになり、アイスマンモスは力尽きた。

「ふう、苦戦しましたね……」

「使い魔ちゃんたちもありがとねー」

ルーシアとティーアさんが話しかけてくる。ハイドさんはレイドメンバーの点呼を取っているようだ。そういえば使い魔がやられるのは初めての経験だったな。

「あちらも上手く大ボスを倒せていれば、エリアボスが現れるかもしれませんね」

『血の棺』と『ビーストロア』は樹海の大ボス攻略に向かっている。大ボスは植物系モンスター『ボルボックス』だ。分裂によって無限に雑魚を召喚し続けるいやらしい敵らしい。まあ、勝算がなければ挑まないだろうからあまり心配はしていない。

ちなみに最速撃破報酬は『かんじき』だった。これは足に装備すると雪に沈まなくなるアクセサリで、雪国では実際に使用されている。砂漠に続いて使いどころが限定されるアイテムが出たな。

点呼を取ると、瀕死に追い詰められた者はいても、やられた者はいなかった。しかし、第二エリアの最終ボスは、アイスマンモスよりもさらに強敵なのだろう。

同日、樹海のボスも撃破され、第二エリアのラストダンジョン『邪竜の迷宮』が現れた。

第五章　邪竜の迷宮

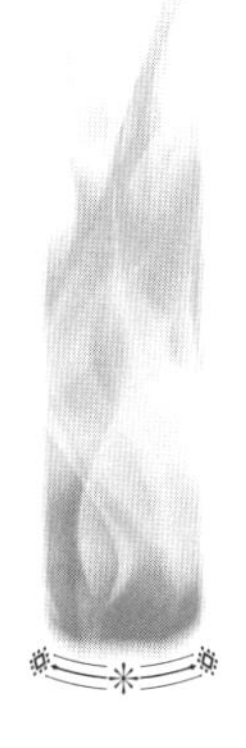

◇フィオ◇

「……来たか」

「例の物を出してもらおう」

「なんだよ、そのノリは……」

悪ノリしているとしか思えないセリフをかけられた俺は、おとなしく愛用のミスリルの槍杖をテーブルの上に置いた。とたんに群がる三十人近い職人たち。正直、目が怖い。

「おお、これだ！」

「待っていたぜ、マイハニー」

「さっそく調べよう」

「おい、強化を忘れないでくれよ！」

なんか変なセリフも聞こえた気がするし。ヒートアップする職人たちは、槍杖を持って工房に入って行った。壊されはしないと信じたいが……。不安だ。

ここは第二の町の中でも最大の規模を誇る職人ギルド『工房』のホーム。先日、俺はここに第二エリアの大ボス素材を持ち込み、新装備作成を依頼した。そして今日は完成した防具を受け取りに来たのだ。槍杖も強化のために今日預けることになっていたのだが、奴らは解析する気満々だ。

意外なことに槍杖は現時点では俺が持っている一本のみだ。だから彼らは俺の槍杖を分析して量産するために、わりと頻繁にレンタル要請をしてくる。今回も強化するだけで済ませる気はないだろう。解析ついでに強化するくらいの認識のはずだ。

「この部分の装飾が……」

「この宝玉の位置が……」

「全体のバランスが……」

工房からはブツブツと話し合う声が聞こえてくる。ああなると話しかけても聞いてくれない。作業が終わるまで、あの部屋から出てくる奴はいないだろう。

さっそく俺は、机の上に並べられた防具を身に着けることにする。ひさびさの防具一新だ。

アイスマンモスの毛皮製の白いズボンをはき、フレイムワイバーンの鱗を使った赤と黒の小手と脚甲を装備する。そしてサーペントの鱗製の青い胸当てを身に着け、最後にフレイムワイバーンの黒い翼膜にサーペントのヒレを組み合わせたフード付きレザーコートを着る。

うん、いい出来だ。人間性はともかく技術者としての腕は一流だな。


さて、覚えているだろうか？　以前イベントで上位十位に入った職人ギルドがあったことを。対リーパー用アイテム『ネットボール』を開発し、最前線ギリギリまで補給基地を用意した命知らずな職人たちがいたことを。

イベントで活躍したように、こいつらは非常に優秀だ。しかし、頭のネジが何本か吹っ飛んでいる奴ばかり。実際、俺は何度も酷い目に遭っている。客として接する分にはまだいいのだが、それ以上となると正直ごめんこうむりたい。

槍杖はフレイムワイバーンとサーペントの牙と爪を使って強化してもらうことになっている。それなりに時間がかかるらしいので、夕方に取りに来よう。そう思い、出て行こうとすると――

「なんだ？　茶ぐらい飲んでいけよ」

そう言って俺を呼び止めたのは、ギルドリーダーのガノンだった。身長は百七十センチほどだが、前衛でもやっていけるんじゃないかと思うほど筋骨隆々の肉体。ハイ・ドワーフという上位種族に恥じぬ高いステータスと、それを生かせる技量を持つ職人プレイヤーのエース。だが、マッドな職人たちを束ねているだけあって、頭のネジどころか常識が吹っ飛んだような男だ。

ちなみに名前の由来は銃と大砲（ガン＆カノン）なのだそうだ。……これ、ファンタジーゲームなんだがな。

「お茶？　怪しい薬じゃないだろうな？」

「心配するな。実験なら依頼として出しているからな」

「……」

その言葉のどこに安心できる要素があるのだろうか？　報酬につられて酷い目に遭う誰かに、心の中で合掌する。願わくばそれが俺ではありませんように。

「茶葉はそこにあるから適当に飲んでくれ。コップはそこにあるし、ヤカンはそこだ」

「セルフサービスかよ。俺が料理すると……って、ちょっと待て！」

「どうかしたか？」

「お前、以前にこのコップでスライムの体液を扱っていなかったか？」

「ん？　おお！　それ、メタルイーターの体液を計るための木製計量カップだったな」

やはりか。ということは、このヤカンも……。

「このヤカンも見覚えあるんだが?」

「む? むむむ……おお! そういえばシロアリの消化液を入れたことがあったな! すっかり忘れていたぜ」

「帰る」

こんなところで出された茶なんて飲めるか。セルフサービスなら、なおさらだ。なんで自作した劇物を、自分で飲まなければいけないんだ。

俺は本能の警鐘に従い魔窟から逃げ出す。しかし――

「見つけましたよ」

オーブ屋に見つかってしまった。今度はなんの用だ? 不吉な予感がするな……。

＊ ＊ ＊

「お前馬鹿だろう」

「何事も実験ですよ」

俺はオーブ屋の工房で、直径二メートルはあるオーブを見上げていた。前回のアドバイスはスルーされたようだ。製作費用など考えるのもバカらしい。

どこにこんなもの作る金があるのだろう、と考えて気付いた。こいつは、前回完成した小型オーブでぼろ儲けしているんだった。俺よりはるかに金を持っている。

「計算上は問題ないはずです」

「持ち運びに問題大ありだ」

ぼやきつつ、高級MPポーションで買収された俺は魔法を込めた。

「完全焼滅【バーン・アウト】」

「……」

「……」

「割れませんね」

「成功か」

実用化への第一歩です、と喜ぶオーブ屋。しかし、このサイズから実用化まであと何歩必要なんだろう。疑問には思うが、どんな形であれ最上級魔法のオーブ化に初めて成功したのだ。こいつが優秀なのは認めなくては。

「そういえば『邪竜の迷宮』では大変だったそうですね」

「耳が早いな」

第一エリアはループで移動制限がかかっていたが、第二エリアは侵入不能の岩山で移動が制限されている。『邪竜の迷宮』は第一エリアとは反対側、第二エリアの南端に現れた。

岩山にぽっかりと口を開けた『邪竜の迷宮』には、蛇やトカゲなどの爬虫類系の敵が現れる。さらに、第二エリアのダンジョンなので、中ボスも存在すると予想されていた。

そして俺は先日、『邪竜の迷宮』内で合流した上位ギルドのパーティとともに、その中ボスに出くわしたのだ。だが、結果は敗走。

「『バシリスク』でしたか?」

「ああ、状態異常のデパートみたいな奴だった」

ゲームによってバシリスクは蛇として現れる場合と、トカゲとして現れる場合がある。今回俺たちが戦ったバシリスクは、体長四メートルほどのトカゲタイプだった。巨大なイグアナみたいな外見といえばイメージできるだろうか。

情報を集めようと戦ってみたのだが、その能力はあまりにも嫌らしかった。牙と背ビレには猛毒、ブレスも猛毒、爪には麻痺、さらに目は【石化の邪眼】で、放たれるビームみたいなものに当たると石になるのだ。【石化の邪眼】という能力は『暗黒の遺跡』の大ボス『ゴルゴン』が使用し、かなり脅威だった。石化は時間経過では回復しない厄介な状態異常だからな。

五人の上位ギルドメンバーのうちふたりが石化され、ひとりが麻痺した時点で俺たちは撤退を選択。

動けない三人をかついで脱出したのだ。


俺たちは、すぐに情報サイトにバシリスクの情報を乗せた。付き合いのあるギルドには直接説明し、聞かれた場合は包み隠さず答えた。そのため、バシリスクの情報はすぐに広く共有された。今日も討伐に向かった者たちがいたはずだ。

この手のボスは、数ばかり揃えても意味がない場合が多い。次々と状態異常にかかり、その治療で手いっぱいということになりかねないからだ。そうなると攻撃する余裕がなくなりジリ貧になる。

よってバシリスクに対しては、少数精鋭で挑んだほうがいいと俺は考えている。

「ひさびさにソロ討伐にチャレンジしてみては？」

俺の心を読んだようにオーブ屋が煽る。

「……やってみようかな」

そう考えてしまうあたり、俺もこいつに負けない馬鹿なのかもしれない。

＊　＊　＊

結局俺はひとりでバシリスクに挑んでみることにした。もちろん準備はしてある。毒を防ぐ『防毒の首飾り』に石化を防ぐ『ヘンルーダの腕輪』を装備しているのだ。

ちなみにヘンルーダは石化回復の薬草で、これにゴルゴンの素材を組み合わせてこの腕輪を作ってもらった。問題は麻痺だ。爪だけはなんとしても躱そう。

使い魔もよく選ばないと。彼らには状態異常防御のアクセサリを持たせていないからな。接近戦はなるべく避けるべきだろう。

【石化の邪眼】を回避できる機動力があり、遠距離から攻撃できるのは……フェイ、ハウル、ベルク、プルートか。飛べないバシリスクが相手なら飛行持ちのほうがいいかな。

「コール　フェイ　ベルク　プルート」

今回はソロだからリーフも堂々と……と思ったが、あとから人が来るかもしれないからな。幻獣の従魔なんて絶対に大騒ぎになる。やはり隠れていてもらおう。

大人げない者たちのチート中傷は、無垢な子供にトラウマを残したのだ。

……まあ、俺がチキンなだけなんですけどね。お披露目は心の準備ができてからだ。いつにするかは決めてないけど。

念のため状態異常回復の薬を出しておくか。麻痺したらリーフにビンを割ってもらおう。

そして俺の手には生まれ変わった愛用の武器『双竜爪牙の槍杖』が握られている。素材の影響か配色が白っぽくなり、刃の部分が少し大きくなった。

では、新装備とともに、いざ出陣だ。……どうでもいいが、俺って性格変わってないだろうか？

ほかのプレイヤーたちと積極的に交流するようになった影響かな……。


中ボスのエリアに入るとバシリスクが待ち構えていた。見た目はイグアナだが目はカメレオンみたいになっている。これがまた厄介で、かなり広い範囲に邪眼ビームが撃てるのだ。先日一緒に戦ったプレイヤーなど、奇襲をしかけようと背後から近付いたところで食らってしまった。

「よし、いくぞ」

使い魔たちは散開し、空中から魔法で攻める。

毒ブレスは大丈夫だろうが、邪眼は心配だ。今回は俺が敵を引き付けるべきだろう。

——カッ

突っ込む俺に邪眼が放たれるが、腕輪が無効化する。前回の戦闘で見つけたこいつの弱点は、ブレスと邪眼を使用するとき動きが止まること。無効化アクセサリを着けていれば隙でしかない。

――ザシュ！

――ガン！

槍の穂先で切り裂き、石突きで打つ。柄の中心を支点とし、バトンのように回転させて連続攻撃を叩き込む。その手数は双剣にも匹敵するだろう。

接近戦では棒術のほうが有効だ。槍術と棒術、どちらを使っても槍棒術のスキルが上昇する。

高レベルのスキルは現実ではありえないほどスムーズな動きを可能とし、技を出さずとも十分なダメージを与える。グレーターデーモンとの戦いで技後の隙を突かれた俺は、なるべく技に頼らないことにしたのだ。

〈グルゥゥゥ！〉

顔面を乱打されたバシリスクが爪を振り上げる。そいつだけは食らうわけにはいかない。

俺は距離を取りつつ無詠唱で【エアロ・ブラスト】を撃ち込み奴を吹き飛ばす。吹っ飛んで体勢の崩れたバシリスクに使い魔たちの魔法が殺到する。

起き上がったバシリスクは邪眼をフェイとベルクに放つ。こいつ、左右の目で別々の相手を狙えたのか。

魔法を撃ち込みながら接近し、右の目に槍を突き込む。だが――

――ブヨン

ゴムみたいな感触があり、刺さらない。目を潰せれば楽になると思ったが甘かったか。
反撃の爪が振るわれるが――

――ギィン

俺は左手に抜いたロトンダガーで弾いた。

実は最近ロトンダガーを改造してもらった。猛毒能力はそのままだが、形状をマインゴーシュやパリーイングダガーといった盾として使える短剣タイプに作り直してもらったのだ。攻撃を防ぐと同時に毒を与えるという、敵からすると嫌らしい発想だが、『工房』の鍛冶師たちは喜んで実にいい笑顔で改造してくれた。なんだかんだで彼らの技術力は一流だ。

ちなみにロトンダガーは死蛾の短剣をダマスカス鋼で強化したものだ。職人たちによればロトンダガーは、いまのところ作成不能なほど強力な魔法効果を持つ魔剣らしい。アイテムとしてのランクも、ミスリルで強化した槍杖と並び現在では最高の★七つだ。よって、槍杖と同じく垂涎物(すいぜんもの)の調査対象だとか。とはいえ、毒使いのバシリスクは耐性持ちらしく、毒状態にならない。

俺は再び、魔法を撃ちながら距離を取る。すると奴は大きく息を吸い込んだ。毒ブレスが来る。

「チャンスだ！」

〈ゴアアアア！〉

吐き出される紫の煙を振り払って、一気に近付く。アクセサリの効果で毒は無効化できるから、ブレスはただの隙にしかならない。そして――

「ほらよ。プレゼントだ」

俺はテニスボールサイズの玉を三個、奴の口に放り込んだ。バシリスクは突然口に入ってきた異物を、反射的に飲み込んでしまう。俺は念のため距離を取る。すると――

――ボボボン!!

破裂音とともにバシリスクの腹が一瞬膨らんだ。飲み込んだ球の正体は、オーブ屋自慢の小型オーブだ。食わせるなんて、通常サイズのオーブではできない使い方だ。実は前からやってみたかったんだよな、これ。

〈グゲエェ〉

だいぶ効いたらしい。いままでの攻撃も合わせてもうボロボロだ。

「よし。押し切るぞ！　渦巻け、嵐刃【ソニック・テンペスト】！」

風属性最上級魔法が、ミキサーのようにバシリスクを切り刻む。さらにそこへ使い魔たちの追撃が撃ち込まれ、ついにバシリスクは力尽きた。

「意外といけたな。しかし……」

なんだかいつになくスムーズに動けた気がする。おそらく俺の知覚速度にアバターのステータスが追い付いてきたのだろう。ずれが小さくなり動きやすくなったようだ。

最速撃破報酬　バシリスクシールド　効果　毒、麻痺、石化耐性UP　★★★★★

ふむ、盾はネクロスに装備させるか。魔眼は素材のようだな。石化関連の装備でも作れるんだろうか。オーブ屋あたりに見せてみよう。

そんなこんなで、中ボスを倒した俺は転移魔法陣で帰還した。

＊　＊　＊

◆とある復讐者たち◆

暗いダンジョンの中、四人のプレイヤーが息を潜めていた。彼らの表示はオレンジ。全員が犯罪プレイヤーだった。

犯罪プレイヤーは、死ぬと隠しパラメーターのカルマポイントがリセットされ、ポイントに応じたペナルティを受ける。善行を行うことでもカルマポイントは減り、繰り返せばグリーンに戻せる。大きな町に行かずとも、小さな村でＮＰＣを相手に善行を働き、更生した者も多い。しかし、いまだにオレンジの彼らは、現役の犯罪プレイヤーであることは明白だった。

彼らは悪魔希望者だった。悪事を働いてこそ悪魔。そう信じて犯罪プレイを繰り返した。

しかし、彼らは賞金稼ぎプレイヤーに実に三回も倒され、膨大なペナルティを受けた。その相手は三回とも同じ、たったひとりのプレイヤーだった。

そいつは強かった。雑魚モンスターと同じような感覚で犯罪プレイヤーたちを狩っていた。

だが、彼らはあきらめなかった。いつか悪魔に手が届くと信じてペナルティを取り戻した。

しかし、ある日情報サイトに載った悪魔転生の方法。そこにははっきりと〝犯罪プレイは関係ない〟と書かれていた。

嘘だ、と思った。でたらめだ、と吠えた。しかし、特別クエストの発生が情報を肯定した。

すべては無駄だった。残ったのはオレンジ色のカーソルと悪評のみ。三回もペナルティを受けたためステータスはせいぜい中の下。プレイする気力すら萎えかけた。

ベータテストは棄権可能だが、最後まで参加しないと報酬の製品版がもらえない。そして、製品版へのデータ引き継ぎ割合は、テストへの貢献度によって変動するらしい。

はたしていまから貢献度を上げられるのか？　更生するべきなのか？　彼らは迷った。

しかし、ある日聞いた事実が彼らの心に暗い火を灯した。悪魔転生の方法を発見したのは、自分たちを狩ったあのプレイヤーだったのだ。しかも、彼自身は初期から悪魔だったという。自分たちに牙を剥いた奴の下僕は召喚獣ではなく、より強力な使い魔だったのだ。そのプレイヤーは、いまやサーバー最強とまで呼ばれ、ほかのプレイヤーからの評判もいい。

ふざけるな、と思った。この差はなんだ、と憤った。

逆恨み以外のなにものでもないが、彼らはそのプレイヤー、フィオの襲撃を計画した。奴を狩って自慢のレア武器を奪い取ってやると意気込んだ。

計画は単純だった。フィオは頻繁にクエストを受け、モンスターの素材を集めに出かける。自分たちは町では目立つので、ＮＰＣを雇って奴の予定を調べさせた。そして今日、このダンジョンにやって来るという情報を掴み、帰り道を待ち伏せすることにしたのだ。

スキル、魔法、マジックアイテムを駆使して視覚、嗅覚、聴覚、熱、あらゆる探知から自分たちの存在を隠蔽した。アイテムも金も使いきったが、奴さえ狩れればよかった。奴の装備をオークションにかければ、いくらでも取り戻せるはず。そして、サーバー最強のプレイヤーを倒したという実績は、なにものにも代えられないトロフィーとなる。そう考えた。

冷静に考えれば第二エリアの中ボスを単独で倒すような相手を、不意打ちとはいえたった四人で倒せるような実力は彼らにはない。

しかし、錯乱状態といってもいい彼らの頭には、そんな事実すら浮かばない。ただやれると信じて、フィオさえ狩ればすべて上手くいくと信じて待ち続ける。そしてついに、その時がくる。

「来たぞ……」

闇の中で四人は刃を握りしめた。しかし、次の瞬間、赤い光が彼らを貫いた。

＊　＊　＊

◇フィオ◇

バシリスク討伐成功の情報を知り合いたちに報告した俺は、オーブ屋に向かっていた。

小型オーブを敵に食わせるのに成功したことを報告しておこうと思ったのだ。

「うん？　これって、まさか……」

入り口には例の巨大オーブがオブジェのように飾られていた。間違えて起動しないだろうな？

中身【バーン・アウト】だぞ。

「いらっしゃい。そちらから来るなんて珍しいですね」

「そういやそうだな」

いつもは呼び出されたついでに買い物をしていたからな。こいつの店はオーブがメインの商品だが、ほかのマジックアイテムや薬、アクセサリも普通に売っている。

ただ、武器防具などの装備は専門外らしい。

「その様子だと討伐に成功したみたいですね」

「ああ、それでな……」

バシリスクにオーブを食わせたことを説明すると、なぜか黙り込んでしまった。

「……」

「？」

「……」

「どうした？」

さすがに心配になって声をかけると――

「素晴らしい！」

「おわっ！」

「さすがフィオさん！　ロマンをわかってらっしゃる！」

メチャメチャヒートアップしていた。こっちの反応などお構いなしに、男のロマンを熱く語る。

正気に戻るまで少し時間がかかった。

「そうだ、これ見てくれないか」

「これは……眼球ですか？」

「ああ、バシリスクのレアドロップだ」

「ふーむ、アクセサリなんてどうです？」

「石化防止ならもうあるぞ」

「いえ、なんとなくですけど。勘が囁くんですよ」

　ふむ、勘が意外に馬鹿にできないのはリーフの件でもわかっている。いざとなればまた取ってくればいいし、乗ってみるか。

　オーブ屋で買い物を済ませた俺は、次に『工房』に向かった。


「おお、また槍杖見せてくれるのか？」

「違う」

　いちおうＶＩＰ待遇なのか、ギルドマスターのガノンが出迎えてくれる。こいつに接客の才能があるのかは甚だ疑問だが。

「じゃ、短剣か？」

「普通に客だよ！」

　俺は武器を狙ってにじり寄る奴らを牽制しつつ、ブツを取り出す。『バシリスクの魔眼』を見たとたんに連中の目の色が変わった。

「アクセサリにしたらどうかって言われたんだが」

「ふーむ、少し時間をもらっていいか？」

「ああ、完成したら教えてくれ」

俺はバシリスクの魔眼と金を渡し、『工房』をあとにした。

＊　＊　＊

数日後、俺はガノンから連絡を受け、『工房』を訪れていた。

「来たか。こいつが完成したアクセサリ『ジュエル・アイ』だ」

渡されたのは、目玉を模した赤いイヤリングだ。片方だけなんだな。

「効果は？」

「付けてみろよ。驚くぜ」

名称　ジュエル・アイ
ランク　★★★★★★★
種類　アクセサリ
部位　耳
効果　スキル【石化の邪眼】使用可能　使用時ＭＰ消費

「おい、これって……」

「ああ、アメンボの指輪と同じ、スキル追加装備だ」

……あいつの勘、すげえな。さっそく効果を試そう。

俺は適当な素材収集クエストを受け、ダンジョンに向かった。実験台を探したのだが、なぜか敵がいない。どうやら直前に先客がいたらしい。運が悪いな、と思いながら進もうとすると――

「ん？」

魔力探知に反応がある。四つのオレンジマーカー。犯罪プレイヤーか。まだいたんだな……。

犯罪プレイヤーは俺のあとをつけるようにダンジョンに入り、入り口付近で動きを止めた。隠れているのか？　リーフの魔力探知の前じゃバレバレなんだが。

まあ、考えようによってはちょうどいい。せっかくだから試し撃ちの相手になってもらおう。残念なことに、モンスターがいないんでね。

彼らを視界に捉え、右耳に着けたジュエル・アイを起動する。隠蔽系のアイテムを使っているみたいだが、そこにいるとわかると目にも見えるようになる。

ジュエル・アイから赤いビームが放たれ、四人を次々に貫いた。どれどれ、効いたかな？

「んー？　どっかで見たことあるような……」

近付いてみると、ゴロリと転がった四つの石像があった。見たことがある気がするが、石像なのでよくわからない。

前回のイベントには大半のプレイヤーが参加していたし、そのときに見たのかもしれないな。

「ま、どうでもいいか」

放置していてもいいのだが、犯罪プレイヤーにはお仕置きが必要だろう。

――ガコン　ガコン　ガコン　ガコン

「よし、完了」

実験も終わり、四つの石像を粉砕した俺は、素材を求めて奥へと進んだ。

＊　＊　＊

◆オーブ屋　ケイル◆
私はケイル。第二の町に店を構える職人プレイヤーです。友人（と、私は思っているのですが）の某悪魔さんからはオーブ屋と呼ばれています。

今日は職人プレイヤーが集まって知恵を出し合う恒例の会合が行われています。『防毒の首飾り』や『アメンボの指輪』などの便利なアイテムを分析し、量産し、普及するのが目的で、今回のターゲットは『ヘンルーダの腕輪』です。

フィオさんも持っているこのアクセサリは、バシリスク戦で必須ともいえるアイテムです。しかし、出回っている数が多くないので、バシリスクを倒し『邪竜の迷宮』の深層を探索している人はまだ少ないのです。

原因は材料に大ボスである『ゴルゴン』の素材が必要だから。ゴルゴン自身も【石化の邪眼】を使うため、好んで討伐するプレイヤーもいなかったらしいですね。

別の素材で代用できれば広く普及させることができるのですが、なかなか難しいようです。

フィオさんが暇ならゴルゴンの討伐に参加してもらいたいところですが、彼はいま最前線を攻略中。さらにはバシリスク討伐パーティに参加して、邪眼を引き付ける役をやっているとか。

相変わらず忙しい人です。

「こんにちは。ケイルさん」

「よーっす」

会合が終わると、友人たちに声をかけられました。いろいろ話していると話題は彼のことに。

「あのでっかいオーブに魔法込めたのって、例の悪魔さんなんでしょ」

「あの人って、職人に寛容だよなー」

そうですね。寛容を通り越して甘いといってもいいかもしれません。彼と親しくなったのも、もとはといえば私が一方的に依頼を押し付け、彼が文句を言いながらも受け入れ、いつの間にかといった感じですし。なんだかんだで私の素材収集の依頼も、彼は頻繁に受けてくれています。

「そうですね。以前彼が言っていたのですが、彼は職人プレイヤーたちを尊敬しているそうです」

「尊敬？」

「サーバー最強が？」

まあ、不思議に思うでしょうね。私もそうでした。

「まず、悪魔という種族は戦闘に特化しており、それ以外はまったく駄目なのだそうです」

「へえ」

「そういや、情報サイトに載っていたっけな」

「種族の特徴とはいえ、自分にできないことを専門にしている人には敬意を払いたいそうです」

「ふーん」

「まあ、謙虚だな」

「まあ、ギブアンドテイク。持ちつ持たれつ、困ったときはお互いさまってことなんでしょう」

「ははあ」

「そういや、職人狙いの犯罪プレイヤーを片っ端から狩っていたらしいもんな」

「そこまで買ってもらっている以上、こちらも応えないと不義理でしょう?」

「うんうん」

「そりゃそうだ」

さて、それじゃあ店に戻って巨大オーブの小型化実験を続けましょうか。小型オーブは役に立ったようですし、あれが実用化すればさらに助けになるでしょう。

頑張ってください、フィオ君。

＊　＊　＊

◇フィオ◇
バシリスク撃破からしばらく経ち、ついに『邪竜の迷宮』の大ボスが発見された。

第二エリアの最終ボス。その名はズバリ『イビルドラゴン』だ。アイスマンモスよりは小柄だが、そのサイズは十分にデカイ。そして、ドラゴンという存在は見る者に恐怖心と一種の感動を与える。

すでに何度も調査が行われ、だいたいの攻撃パターンがわかってきた。攻撃は主に爪と牙、尻尾、そしてブレス。ブレスはフレイムワイバーンのような火球ではなく、火炎放射機のようなタイプ。翼はあるが飛行はせず、代わりに突風を起こしてこちらの動きを妨害する。

心配された状態異常攻撃は、いまのところ確認されていない。邪竜ということで邪眼の使用が予想され、『ヘンルーダの腕輪』の大量生産計画が予定されていたのだが若干肩すかしだった。

討伐のための作戦会議もつつがなく終わった。戦闘フィールドは、石畳と石壁の長方形の部屋。地形などを考慮する必要もないので、ごくオーソドックスな作戦で挑むことになった。

しかし――

「『プロテクトオーブ』ですか？」

「ああ、一個欲しい」

「これ、まだコストが高いからあんまり売れてないんですよね」

そう言いながらオーブ屋が取り出したのは、とある改良型の補助魔法オーブだ。通常補助魔法の効果は一定時間のステータスアップで、それを込めたオーブも同様だ。

しかし、こいつは補助魔法がすでに込められたオーブを改造するという暴挙を行い、成功させた。それが、この『プロテクトオーブ』だ。

「まあ、これが作れたのも、あなたから買った鍛冶セットの性能のおかげですけど」

これは確かに値段が高い。まだ生産コストが高いらしいから仕方ないのだが。

効果は一度だけダメージを半分にするというもの。使うタイミングを間違えなければ非常に有効なアイテムだ。コストダウンに成功し、量産すれば、新たな目玉商品になるだろう。

「……不安ですか？」

「ああ。あれじゃ、アイスマンモスより一回り強いくらいだ。エリアボスがあの程度のはずがない」

「根拠は？」

「ガーゴイルはＨＰが半分以下になったとたん特殊能力を使い始めた」

「イビルドラゴンも同様だと？」

「まず間違いない。そして、その情報を得るには戦ってみるしかない」

そんなことはほかの皆もわかっている。実際会議でも不安要素として挙げられた。前回のエリアボス戦ではどうにか立て直せた。しかし、今回はどうだろうか。

思えば、このサーバーは決定的な敗北をしたことがない。ほかのサーバーでは、多かれ少なかれトップギルドがボロ負けしたということがあるのにもかかわらず。

妹や友人たちも敗北を経験している。

挫折を知らないものは脆く、折れやすいという。ゲームでは負けなしで挫折を知らなかった俺が、理不尽な悪意で容易く折れたように。たった一度の大敗北が、サーバー全体の士気を急落させることになるのでは？　そんな悪い考えがグルグルと脳裏に浮かぶ。しかし――

「そんなに心配することないですよ」

オーブ屋が語る。

「皆さんそんなにやわじゃありませんよ。それに私たちも全力でバックアップします」

もっと皆を信じろと。

「……ああ、そうだな」

「そうですよ。それにしても……」

さらに、オーブ屋は穏やかな顔で、思いがけないことを言いだした。

「フィオさんもずいぶん変わりましたよね」

「……そう見えるか？」

「ええ。第一エリアでのあなたは、どこか他人と距離を取っていました。私と初めて会ったときもそうでした」

否定はしない。過去の経験から、俺にやや人間不信な傾向があることは自覚している。

「でも、いまのあなたはそんな雰囲気が薄れています。口調もそうですし、こうしてレイドメンバーを心配してくれています」

「そう、か……」

「ええ。エリアボス戦、頑張ってください」

「ああ」

こうして俺は、邪竜戦に挑む前にネガティブな気分を振り払えた。不本意だが、オーブ屋には感謝しておこう。

＊　＊　＊

俺を含む、厳正に選ばれた五十人のプレイヤーが『邪竜の迷宮』を進む。この五十人は間違いなく、このサーバー最高の戦力だ。

しかし、緊張の色は隠せていない。なにせ、相手は初のドラゴンタイプ。しかも、悪魔と交じったような凶悪な外見をしているのだ。俺も初めて見たときは圧倒されてしまったくらいだ。

やがて、俺たちの前に巨大な両開きの扉が現れた。

「では、行きましょう」

レイさんの合図とともに扉が開けられ、プレイヤーたちがなだれ込む。部屋は真っ暗だったが、全員が入ると壁際の松明が入り口側から奥に向かって次々と灯っていく。

――ボボボボボボボッ

そして、揺らめく松明の炎に照らされ、部屋の中央に巨大な影が浮かび上がった。

第二エリアの最終ボス『イビルドラゴン』だ。紫がかった黒い鱗に金の目、アイスマンモスほどではないが、大型バスを二台並べたような巨体だ。

「来るぞ！」

「防御！」

指示が飛び、レイドメンバー全員に対魔法シールドが張られた。次の瞬間――

〈グオオォォォォォ!!〉

すさまじい咆哮が響き渡った。開戦直後に放たれる【ドラゴン・ハウリング】は、プレイヤーの動きを封じる効果を持つ。

続いて襲い来る炎のブレスは、左右に分かれて回避する。直撃すれば即死レベルの威力を持つブレスは、とても防ぎきれるものじゃない。

「攻撃開始！」

「盾役は頭と爪を押さえろ！　攻撃組は尻尾に注意しろ！」

初見のプレイヤーを何人も抹殺したコンボを防ぎ、攻撃に転じる。

作戦は重武装の壁役が、攻撃してくる部位を抑えるという堅実なもの。アイスマンモス戦での作戦と同じだが、尻尾があるので後方も安全ではない。前衛は側面から攻撃を加えていく。ブレスが来そうになると魔法部隊がシールドを張って、その隙に退避する。

作戦は上手くいった。暴れまわる邪竜を上手く封じ込め、ジリジリとＨＰを削っていく。やがて邪竜のＨＰが七割ほどになった。

「突風が来るぞ。翼の動きに注意しろ！」

ＨＰが減少することで邪竜が新たに使用し始めるスキル。それは翼から突風を起こし、周囲のプレイヤーの体勢を崩すというもの。しかし、予備動作が大きいので見切るのは簡単だ。翼が動きだしたら一度距離を取り、収まったらまた近付く。

俺は魔法部隊の攻撃組として戦っているが、いまのところは順調だ。このままいけば押し切れる。だが、そんな楽観的な希望は、邪竜のＨＰが半分を切った瞬間に打ち砕かれた。

「な、なんだ？」

「特殊能力？」

突然邪竜の全身が赤いオーラに包まれた。初めて見る行動に、一瞬プレイヤーたちの統制が乱れた。その隙を邪竜は見逃さなかった。

――ブォン　ザン！


「な⁉　うあ！」

振り下ろされた爪の一撃が、前衛のひとりのＨＰをゼロにした。

「ウソだろ！」

「一撃⁉」

動揺が広がるが邪竜は止まらない。


――ブンッ　ガガガガン‼


「うあ⁉」

「ガッ！」

「あぐ‼」

「しまっ！」

振り回された尻尾が、呆然としていた四人のプレイヤーを薙ぎ払った。まともに食らった三人は即死、盾で防いだ壁役でさえ吹っ飛ばされてしまった。ＨＰはレッドゾーンになっている。

「冗談じゃない。さっきまでの倍は威力があるぞ……」

「駄目だ、離れろ！」

前衛は総崩れになる。次に邪竜は後衛に視線を向ける。マズイ！

「防ぎきれない！　避けろ！」

俺は叫んでその場を駆けだす。しかし、数人は状況が理解できず、硬直してしまう。

「だめだっ！」

「逃げろ！」

逃げ遅れたプレイヤーにシールドが張られる。しかし、吐き出されたブレスはシールドを紙のように突き破り、彼らを全滅させた。くそ、これ以上は……。

「駄目だ！　一度引け！」

「撤退！　撤退！」

プレイヤーたちは次々と離脱するが、邪竜も黙って見逃してはくれない。

戦闘不能のプレイヤーを蘇生させる暇など当然ない。

〈ガァ‼〉


――ザシュ！


「うあああ」

またひとりプレイヤーがやられた。まずいな。誰かが足止めしないと離脱もできない。

まあ、やれそうなのはひとりだよな。ガラじゃないんだが……。

「俺が足止めする！　早く逃げろ！」

「フィオ君⁉」

「無茶だ！」

「できるだけ時間を稼ぐ！」

プレイヤーに追いすがる邪竜の顔面に魔法をブチ込む。すると金の両目が俺を睨み据えた。

「コール　バイト　ギア　ベルク」

使い魔たちを呼び、邪竜を睨み返す。紫の魔眼と金の竜眼が交錯する。

俺と邪竜は同時に動きだした。

＊　＊　＊

「さて、どこまでやれるかな……」

状況はかつてないほど悪い。

ギアは邪竜の正面に立ち、バイトは後足に巻きついて動きを封じる。逃げるプレイヤーを邪魔する突風はベルクが相殺する。だが――


――ズガッ！


邪竜の爪がギアの体を深々と抉り、ＨＰを半分以上削り取る。

「そ、そんな……」

「ウソだろ……」

「いいから早く逃げろ！」

いままで鉄壁を誇ったギアが一撃で追い詰められた。その事実に驚愕し、足を止めてしまうプレイヤーたちに大声で怒鳴る。

とはいえ、驚いたのは俺も同じだ。まさかメテオライトの装甲をあっさり引き裂くとは……。


——ドゴン!!

——グシャ！


タックルでギアが粉砕され、動きを封じていたバイトが踏み潰される。ギア以外じゃ一撃か。

「コール　フェイ　ネクロス」

振り下ろされる爪と牙をネクロスが必死にさばく。フェイとベルクはプレイヤーたちを引っ張り逃がしていく。急いでくれよ……。

だが、そのプレイヤーたちに邪竜が視線を向けた。その目に赤い光が宿る。

「しまった！　邪眼か！」

やはり持っていたか。しかし、放たれた二条の光線の前にフェイとベルクが割り込んだ。

石化する二体。引き換えにプレイヤーたちは安全な距離まで逃げきった。


——ゴォォ!!

邪竜がブレスを放ち、盾ごとネクロスを焼き尽くす。炎はそのまま石化したフェイとベルクものみ込んだ。

「くっ、コール　リンクス　ハウル　ヴァルカン」

俺も含めて四方を囲み、近付きすぎずに時間を稼ぐ。もう少しで全員が部屋から脱出できる。俺以外は、だが。しかし、邪竜は時間稼ぎに付き合うつもりはなかった。

〈グオォォォォ!!〉

再びの【ドラゴン・ハウリング】がこちらの動きを封じ、続いて尻尾が薙ぎ払われた。

――ドガガガガ!!

「くあっ！」
〈キュウ⁉〉
〈グルゥ!!〉
〈ギャン！〉
〈ガァ!!〉

――パキィ

使い魔たちが全滅し、俺も吹っ飛ばされて転がった。

リーフがコートから弾き飛ばされ、部屋の隅に転がっていく。

起き上がると、懐から砕けたオーブの破片がパラパラと落ちた。とっさにこのプロテクトオーブを起動させなければ即死だったな。高い金は払ったがオーブ屋には感謝だ。

ダメージを半分に軽減しても、ＨＰはレッドゾーンになってしまった。まったくなんてパワーだよ。だが、目的は達した。プレイヤーたちの脱出は完了したのだ。

「コール　プルート」

今度は俺が逃げないと。プルート一体でどこまで耐えられるか……。

入り口に向かおうとするが、目の前で暴風に巻き込まれたプルートが切り裂かれた。翼が起こす風もパワーアップしているのか。まさしく隙なしだ。

逃げたいけど、逃がしてくれそうにないな。なら少しでも向こうのパターンを覚えるか。そう思い立ちあがると、そこで俺の耳にアナウンスが入った。

《使い魔の全滅を確認。戦闘データのフィードバック完了》

《単独戦闘行動を確認。ＨＰの規定値以下を確認。クールタイムの完了を確認》

《【悪魔化】スキルの使用条件を満たしました》

悪魔化？　あの使用不能とか出ていたスキルか？　混乱する俺に、今度は聞き覚えのある声が聞こえてきた。

〈汝我が眷属よ。死の運命に抗い、己が道を切り開くための力を望むか？〉

「……望む」

〈ならば汝に、我が真なる祝福を授けよう……〉

《スキル【悪魔化】を起動します》

＊　＊　＊

◆第二エリア最終ボス　イビルドラゴン◆

邪竜は戸惑っていた。邪竜は強者である。第三エリアの大ボスと比べてもなお、強いと言いきれるほどの。

いつもチョコチョコと手を出しては逃げて行く小物たち。今日は少し数が多かったが、全力を出したとたんゴミのように吹き飛び、逃げ散った。最後まで残った一匹はほかの者たちより強かったが、それでも自分を倒すには足りない。

呼び出されるモンスターを蹴散らし、奴にも一撃を加えた。即死しなかったのは意外だったが、どうなるわけでもない。

止めを刺そうと近付いて行くと、突然奴の体から黒いオーラが噴出した。オーラは球状を取りながら回転し、激しいスパークを起こす。さらにオーラの球体が膨らむとともに、内側から感じるプレッシャーが大きくなっていく。そして球体がはじけ飛んだとき、邪竜の目の前には異形の怪物が存在していた。

その頭部と下半身は山羊。額にも第三の目があり、三つの目は深紅に輝いている。

その尾は蛇。背には二対四枚の蝙蝠のような翼。上半身はまるで鋼線を束ねたような筋肉で覆われた肉体で、手には鋭い鉤爪。

ゆっくりと身を起こしたソレは悪魔。全身に黒いオーラを纏ったその姿は、グレーターデーモンをはるかに超える力を感じる。

〈グガァァァァ!!〉

強大なる大悪魔(アークデーモン)が邪竜を睨み据え咆哮を上げた。

＊　＊　＊

◇フィオ◇

スキル【悪魔化】。それは正真正銘、最後の切り札。

スキル起動とともに、俺の頭に【悪魔化】の情報が流れ込む。

【悪魔化】は一度発動すると、ゲーム内で一週間以上のクールタイムが必要となる。そして、クールタイム中の使い魔たちの戦闘経験によって、次回のスキル使用時のステータスが増減する。

いまの俺は、溜め込まれていた戦闘データによって爆発的にステータスが上昇している。

さらに体を包む黒いオーラ【暗黒の加護(ドレイン)】は一定以下のダメージを無効化し、全状態異常も無効化する。おまけに通常攻撃にＨＰ吸収効果を与えるというすさまじい特殊能力だ。

もちろんデメリットもある。変身中は専用の特殊能力以外は魔法も技も使えない。さらに【悪魔化】の効果時間は十分しかない。倒された使い魔は丸一日呼び出せないので、効果が切れたら今度こそ終わりだ。

だが、これだけのパワーとスピードなら小細工は不要。真っ向勝負でも押し切れる。

俺は咆哮を上げて邪竜に襲いかかる。技もなにもない獣じみた攻撃だが、それで十分だ。

邪竜の顔面に拳を叩き込み、よろめいたところに追撃のひざ蹴り。とどめにヘッドバットをブチ込むと、邪竜の頭が床に叩きつけられ轟音が響いた。勢いのまま追撃を加えようとするが、尻尾による足払いが来た。

――ブオン！

――バサッ

翼を広げ飛び上がって躱す。さらに背中にのしかかり、馬乗りになった。

――ザグッ！

――ズバッ‼

〈ギャァアアアア⁉〉

両手の鉤爪で翼を引き裂くと、邪竜は絶叫を上げてのたうった。体格とパワーは向こうが上だが、まともに食らわなければダメージは少ない。その少ないダメージは黒いオーラに防がれ、むしろドレインでＨＰは回復していく。

振り下ろされる爪を前足を掴んで止め、逆に握り潰す。そのまま捻り上げようとするが、パワーで勝る邪竜は俺の手を振りほどく。直後、邪竜が一度距離を取り、タックルをかましてくる。

——ズズン!!

真っ向から受け止めると、衝撃で床にヒビが入った。邪竜はそのまま押し込んでくる。壁に叩きつける気か。

そうはさせじと、俺は蛇の尻尾から猛毒のブレスを邪竜の顔面に浴びせた。

〈グギャアア⁉〉

さすがに毒状態にはならないようだが、視界を塞がれた邪竜の突進が止まる。悶える邪竜の腹を蹴り上げ、浮いたところにおかえしのタックルをぶちかます。邪竜の前足が片方おかしな方向に曲がった。折れたようだ。だが、その戦意はまったく衰えない。

爪が振るわれ牙が食い込み、野獣同士の戦いのような攻防が続き、邪竜のＨＰはどんどん減っていく。ＨＰ的には優位だが、制限時間がある俺にも余裕はない。

振り回された尻尾を逆に掴み、ジャイアントスイングのようにブン回す。

——ガゴォォォ！

頭から床に叩きつけられた邪竜は、スタン状態になったのか動かない。よし、ここで決める。

俺は一回の変身で一度しか使えない【デーモン・ブレス】の発射態勢に入る。

だが、【デーモン・ブレス】を放つ直前に邪竜が起き上がった。その口からは炎が漏れている。

向こうもブレスだ。相討ち覚悟か。こっちもいまさら止まれない。

そしてお互いのブレスが放たれる——直前に邪竜の側頭部で白い閃光が弾けた。邪竜はバランスを崩し、炎は見当違いの方向へ飛んで行く。

そしてデーモン・ブレスは邪竜の胸部に直撃しＨＰを削りきった。

＊　＊　＊

◆第三サーバー　邪竜討伐レイドチーム◆
ボス部屋から退却したレイドチームは満身創痍だった。点呼を取るが二十人近く足りない。そしてその中には——

「フィオさんは？」

「殿に残って邪竜の足止めを……」

「まだ戻らないってことは、まさか……」

最強プレイヤーの未帰還に意気消沈するメンバー。しかし——

〈グガァァアアア！〉

「⁉」

「いまの声は？」

「邪竜じゃないぞ」

困惑するプレイヤーたち。さらに——

〈ギャァァアアア⁉〉

「おい、これは……」

「ああ、邪竜だ」

「悲鳴だよな？」

あの邪竜が悲鳴？　もはや、わけがわからない。だが、プレイヤーたちは誘われるようにフラフラと、ボス部屋に向かって歩きだす。表現できない予感を胸に。そして、ボス部屋にたどり着いた彼らは目にした。神話のごとき戦いを。

赤いオーラを纏う邪竜と戦うのは、黒いオーラを纏う悪魔。

物語や伝説の中のような光景に、誰もが言葉を失いポカンとしている。

戦いは悪魔がやや優勢。そして、邪竜をブン投げた悪魔がブレスの体勢に入る。邪竜も負けじとブレスを放とうとする。

次の瞬間、部屋の壁際から白い光線が放たれ、邪竜の側頭部に直撃した。よろめいた邪竜に悪魔のブレスが直撃し、ついに邪竜は力尽きた。

メンバー全員に膨大な経験値とドロップアイテムの情報が流れ込んできた。邪竜討伐が達成されたのだ。死に戻りしたメンバーにも、この報酬が届いているのだろう。しかし、プレイヤーたちは放心したように動けない。

そのとき、部屋の隅から先ほどの光線を放ったのであろう緑色の小動物が、悪魔に向かって走り寄る。すると悪魔から黒いオーラが柱のように立ち上がり、やがて消えた。そして、そこには特徴的な槍を持ったひとりのプレイヤーが座り込んでいた。

＊　＊　＊

◇フィオ◇

〈キュイ！　キュイ！〉

走り寄ってきたリーフが、必死に俺に【ヒール】をかける。悪魔化が解けると、俺のＨＰは再びレッドゾーンになっていたのだ。

正直ギリギリだった。あと十秒粘られたら時間切れだっただろう。高揚して制限時間をよく見ていなかった……。リーフの援護がなければ相討ちだったかもしれない。

アナウンスに目をやる。

《ＭＶＰ報酬『ドラゴンバスターの称号』が贈られます》
《フィオは〈悪魔王(デーモンロード)〉にランクアップしました》
《『使い魔』の使役数が十二体になりました》
《使い魔がランクアップしました》
《『使い魔』の召喚コストが半分になりました》
《【全状態異常耐性ＵＰ】のスキルを習得しました》

ついに魔王か。そして、ＭＶＰ報酬は称号？　竜関連か？　そんなことを考えているとさらにアナウンスは続く。

《プレイヤーのプレイログチェック……完了》
《一定以上の期間のカルマポイント低値を確認》
《プレイヤー依頼のクエストの規定数以上の受注およびクリアを確認》
《フィオの種族は〈聖魔（ディバインデーモン）〉に変更されました》
……なんかもうお腹一杯だ。さて、なにからどう説明しようかな。入り口で呆然とするプレイヤーたちを見て、思わずため息が出た。ここでリーフもお披露目だな。
〈キュイ?〉
肩の上の相棒は不思議そうに首をかしげた。

邪竜討伐後、俺は主だったプレイヤーたちに、さっきまでのことを説明していた。

「完全にまぐれかよ……」

「邪竜の強さは現時点では討伐不可能でしたしね」

「スタート時からの溜めでギリギリですか……」

話を聞いているのはトップギルドのリーダーのダムド、レイさん、ルーシア、そして男性プレイヤーの皆さんだ。

本来なら、邪竜は全プレイヤーがもっとパワーアップしないと倒せないはずなのだろう。しかし、幸運も重なり倒せてしまった。

「報酬は称号か。どんな効果なんだろうな」

「邪竜素材はすごい装備が作れそうだ」

「第三エリア楽しみだぜ」

大半のプレイヤーには、聖魔やらは特に自分らに関係ないとスルーされてしまった。気分はすでに第三エリアのようだ。こいつならなにやってもおかしくない的な空気が漂っている。あれこれ考えていた俺がバカみたいじゃないか。

ところで、もう片方の主賓はというと――

「キャー、カワイイ～」

「リーフちゃーん」

「さわらせて～」

「次、私～」

〈キュー？　キュイィィィ⁉〉

女性陣にもみくちゃにされていた。

まあ、見た目が大きめのリスという、カワイイもの好きの皆さんにとって直球ドストライクな外見だしな。止める度胸はないので耐えてもらおう。

幻獣の存在についてはワイバーン事件のこともあり、わりとすんなり受け入れられた。何個もランダム卵を買ったと勘違いした者は、尊敬の目で見ていた。ちょっと胸が痛い。

ランクアップした使い魔たちもお披露目したいが、一度やられた使い魔は丸一日呼び出し不能だ。

とりあえず、見た目と能力だけ確認しておこう。

種族　〈妖精女王(タイタニア)〉
名前　〈フェイ〉
属性　〈風〉〈雷〉〈光〉〈氷〉〈水〉
ランク　四

身長はピクシーだったころのほぼ倍で、三十センチほど。物理系ステータスはやや低いが、魔法系ステータスは飛び抜けている。攻撃、防御、補助、回復、なんでもこなせる万能型の後衛だ。

種族　〈九頭の大蛇(ヒュドラ)〉
名前　〈バイト〉
属性　〈水〉〈闇〉
ランク　四

おそらく、今回もっともパワーアップしたのはバイトだろう。念願のブレス、それも毒と水の二種類のブレスを使用可能になった。全身は水の膜で覆われていて防御力が高く、再生能力まで備えている。さらに霧を発生させて身を隠すというステルス能力、【ミスト・ステルス】のおまけ付きだ。

種族　〈死の戦王(デスウォーロード)〉
名前　〈ネクロス〉

属性　〈闇〉
ランク　四

腕はさらに増えて、その数六本。ただし一本は先端がボウガンのようになっていて、骨製の矢を発射できる。ついにネクロスにも遠距離攻撃手段が登場か。もう、白兵戦では俺と同格かもしれないな。残りの五本にはそれぞれ武器や盾を装備できる。自分で使わないレアドロップは、売らずにネクロスに回したほうがよさそうだな。

種族　〈刃の狂獣（ブレイドクアール）〉
名前　〈リンクス〉
属性　〈土〉〈雷〉〈光〉
ランク　四

長い二本の髭と三本に分かれた尻尾が特徴的だ。外見はまた虎から豹に戻った感じだろうか。

土属性により体毛を硬化させ、雷属性を付与することで刃とする能力を持っている。髭と尻尾は伸縮自在で近距離から中距離まで対応可能だ。

さらに雷のブレスと、光属性のステルススキル【ミラージュ・ステルス】も使用可能。まさに森の暗殺者だ。

種族　〈地獄の番犬（ケルベロス）〉
名前　〈ハウル〉
属性　〈闇〉〈火〉〈氷〉〈雷〉
ランク　四

　ハウルは頭が三つ、尻尾が蛇の犬型モンスターに、ごぞんじ地獄の番犬ケルベロスだ。炎、吹雪、雷、毒と四種類のブレスを操り、近接戦闘能力も高い。ちなみに毒のブレスは尻尾から吐く。

種族　〈嵐の鷲獅子（ストームグリフォン）〉
名前　〈ベルク〉
属性　〈風〉〈雷〉
ランク　四

　ベルクは鳥からグリフォンに姿が変わった。おそらく近距離戦闘を想定した進化だったのだろう。翼からは風刃を放ち、雷のブレスも使える。だが、全身に嵐を纏った突撃こそが本領だ。当然機動力は全使い魔中トップだ。

種族　〈深淵の死神（アビスリーパー）〉
名前　〈プルート〉

属性　〈闇〉〈火〉〈氷〉〈風〉
ランク　四
紫色の翼蛇に乗った、濃紺のローブを身に纏う死神だ。魔法による遠距離攻撃と、属性付与を交えた近接戦闘、どちらもこなせる。進化前と同じオールラウンダーだが、その能力はさらに上昇している。

種族　〈火山獣(ヴォルケイノビースト)〉
名前　〈ヴァルカン〉
属性　〈火〉〈土〉
ランク　四

四足歩行の恐竜のような外見に、溶岩の外殻を纏っている。背中にはフジツボのように噴火口があり、火山弾を発射する。さらに高温の火山ガスを纏っており、防御力は極めて高い。まさに動く火山だ。ガスは口に収束させてブレスとしても放てるが、チャージに時間がかかり、使用後は身に纏うガスが一時的に薄くなる。

ギアは新しい鉱石が出るまでメテオライトゴーレムのままだ。
もし俺がレイさんたちと同じランクだった場合、こいつらもランク二。第二エリア相当の強さのわけだが、現実は四だ。どれくらいの強さなのだろう。

〈キュイ〜〉

リーフが女性陣の魔の手から逃げ出し、コートに逃げ込んだ。

「もう、あんな可愛い子を隠しておくなんて!!」

「すみません。でも作戦でもあるんですよ」

これは嘘ではない。プレイヤーだけでなくボスまで、伏兵のリーフにしてやられているのだから。

でもまあ、町中では出しておいてもいいだろう。どうせ、あっという間に話は広がるだろうし。

＊　＊　＊

しばらくして、レイドメンバーは落ち着きを取り戻した。

ちなみに死に戻りしたプレイヤーとも連絡は取れたそうだ。やはり戦闘に参加した以上、彼らにも報酬を受け取る権利があったようだ。ただ、邪竜の素材を町で見せびらかしたせいで、『工房』の連中にロックオンされてしまったらしい。……なんだか帰りたくなくなってきた。

「では、第三エリアに進みましょう」

「間違いなく一番乗りだな」

「ああ、ほかのサーバーは『邪竜の迷宮』自体がまだ出てきてないはずだ」

邪竜が倒されたことで部屋の奥に階段が出現していた。このダンジョンは山脈を貫いていて、あの階段を上ると山脈の向こう側、第三エリアに行くことができるようだ。

「俺、ヒヒイロカネの剣が欲しいんだよな」

「私はオリハルコンかな」

ダンジョンを抜けるプレイヤーたちの声は期待に満ちている。そういえば、俺は前回ここで引き返したんだったな。前回もこんな感じだったのだろうか。

ダンジョンを抜けると、そこは見渡す限りの草原だった。そして、草原の向こうに大きな町が見えた。ここが第三エリア。そしてあれが――

「第三の町か……」

町に到着したメンバーは、転送装置を起動させたあとは自由行動となった。じきに転送装置を使ってプレイヤーが押しかけるだろう。どうやら、新アイテムや新技術がかなり多いらしく、あちこちで騒ぎが起きている。うーん、新鮮だ。

こうして綱渡りのエリアボス討伐戦は終了した。

《第三サーバーは第三エリアの解放に成功しました》

＊　＊　＊

第三エリアの解放は、ほかの三サーバーから驚愕された。サーバーによっては『邪竜の迷宮』が現れてもいないのだから当然だろう。運営から見ても意外な早さだったらしい。

実はベータテストでは第三エリアが最終ステージで、エリアボスはいないそうだ。そして、ほかのサーバーが追い付くまで時間がかかりそうなので、俺たちにはゆとりができた。焦らずじっくりと攻略していけばいい。ゲームは楽しまないとゲームじゃないしな。

第三エリアの解放により、またプレイヤーの移住が起きた。だが、第三エリアのモンスターは冗談抜きで手ごわい。もともと行くのが早すぎたのだから、まともに戦えるプレイヤーはまだ少ない。最低でも上位種族にランクアップしていないと厳しいようだ。

それと、全サーバーの特殊種族のプレイヤーの平均ランクは三らしい。ルーシアもレイさんも三だ。

俺はランク四の大悪魔の時点で頭ひとつ飛び抜けていたのだが、邪竜戦でさらに突き抜けてしまった。使い魔たちもランク四になりエリア三の通常モンスターより強い。おそらく幻獣クラスだろう。これなら第三エリアを探索するのになんの問題もない。

一方で新たに解放された技術や、第三の町で売っている高性能の鍛冶セットを手に入れた職人たちは乗りに乗っている。

槍杖も生産に成功したが、槍使いからの人気はいまいちらしい。俺は慣れているので気にならないが、通常の槍と重心が違って使いにくいとか。確かに杖の宝玉が付いている部分が、大きくて重いからな。魔法と槍の二刀流で戦うプレイヤー自体があまりいないみたいだし。

だが、職人たちは気にせずに今度は魔剣、聖剣の作成を試みている。俺の短剣からある程度データは取っているので、素材さえあれば作れそうだとか。オリハルコン、アダマンタイト、ヒヒイロカネを素材に使いたいらしいが、それらはさすがにまだ出回っていない。

最近はバシリスクシールドも彼らのターゲットになっている。確かに防具に耐性がつけられれば便利だからな。

あと、新しい技術といえば従魔用の『進化薬』が登場した。従魔に力不足を感じ、戦闘に参加させられなかったプレイヤーたちは喜んだ。使用した素材によって効果は違うが、高品質なものは一気にパワーアップさせることができるとか。通常の動物は『魔獣』へと進化し、『魔獣』は『幻獣』に進化するんだったか？　リーフはすでに最高ランクの『幻獣』なんだが、意味はあるんだろうか。

余談だが、結構な人数の女性プレイヤーがカーバンクルを手に入れようとランダム卵に挑み、玉砕したらしい。中にはギルドの金をつぎ込んだ強者もいたとか。でも、それって使い込みだよな？　やりそうな人に覚えがあるんだが、そのあとどうなったんだろう……。暴走する女性は怖いな。

オーブ屋も新しい高性能の作業用具を手に入れたようだ。そのおかげで、あのデカオーブも一メートルくらいまで小さくできた。もちろん魔法を込めたのは俺だ。

使い魔の空きも三体分ある。なにを使い魔にするかはまだ決めていない。

「さて、それじゃ行きますか」

第三エリアを攻略しようか、第二エリアの大ボスに挑もうか。

予定は未定、気の向くままに、だな。

＊　＊　＊

◆第一サーバー　友人たち◆

第一サーバー、第二エリアのフィールドダンジョン『湖』。

そこに大剣を持った竜人と、戦斧を構えた鬼人の声が響き渡る。

「いくぞ！　タイミングを合わせろ！」

「三、二、一、いまだ！」


——ザパァァ！


プレイヤーたちがイカダから飛びのくと、真下から巨大な顎がイカダを噛み砕いた。姿を見せた湖の大ボス『サーペント』にプレイヤーたちが攻撃を加える。

いまここでは、第一サーバーのトップギルドのひとつ『アグレッシブ』主導のもと、大ボスの討伐戦が行われていた。戦闘フィールドの水面全体にイカダが浮かべられ、プレイヤーたちはその上を移動しながらサーペントと戦っている。

サーペントは東洋の龍に似た外見だが、足の代わりにヒレが付いている。水のブレスと水中からの奇襲を得意とし、その巨体は暴れまわるだけですさまじい脅威だ。

今回彼らは、聴覚探知と熱探知を持つ従魔を多数用意して奇襲に備えていた。

「腹を狙え！」

「イカダ、もっと近付けないか？」

「無理だ！　転覆しちまう！」

だが、戦況は優位とはいえない。あちこちでレイドメンバーの怒号が飛び、すでに何人かの犠牲者が出ている。だが、それでも彼らは犠牲を恐れずサーペントに挑む。

そして我慢比べのようなダメージレースの末に、ようやく彼らは討伐に成功した。


「ギリギリだったな……」

「……これを犠牲者なしでかよ」

『アグレッシブ』の幹部にしてフィオの友人ヒデとタクは、ぐったりとしながら第三サーバーの友人を思い起こしていた。

もうひとりの友人であるマサはハンマー使いのドワーフということもあり、職人部隊の幹部だ。純粋な戦闘スキルでは一歩劣るので、今回の討伐には参加していない。

「おつかれー！」

「や、レイラさん」

「おつかれさまっす」

声をかけてきた女性は、ギルド『紅い十字架』のリーダーにしてヴァンパイアのレイラだった。

彼女は金髪のショートヘアで、魔法向きの種族でありながら双剣を使う変わり種だ。

ちなみに双剣は片手剣と短剣の複合スキルであり、ヒデたちの友人の槍棒術よりも一般的だ。

「結構苦戦したね」

「第二エリアの大ボスは強いですからね」

タクはすでにハイ・オーガノイドにランクアップ済みであり、ヒデもドラゴノイドだ。重量級の武器を自在に使うこともあり、アタッカーとしてはトップクラスのプレイヤーだ。

「……アメンボの指輪か」

「それって、第三サーバーの話？」

「ええ、俺たちの友人が第三サーバーで、例の装備を発見したんです」

フィオが発見した『アメンボの指輪』。その効果は水上移動。ランク以上に役に立つスキル追加装備であり、本来ならこれを揃えて大ボスに挑む予定だった。

しかし、作れない。情報もデータも公開されているのだが、やはり現物がないと厳しいのだろう。その点、『防毒の首飾り』が作れたのは幸運だった。

「例の悪魔君だっけ？　中ボスひとりで狩っちゃうっていう」

「ええ、マジですよ。それ」

悪魔転生条件の発見によって、フィオは一気に有名になった。彼らが心配した誹謗中傷は、少なくとも第三サーバー内では起きていないらしい。かつての事件を知る身としては一安心だった。

「まあ、攻略情報があっただけよかったってことで」

「そうだねー。んじゃ、またね」

そう言ってレイラは去って行った。快活で、ヴァンパイアのイメージに合わない女性だった。

「じゃ、俺らも帰るか」

「おう」

「「よし、撤収だ！」」

ゾロゾロとレイドメンバーたちが引き揚げる。ヒデもタクもこのあとはフリーだ。ほかのメンバーも、ギルドだからといって拘束し続けるのはよくない。

とはいえ幹部の哀しさか、会話は次の目標のことになってしまう。

「次はどこにする？」

「んー、密林なんてどうだ？」

「あそこの大ボスは『ヒュージエイプ』だっけ」

密林と樹海があって紛らわしいが、密林の大ボスは巨大猿『ヒュージエイプ』だ。タクの目に闘志が宿る。彼は類人猿が嫌いなのだ。フィオの蛾嫌いとは違い、殴りたくなる的な意味で。

「んじゃ、フィオに詳しい情報を聞くか」

「調べるより楽だしな」

「あとはマサにこの素材見てもらわないと」

今後の予定を話し合うふたり。そこにアナウンスが流れた。

《第三サーバーで第三エリアが解放されました》

「「は？」」

驚愕の声が重なった。こちらはまだ第二エリアのボスのダンジョンすら出ていないのに、第三エリアに到達した？

フィオへの質問内容を変更したふたりだった。

閑話　ボーンナイト①

◆ネクロス◆

あるとき、私は【念話】のスキルで主人に尋ねた。

〝自分には意思が、魂があるのだろうか？〟と。

寡黙な私の突然の問いに主人は驚いていたが、少し考えると問い返した。

〝お前は意思や魂というモノがなんだと思っている？〟と。

私は答えられなかった。そんな私に主人は言った。

〝自分は宗教家ではないので魂については答えようがない。だが、意思とは極論、情報だと思っている〟と。

主人曰く〝理系的な考え〟と言うものらしいが、私には難しい考え方だった。とはいえ、電脳世界の住人である以上、ある程度の理解はできるだけのデータは持っていた。

さらに主人はこう続けた。

〝お前たちの思考や感情は、コンピュータの電気信号によって発生している。だが、俺たちの思考や感情も神経細胞の電気信号と化学物質の伝達によって発生している。そこに大きな差はあるのか？〟と。

ついでに言えば、この世界における主人たちの意思は肉体から電気的にコピーしたもの。よって、この世界において主人たちが意思を持っているのなら、私たちにも意思はあるということか。

もちろん、この世界に生きる生物すべてが意思を持っているわけではない。

モンスターなどはプログラムどおりに動く者が大半だし、NPCも一部は同様だ。その境界線となるのが『情報』の量なのだという。

町でプレイヤーのサポートをしなければいけないNPCは、それだけ複雑で大量の情報を持っている。逆に生まれては死んでいくモンスターは、単純で最低限の情報しか持っていない。

そして、ボスモンスターが高い知能を持つのは、あらかじめ大量の情報を持っているから。では、普通のモンスターが意思を持つことはできないのか？　答えは否。

NPCが経験を積んでより人間らしくなるように、モンスターも経験を積み、情報量を増やせば意思を持てる。そう、ユニークモンスターと呼ばれる者たちのことだ。

そのことを知らないプレイヤーも多いが、モンスターはプレイヤーだけを襲うわけではない。異種族、時には同族同士で戦い、勝者は経験を積みスキルとステータスが強化される。主人は〝蠱毒の壺みたいだな〟と言っていたか。

そして、それだけではない。プレイヤー同様モンスターも、あらゆる行動が経験値となり、日々成長しているのだ。

ただし、それは微々たるものであり、大半のモンスターは目に見える変化が現れる前に倒される。プレイヤーに人気がない場所ではいくらか高確率だが、全体的に見ればユニークに到達できるモンスターはごくわずかなのだ。そういった意味では私は珍しいケースだったのだろう。

主人が私を倒したのは、ゲーム開始から間もなくのことだ。その時点では、私に明確な意思と言えるモノはなかった。

だが、主人に従い始めてすぐに、私は自分を自分と認識できるようになったのだ。

主人曰く、私の強さはほかの有象無象より頭ひとつ抜きんでていたという。つまり、私はユニーク化する寸前だったのだ。

さらに主人は話を続けた。現代では生物と無生物の境界が曖昧になっているのだという。先ほどコンピュータのＡＩと人間の思考の原理は、ほとんど同じという話があった。実はそのコンピュータと人間の脳の違いも曖昧なのだという。

なぜなら現代のコンピュータの大半は有機機械（バイオコンピュータ）であり、従来の無機コンピュータは時代遅れとなっているのだ。従来の無機コンピュータはゼロと1の二進法で演算を行っている。しかし、バイオコンピュータは生物の遺伝子を構成する四種類の塩基、Ａ（アデニン）、Ｔ（チミン）、Ｇ（グアニン）、Ｃ（シトシン）による四進法で演算を行うのだ。

私には二が四になった程度にしか感じないが、その演算速度と柔軟性の差は圧倒的らしい。家庭用のサイズでも、その性能はかつてのスーパーコンピュータ以上なのだという。実感は湧かないが、おそらくすごいことなのだろう。

そしてこの世界『リバース・ワールド・オンライン』は、家屋ほどもある巨大なバイオコンピュータであるサーバーが作り出した世界だ。

最終的には四つのサーバーを連結させる予定らしいが、単独の現状でもその性能は世界最高峰。そのサーバーが生み出したＡＩが人間に劣るのか？　主人は勝るとは言わないが、劣っているとも思えないそうだ。

さて、長くなったが主人の答えは聞けた。魂については『定義があやふやなので不明』、意思については『自分はあると思っている』というものだった。

これは主人のスタンスの現れであるとも言えるだろう。主人にとって我々は機械でも人形でもなく『意思を持つ個』なのだ。

プレイヤーたちを見る限り、こういった考えが主流なのだろう。だが、主人は特にその傾向が強いように思える。

本来『使い魔』とは壁や囮として使い、強力な個体に次々と乗り換えていくものらしい。だが、主人は使い魔をパーティメンバーのように扱い、古参の個体をレベルアップさせて使い続けている。

頻繁に話しかけ、コミュニケーションを取ってくる。我々への感情移入が強いのだ。

実際のところ主人の方針は『当たり』のやり方だ。頻繁に入れ替えれば、ＡＩが学習したデータがその度にリセットされてしまう。それでは野生のモンスターと変わらない。逆に序盤からデータを蓄積し続けた我々は、戦闘に関しては並のプレイヤーをはるかに上回る。

そして、ＮＰＣにも設定されている隠し要素『好感度』。これが高いキャラは相手のために、本来持つ以上の能力を発揮する。モンスターの場合は、進化の際も強力な種族になりやすい。もちろん我々の主人に対する好感度はＭＡＸだ。主人のためなら喜んで死兵となって戦うだろう。

だが、それを抜きにしても我々の成長は異常な速さだった。

その理由として思い当たるのは主人の特異性だろう。

主人は電脳世界への適性が極めて高い。現実世界では肉体的なリミッターが存在するが、電脳世界ではそれがない。ステータス的なリミッターは存在するが、知覚速度が常人の二倍もあるのならどうとでもなる。その原理は主人自身もよくわからないらしいが、仮説は聞いているという。

本来、電脳世界では脳の一の能力をコンピュータが一で再現する。しかし、主人の脳はコンピュータの演算を借りずに一の能力を再現しているらしい。そこにコンピュータの補助が加わると一＋一＝二となり結果二倍となる。ただ、この仮説も検証中なので、どこまで信じていいのかはわからないそうだ。

しかし、この特異性は主人に災いももたらした。詳しくは知らないが、この〝電脳知覚加速〟を不正と考えた者たちがいたらしいのだ。我々電脳世界の住人には不正かどうかなどすぐにわかる。主人を構成するデータに異常はない。つまり、知覚加速は純粋に主人自身の能力、体質なのだ。だが、プレイヤーにはそれがわからないのだろう。そして、自分に理解できぬ強者を卑怯者（チート）と呼ぶ。それは一種の思考停止だと私は思う。

不幸なことに、当時幼く精神的に未熟だった主人は、彼らの思考停止の棘と毒に侵された。それは恩師に出会うまで主人を蝕み続けた。そして恩師により『自分』というものを知った主人は、ようやく立ち直ったという。

それでも当初はほかのプレイヤーとのかかわりを避けていた。いまもかなり改善されてきたとはいえ、基本的にはソロである。主人にとってはプレイヤーよりも我々のほうが信頼できるということなのだろう。

さて、長くなったが正直まだまだ足りない。最後の決戦を前にして気が早いのだが、主人と出会ってからの出来事が次々と思い浮かぶのだ。これは人間で言う走馬灯なのだろうか？

この戦いが終われば、この世界は一度消え去り、生まれ変わる。

そのとき、私たちはどうなるのだろう？　記憶と意思を持ったまま復活するのだろうか？

だが、そうなったとしても再び主人に出会えなければ意味はない。ただのユニークモンスターとして狩られ、白紙に戻るだけだろう。ならば最初から記憶も意思も失い、白紙となって生まれ直すほうがよいのだろうか？　答えは出ない。

私の名はネクロス。

暗き森で彷徨（さまよ）う一体のスケルトンだった者。思い浮かぶのは主人との出会い。そしてともに戦った日々。それでは私の目から見た悪魔の冒険を、ご静聴いただこう。

その始まりは死者の彷徨う深き森。

＊　＊　＊

切る、斬る、伐る。

腐肉を滴らせたゾンビを、ときにはゾンビを食らうグールを、そして自分と同じ、スケルトンを。

初めはギリギリだった相手も、次第に敵ではなくなっていく。それでも私は名もなきスケルトンだった。

私は運がよかったのだろう。ゴーストは同じアンデッドに対してはノンアクティブだが、森にはアクティブの強敵がほかにもいる。まずは自分と同じスケルトン、最悪なのはシャドウウルフだ。

だが、私はそういった強敵とはめったに遭遇せず、ゾンビやグールを仕留め続けた。

やがて成長した私はスケルトンにも苦戦することはなくなり、まれに遭遇するシャドウウルフもなんとか斬り捨てた。

そんなある日、普段は森の僻地で戦っていた私は、気まぐれで入り口付近に移動を開始した。そこで出会ったのはひとりのプレイヤーだった。

彼は恐ろしく強かった。私の攻撃を防ぐのではなく逸らし、こちらの体勢を崩してしまう。逆に彼の攻撃は、認識はできても体が反応できなかった。

そして、この森では圧倒的な強者となったはずの私が、一撃も与えることができず敗れ去った。

崩れ落ちた私は消滅するはずだった。しかし、私は声を聞いた。永遠の戦場、無限の闘争へと誘う声を。私はその声に応えた。

そして、深い眠りから覚めるように『自分』を認識した。これまでの出来事は、まるで記録映像を見たかのように記憶にあった。

『ネクロス』それが私の名。膨大なデータが、主人から流れ込んできたのを私は感じた。電脳世界の天才児。最強のプレイヤー。この世界唯一の悪魔。その日、私は悪魔に仕える剣となった。

主人は強者を探していたそうだ。そして私は彼に認められたのだ。

彼の異常ともいえるプレイヤースキルは身に染みている。驚いたのは、私自身もその恩恵を受け始めていることだ。視野が広くなった。細かいところに気が付くようになった。そして知覚速度が上昇していた。

私は主人の指示で自分の力を示した。相手は自分と同じ種族であるスケルトン三体。いままでなら苦戦は必至だった。しかし、体は流れるように動き、剣は疾風のように走り、あっさりと勝利を収めることができた。

主人は感心していたが、これは間違いなく主人の影響によるものだ。いまだ自我を持たぬ妖精と蛇の同僚も、同じように影響を受けているのだろう。

私は実力を見せることはできたのだが、少し困ったことになった。使っていたブロンズの剣が折れてしまったのだ。

ゾンビの腐肉ならともかく、スケルトンの骨を斬れば剣は傷む。主人は勘違いしていたようだが、我々モンスターの武器にも耐久度は存在するのだ。

通常であれば武器を失ったスケルトンは弱体化し、すぐに倒されてしまう。しかし、私は倒したほかのスケルトンの剣を奪うことで生き残ってきた。

今回もスケルトンがドロップしたブロンズ製の剣をもらえればよかったのだが、主人は新しい剣を用意してくれるという。確かに同じブロンズ製でも新品のほうが長く持つ。スケルトンドロップの武器を材料として、新品の武器を安く用意してくれるのだろう。そう思っていた。だが——

私は話せないスケルトンではあるが、絶句してしまった。主人はボスの素材を使い、低ランクとはいえ特殊能力持ちの装備を用意したのだ。当然、私のためである。

さらに自分の装備を新調し、お古とはいえ十分に強力な（現時点ではだが）防具を私に装備させたのだ。この時点で私は気付いた。戦闘力に優れる個体を選び、惜しげもなく強力な装備を与える意図を。

彼は我々を使い捨ての駒ではなく、パーティメンバーとして扱うつもりなのだ。アイテムを装備不能なバイトはともかく、フェイの装備についても考えていたので間違いはないだろう。

なんとも奇妙な方だと正直思った。もちろん好印象しか抱かなかったが。

それから私は主人とともに戦闘を重ねた。ボスであるサハギンとも戦ったが、正直言って主人に比べて弱かった。ましてや二対一なのだ。負けるどころか苦戦もしない。

　新しい装備の性能も素晴らしかった。ボロの装備とはまるで違う。私という剣が研ぎ直されたように感じた。

　慢心は禁物だが、この辺の雑魚なら私ひとりでも余裕だろう。実体のないゴーストも、水属性の盾で殴れば倒せるのだから。


そのころ主人は、次の目的地が見つからずに悩んでいた。

しかし、目に見えないようになっていただけで、気付きさえすればあっさり進めたようだ。

ちなみに、待機状態でも我々は周囲の状況をかなり正確に把握している。そうでないと呼び出されたときに即座に行動できないからだ。よって、自分が召喚されていないときに起きた出来事も我々は知っている。

　新しいフィールドの敵ははっきり言って弱かった。主人もバイトを呼び出して戦闘経験を積ませているが、正直一方的すぎる。バイトは熱探知によって隠れた敵も正確に発見するので、生物系の敵は逃げることもできない。

　私の知覚は現状では視覚が大半で、聴覚がわずかと言ったところだ。高位のアンデッドは生命力を探知できるらしいのだが、私はまだそこまで達していない。

＊　＊　＊

新しい町にはプレイヤーやNPCたちが溢れていた。いままで拠点としていた隠れ里とは比べものにならない規模だ。ただ、プレイヤーの質はそこそこといったところだ。主人よりは間違いなく弱いし、おそらく私よりも下だろう。

しかし、別に彼らの全員が戦闘職というわけではないので〝劣っている〟と認識するのは間違いだろう。主人が料理や調合にチャレンジしたあと、ひとりで遠くの空を見つめていることを我々は知っているのだ。


さまざまな任務を斡旋する施設『冒険者ギルド』。これが主人の求めていた施設のようだ。

先立つもの、つまりは金のために。

スキルを店で揃えようとすると、とにかく金がかかる。主人もオークションを利用したりクエストをこなしたりと忙しい。

そんなとき、ギルドに『WANTEDリスト』なるものが貼り出された。どうやら犯罪者プレイヤーたちに懸賞金がかけられたらしい。このリストに載った者たちは死亡時のペナルティが増え、討伐者には報酬が入る。主人が彼らを狙わない理由はなかった。

まず主人は、PKを繰り返す特に凶悪な犯罪者プレイヤーであるレッドプレイヤーたちを狩り始めた。私も当然のように戦闘に参加し、対プレイヤー戦における技術を磨いていった。

だが、はっきり言って手ごたえがない。

こんな序盤でほかのプレイヤーを襲っても、たいした利益はないだろうに。なにが目的でリスクを冒してまで犯罪プレイに走るのだろう？　それ自体が目的なのだろうか？

主人曰く、初期における犯罪プレイヤーの横行は、序盤のスタートダッシュを妨害するため、後半に行われるより性質が悪いという。さらに序盤は防衛手段も乏しく、初心者ほど犠牲になっていく。そして何度もＰＫされたプレイヤーはやる気を失ってしまう。

そういった理由から、いま早急に犯罪者プレイヤーを駆除することには大きな意義があるのだそうだ。なるほど、と感心してしまう。主人の目が$に見えたのは気のせいなのだろう。

運営がかけた懸賞金もなかなかだが、やがて被害者たちも懸賞金を出し始めた。これが主人の言う、彼らなりの防衛手段なのだろう。

賞金額のアップにより犯罪者たちは次第に狩られる側へと追いやられ、数を減らしていった。割に合わないと感じ始めたようだ。

主人によって短期間に三回討伐されたレッドプレイヤーなど、口から見えないなにかを吐き出しているようだった。あれが魂というモノだったのだろうか？　もっとよく観察しておけばよかったと思う。

だが、討伐されてもすぐレッドプレイヤーになる連中もある意味すごい奴らだ。なにか彼らなりの目的でもあるのだろうかと不思議に思ったが、そのときは理由を知る由もなかった。

そうやって犯罪者狩りの急先鋒になった主人は、一気に有名人になった。そして、ほぼ必ず同行している私もずいぶん有名になったようだ。しかし、有名という割には主人が『フィオ』、私が『ネクロス』という名前であることは知られていない。

どうやら主人は、名前が売れて騒がれることを避けているようだった。当時は知らなかったが、主人の過去を知ったいまでは無理もないことだと思う。幸い、主人は過去を克服し、ほかのプレイヤーたちとも次第に打ち解けていったのだから、私が心配する必要はなかった。

それにしても、大きい町は便利だ。施設が揃っているので準備も楽だし、早い。

ほかのプレイヤーの存在も、オーダーメイド装備やオークションを考えると利点と言える。

さらに、従魔を購入できる『魔獣屋』という施設。なるほど、いくら金があっても足りない。

今日も私と主人は、モンスターと犯罪者プレイヤーを蹂躙する。

＊　＊　＊

私とプレイヤーたちの、戦闘における大きな違いはなにか？　それは攻撃スキルの有無だ。プレイヤーには斬撃技【スラッシュ】や、突き技【スラスト】などの、いわゆる必殺技があるが私にはない。我々にあるのはモンスターとしての能力であり、プレイヤーのスキルとは少し違うのだ。

フェイは魔法を使えるが、あれもプレイヤーの魔法スキルとは似て非なる魔法能力である。使い続けてもプレイヤーのように新しい魔法を覚えたりはしない。

私の場合もそれは同じ。スケルトンは基礎能力こそ高いが、技と呼べる能力は持っていないのだ。

だが、いま私の目の前には、満身創痍となった犯罪者プレイヤーがいる。こちらは一撃も受けていない。あちらにしてみれば理不尽なことだろう。

しかし、私にしてみれば必然である。

「クソォ！　【スラッシュ】！」

振るわれる斬撃スキル。しかし、それは上から斬り下ろすだけの単純な技。隙を突いたのならともかく、万全な状態の相手に当たるようなものではない。

半身になった私の横を刃が通り過ぎていく。

「く、しまった！」

スキル使用後の硬直に陥るプレイヤー。これがスキルの弱点だ。スキルは強力だが、スタミナの消費や硬直などリスクもある。それを理解しないで振るうから、こういうことになるのだ。

私は無防備な首を大鉈で刈った。急所への攻撃、クリティカルヒットを受けた彼のＨＰはゼロとなった。オレンジの彼は大きなペナルティを受けることになるだろう。

視線をやると、主人はすでにふたりの犯罪者プレイヤーを倒していた。三人目は懲りもせずにスキルを連発し、隙を狙われて一方的にダメージを受けている。

そもそも、技の連発など動きの鈍い序盤の雑魚にしか通用しない戦術である。一体のモンスターを複数人で囲み、絶え間なく打ち込むならともかく、一対一のＰｖＰで使うなど初心者もいいところだ。しかし、意外に犯罪者プレイヤーにはこういった者たちが多い。

対人戦闘を得意とするはずの彼らが、なぜこんなに弱いのだろう。主人によると、その答えはあっさりしたものだった。すなわち、彼らは自分より弱い者か戦意のない者しか狙わないのだ。

初心者プレイヤーには〝同じプレイヤーに狙われた〟というだけで、思考がフリーズしてしまう者も存在する。恐怖に身動きが取れない相手になら、スキルの連発は確かに有効だろう。

だが、重要なのはあくまで通常攻撃。変幻自在のプレイヤーの技量こそが至高の必殺技なのだ。

私はスキルこそ使えないが、代わりに急所へのクリティカル攻撃を必殺技としている。主人もまず通常攻撃で崩し、スキルを打ち込む。戦いでは派手さよりも詰将棋のような正確さと堅実さが重要なのだ。

などと考えているうちに最後のひとりが地に伏した。完勝である。主人の新しい武器の扱いも手慣れたものだった。

そう、いま主人が手にしているのは槍ではなくロッドなのだ。

特定のふたつの武器スキルを鍛えると、複合派生スキルが覚えられるという情報。有名どころでは斧と槍の【斧槍術】、剣と短剣の【双剣術】などが確認されている。

そして主人は、【槍術】と【棒術】を鍛えることで【槍棒術】を覚えられるのではないかと考えているのだ。

槍や突剣、弓などの刺突武器は堅い敵や、細い隙間だらけの敵と相性が悪い。打撃系の棒術はその弱点を補えるので、非常に有効だ。

しかし、直線的な突きをメインとする槍術と、円運動からの打撃をメインとする棒術を、同時に使用するのはかなり困難だと思われる。だから、主人はいまから訓練に余念がない。

そういうわけで、私は普段から主人のスパーリングの相手として死線をくぐり抜けているのだ。

アンデッドが死線うんぬんというのも妙な話であるが。

それはともかく、主人の容赦ない攻撃に比べれば、犯罪者プレイヤーの攻撃などお遊びのようなものだ。まあ、ゲームはお遊びではあるのだが、私にとっては現実である。

＊　＊　＊

最近我々には大きな変化があった。ひとつは新たな仲間の参加である。

従魔、カーバンクルのリーフ。サポート系としては最高峰の能力を持つ幻獣である。彼（宝石の精霊のような存在なので性別はないらしいが）は戦闘に特化した主人と相性のいい従魔だった。

【魔力探知】を持つ従魔など、本来こんな序盤で登場するものではないらしい。だが、主人は使い捨てのラッキーアイテムを使用してランダム卵に彼を登場させ、超能力じみた直感力で引き当てた。

主人は妙な感触を感じたと言っていたが、おそらく突出して大きい情報量を持つ卵を見抜いたのであろう。恐ろしい電脳適応力である。

リーフは主人にとても懐いており、とても好感が持てた。遠出をする際の足を別に用意しなければならなくなったが、些細な問題だろう。長期的に見れば、ラプトルやエミューなどとは比べものにならない戦力のはずである。

もうひとつは主人の武器だ。いままで使っていたのは鉄製の武器だったが、先日ボスドロップで珍しい武器を手に入れたのだ。槍と杖の複合武器、槍杖である。

魔法戦士である主人に最適の武器であり、木製でありながら鉄製の武器より強力だったのだ。情報サイトにも載っていないらしいので、おそらく主人以外は誰も発見していない。

最後に、主人は予想どおりに【槍棒術】を手に入れた。これまでの訓練の甲斐あってか、新たなスキルをすでに自在に使いこなしている。私もボコられ……訓練に付き合った甲斐があったというものだ。新たなスキル、新たな武器、新たな仲間、もはや第一エリアに敵はいないだろう。

主人の話によると、第一エリアのラストダンジョンの調査が終了し、いま攻略メンバーを募集しているらしい。もちろん、主人も参加を希望するそうだ。

主人のためにわざわざ調査をするとは、なかなか気の利く連中だと感心した。

そうやって、我々は着実に強化されていった。しかし、主人はうっかりやらかしてしまう。

第一エリアのエリアボス攻略メンバー選考会。そこで衝撃のデビューを飾ってしまったのだ。

あれだけ慎重に隠れていたのに台なしであった。

＊　＊　＊

会場を静寂が包んでいる。その中心はもちろん主人だ。

選抜試験と称した力試しで、主人の対戦相手はかなりの力量の大剣使いであった。しかし、残念ながら届かない。主人はおろか私にも届かないだろう。

主人の戦法はいつもどおりだ。相手の攻撃を逸らし、その隙を突いてのカウンター、体勢を崩したところでの急所への攻撃。今回は最後の急所への一撃をスキルで行っていた。軌道やタイミングが限定されるスキルを、正確に急所に打ち込む技の冴えはさすがであった。

しかし、そのあまりの実力に会場が凍りついてしまったのだ。主人は勧誘が煩わしいと黒のコートを青く染め、話題の犯罪者バスターであることを隠していた。

しかし、どうやら主人は自らそれを台なしにしてしまったようだ。主人の戦闘時の集中力は素晴らしい。しかしその反面、集中しすぎてほかのことに気が回らないところがあるようだ。

まあ、私としてはボス戦で活躍すればバレていたと思うので、早いか遅いかの違いでしかないと思っている。そうこうしているうちに、理知的な雰囲気のヴァンパイアが主人を追い詰めていった。

どうやら彼もシャドウウルフの素材を持っているらしく、主人のコートが青く染めてはあっても シャドウウルフ素材の物だと気付いたらしい。案外彼は、主人がオークションで売り払った素材を手に入れていたのかもしれない。

観念した主人はすべてを認め、私もお披露目された。ほとんどの者が畏怖の視線を向けてくるが、どういうわけか感謝の視線を向けてくる者もいた。彼らは主人と私が犯罪者プレイヤーから救出した者たちだったようだ。

私自身は主人の敵を倒しただけなので、彼らを助けたという自覚はない。だが、彼らが主人に好意的な感情を抱いてくれるなら、それはよいことだと思う。

圧倒的な実力がありながら、どこか他人の悪意に怯えている。そんな印象を主人に抱いたことがあるからだ。

そのあと、主人の持つ素材をめぐって騒動が起きたのは余談である。だが、その騒動を目にした私は、職人プレイヤー人口の多さと彼らのバイタリティに驚いた。

近いうちに主人も、信頼できる相方となる職人を見つけるべきだろう。しかし、主人の相方となれるほどの職人となると、どんな人物なのだろう。正直想像するのが難しい。

ああ、試験の結果だが、当然主人は合格した。むしろ、落とすなどと言ったら斬りかかっていたかもしれない。まあ、システム的に町中ではそんなことはできないが。

総員五十人ものレイドチームでは私の出番はないかもしれないが、相手はこのエリア最後の大ボスである。なにが起こるかわからない以上、いつでも戦闘に参加できるようにしなければ。現時点では私だけが主人と同じ土俵で戦える戦士なのだから。

＊　＊　＊

そして翌日、主人たちは第一エリアのラストダンジョンである『魔像の迷宮』にたどり着いた。馬車による移動は確かに速かった。第二エリアは第一エリアよりはるかに広いという。主人が移動手段を求めるのも当然であった。まあ、その機会はじきに訪れるだろう。

主人のアバターにはすでに膨大なデータが蓄積されている。それはあと少しのきっかけで溢れ出し、主人を新たな高みへ押し上げるはずだ。

そう、ランクアップである。現在主人のステータスは、その圧倒的な知覚速度に釣り合っていない。主人からすると身体の動きが鈍く、もどかしい思いを抱いているだろう。

だが、その戒めがひとつ外れるときが近いことを私は予測していた。そして新たな力の解放は、新たな仲間の参加を意味する。さて、次なる仲間はどのような者たちなのだろうか。

……少々気が早かったようだ。

順調に推移していたボス戦だが、やはりそうすんなりとはいかなかった。

単身ボスに突撃する主人。その横に並び、私も駆けだす。

すでに雑魚のゴーレムはすべて戦闘不能。倒すべきはボスのガーゴイルのみ。広範囲攻撃でプレイヤーを蹴散らしたボスに、主人と私は矢のように突っ込む。

パワーもスピードも相手が上。しかし、それを振るわせない技量が私たちにはある。

攻撃の起点を潰し、隙をフォローし合いながらガーゴイルを食い止める。残念ながらほかのプレイヤーでは主人の相方は務まらない。

と、魔法を撃ち込まれたガーゴイルが範囲攻撃の準備に入った。主人は即座に魔法と敵の技の関係に気付く。

以前、同じように〝特定の攻撃に対して強力な攻撃を繰り出す〟ボスと戦った経験があったからだ。もちろんあのクラゲとガーゴイルでは強さは段違いだが。

ガーゴイルにとっての不運は、こちらが防御に徹していることだ。攻めてはいるが、あくまでそれは攻性の防御。動きを封じることに主眼を置き、無理に攻めない。

それでも長期戦になれば集中力を削られ、いずれは押し切られるだろう。

しかし、こちらの目的は足止め。すでにレイドメンバーは万全の態勢を整えつつあった。

飛び上がったガーゴイルを魔法で迎撃。さらに私をカタパルトとして飛び上がった主人は、空中でガーゴイルを打ちのめした。

「帰還しろ、ネクロス！」

そして即座に出される指示。応じて私が帰還すると、一斉攻撃が始まり、ガーゴイルは沈んだ。

戦勝に沸くプレイヤーたち。一方で私たちも勝利の報酬を受け取っていた。

主がランクアップし、その恩恵を受け我々も進化したのだ。

新しい私の姿は赤き骸骨戦士。数多の敵をその手で討ち取ることで到達する姿である。

同様にフェイとバイトも進化し、ついに自我を得たようだ。

さらに、主人は新しく三体の使い魔を得ることができるようになった。第二エリアに向かってから従えるのか、向かう前に従えるのか。その辺は主人次第だ。

余談だが、我々モンスターが進化するときは、これまでの戦闘スタイルが大きく影響する。私の場合、近接戦闘タイプだったため『戦士（ソルジャー）』となった。これが、たとえば弓を使っていた場合『弓使い（アーチャー）』となっていただろう。

バイトの場合、咬みつき攻撃をメインとしていたので双頭となった。もし、尻尾や巻きつきをメインとしていれば別の進化をしていただろう。


ボスとの戦いは激戦であり、装備の消耗も激しかった。主人も私も装備の修理が必要なため、一度町に引き返すことになった。

その途中で主人は、さっさと三体の使い魔をスカウトしてしまった。どうやらあらかじめ候補を決めていたようだ。

ゴーレムのギア、猫系モンスターのリンクス、狼系モンスターのハウル。彼らは契約によって進化し、我々と同格の存在となった。しかし、自我を得るのは少し先になりそうだ。

変わり種だったのはギアである。彼は鉱石素材を吸収することで進化するのだ。

悲しい理由から主人は石を大量に所持していた。これを吸収したギアはストーンゴーレムにランクアップした。先の大ボスの護衛であったモンスターである。その能力は保証されている。

＊　＊　＊

新たな同僚たちとの習熟訓練も終え、いよいよ第二エリアへと向かうことになった。進化によるステータスアップはすさまじく、私自身の戦闘力も格段に上昇していた。

転移装置から第二エリアの町へと転移する。この設備は長距離を移動しなくても、町から町へ行くことができて便利だ。ただし、点在する小さな町や村には存在しない。

とりあえず新しい町で情報を収集し、町の周辺で戦ってみる。主人が仕入れた事前情報では、第二エリアは第一エリアが練習ステージに思えるほど難易度が高いという。

実際に戦ってみると、なるほどと感心してしまう。

第二エリアのモンスターたちは確かに強い。しかも、その強さがステータスによるものだけではないのだ。プレイヤーに比べれば稚拙とはいえ連携し、協力して戦う。それが強さの秘密であった。

さらに、周囲のモンスターがリンクして集まってくるなど、数でも不利になることがある。我々は甘く見ていたプレイヤーがやられていく光景を、何度も目にすることとなった。

もっとも、それは私たちには当てはまらない。主人と二体の使い魔の連携は、これでもかというほど入念に訓練してきたのだ。

そもそも我々の戦闘パターンの原型は主人だ。下手なプレイヤー同士より、よほど連携しやすい。リンクによって、十五体もの飛行モンスター『ハンターピジョン』が集まってきたときはさすがに苦戦したが。

＊
＊
＊

新エリアではさまざまな技術が更新され、職人たちは沸いていた。主人もそろそろ馴染みの職人を探そうと考えていたようだ。

そして、とある依頼に応じたことで、主人はある意味運命の出会いを果たしてしまう。

その男の名はガノン。種族の初期設定でランダムを選び、初期からハイ・ドワーフだった男だ。

ドワーフは前衛としての適性も高い種族だが、彼は職人として活動していた。

ハイ・ドワーフなのにもったいないと思う者も多かっただろう。しかし、ハイ・ドワーフであるがゆえに、その技術はドワーフの職人より一段上であることも事実だった。

のちに彼は、癖は強いが優秀な職人たちを集め、第三サーバー最大の職人ギルド『工房』を立ち上げることになる。ただし、『工房』の評判は両極端であった。腕は間違いないのだが、そこは廃人変人の巣窟であったのだ。

彼らを許容できるプレイヤーにとっては『工房』は最高の職人集団だった。しかし、許容できないプレイヤーたちは近付こうともしなかった。そして主人はというと、『工房』にとってトップクラスのお得意様となっていった。

主人はゲームを通じて人間不信が徐々に改善されていった。丁寧だが他人行儀な口調も徐々にフランクなものになっていった。だが、主人はガノンを名前で呼ぼうとはしなかった。

主人曰く〝友人と思われたくない。同類と思われたくない〟のだそうだ。ビジネスパートナーとしてはＯＫでも、プライベートな関係はＮＧということなのだろう。

確かにガノンの変人ぶりは『工房』の中でも突出していた。あれこそ『マッドサイエンティスト』というやつなのだろう。名前を呼ばないのは、主人なりの最後のボーダーラインということらしい。もっともガノン本人や周囲には、ほぼ同類と思われていたようだ。ゲームではあるが悲しい現実である。

話は逸れたが、ガノンからの依頼とは『鉱脈調査の護衛』であった。

ガノン自身が説明してくれたのだが、第二エリアの新鉱石素材は『メテオライト』、『ダマスカス鋼』、『ミスリル』の三種。

まず、メテオライトは『隕石』から採掘される『メテオライト鉱石』を錬成して作られる。隕石は屋外のフィールドにランダムで転がっており、比較的容易に見つけることができる。人数を集めるのは大変だが、ダンジョンに入る必要がないので、戦闘職でなくても採取できた。人数を集めれば比較的容易に数は揃えられるだろう。

ダマスカス鋼は合金なので『ダマスカス鉱石』は存在しない。解禁されたのは作成するためのレシピと材料だ。

鉄から錬成された鋼鉄、これをさらに錬成することで完成するのが『ダマスカス鋼』だ。ただ、ダマスカスは刃物には向いているが、それ以外の武器や防具には向かない。手に入れるのは一番簡単だが、防具に使わないから需要は一番少ないのだ。よって鉄鉱石の需要はこれまでより低下し、値段も下がり始めることになった。

最後のミスリルは、『ミスリル鉱石』を採掘して錬成する必要がある。軽くて丈夫とバランスがよく、非常に需要が多いミスリルだが、鉱石の採掘量が少ないため常に品薄だった。だが、とある廃坑にミスリルの大鉱脈があるという情報がもたらされたのだ。

情報源のＮＰＣによると、その廃坑はかつて銀山だったそうだ。しかし、ある深さまで掘ったところで魔力溜まりにぶち当たってしまう。そして噴出した魔力の影響で、坑道内の生き物がモンスターとなってしまい閉鎖されたというのだ。

さて、ここで注目すべきは『銀』と『魔力』。ミスリルは『精霊銀』と書く。つまりは魔力を帯びた銀なのだ。〝閉鎖された廃坑は、いまや巨大なミスリルの鉱脈となっているのでは？〟と、いうのが職人たちの考えだった。

そして、ちょうど主人は愛用の槍杖をミスリルで強化しようとしていた。短剣と同様にダマスカス鋼で強化してもよかったのだが、杖としての性能を考えるとミスリルがベストなのだそうだ。

しかし、ミスリルは品薄状態。驚くほど高いのに、すぐに売り切れてしまう。

そんなとき、目にしたのがミスリル関連の依頼。報酬を期待して即受けた主人を責めることはできないだろう。

だが、のちのちガノンにある程度慣れるまで、主人は呟き続けた。

〝早まった……。あのときの俺の馬鹿……〟と。

そして、運命のファーストコンタクトの日は来た。


「えーと、あれ？　依頼受けたのは俺だけなのかな？」

怪訝そうに周囲を見渡す主人。通常護衛任務とは、護衛対象とほぼ同じ人数が必要だ。個人の強さは別問題として、単純に手が回らないからだ。依頼主たちの人数は明記されていなかったが、ひとりふたりということはないだろう。

依頼書では報酬にミスリル鉱石を匂わせていた。ミスリル不足の現状では、受注者が溢れていてもいいはずなのに。主人も正直、嫌な予感がしているはずだ。

よく考えてみれば、我々が第二エリアに来たのはごく最近。この依頼がいつから出されているのか知らないのだ。もしかすると非常に困難な依頼で、何度も失敗しているのかもしれない。

主人の顔は険しい。危機察知センサーが最大限の警報を鳴らしているのだろう。〝違約金を取られてでも降りるべきか?〟などと考えているに違いない。しかし、無情にもタイムアップになってしまった。そして、奴が現れる。

「おう、待たせたな!」

主人にとって、相棒とも怨敵ともいえる複雑な立場になる男。狂気と非常識を足して好奇心で割ったような職人。ハイ・ドワーフのガノンが軽快な声で登場した。その目に宿るナニカを察して警戒する主人。それを詐欺師顔負けの話術で懐柔しようとするガノン。

この時点では知る由もなかったが、ガノンたちはいままでも何度もさまざまな依頼を出していたそうだ。しかし、その度にぶっ飛んだ行動でトラブルを起こし、いまでは一部の強者以外は彼らの依頼を受けようとしないらしい。

「あー、これで全員ですか?」

「そんな堅苦しい話し方するなよ。俺を含めて十人。これで全員だ」

「いや、そうじゃなくて、俺以外の護衛は……」

「いやー、ようやく依頼を受けてくれる人が現れたな!」

「しかも腕利きなんだろ？」

「ついてるなー」

「この前なんて人数ばっかりだったもんな」

「ああ。あのヘタレどもが」

ドワーフ、ヒューマン、グラスワーカー、種族こそ違うが、どいつもこいつも似たような思考回路をしていることがハッキリとわかる。

そして、どうやら護衛は主人だけのようだ。私はいまだ影の中。つまり、こいつらは主人ひとりに十人を守らせるつもりなのだ。正気の沙汰ではない。

結局その時点では彼らの悪行を知らないことが災いし、主人は彼らの依頼を受け入れてしまった。

＊　＊　＊

廃坑の中はぼんやりとヒカリゴケの明かりが灯っていた。隊列は、先頭が主人で最後尾が私、遊撃がフェイである。

夜目の利く主人もアンデッドの私も闇には強い。しかし、十人の職人はそうはいかない。迅速に進むには明かりは必須だ。だというのに――

「おお、ヒカリゴケか！」

「なにかに使えるかな？」

「よし、採ろうぜ」

「ちょ、あんたら！　根こそぎ取ったら明かりがなくなるだろ！」

主人が必死に止める。メンバーの中には暗視スキルを持っていない者もいるというのに。命が惜しくないのだろうか？

「お、横道だ。行ってみようぜ」

「ミスリルちゃーん。どこー？」

「あ、おい、バラけるなよ！」

「お、こっちはなにがあるかな？」

完全に遠足の幼児と引率の先生である。好き勝手に歩き回り、まったくいうことを聞かない。

さらに――

「うおおおおお！　ヘループ！」

「うぇ⁉　トレインするんじゃねえ！」

無数のクモやムカデのモンスターを引っ張ってくる者も。確かにこれでは誰も受けたがらなくなるだろう。襲い来るモンスターを斬り捨てながら、私でさえそう考えてしまう。

「てめえら、並べ！　勝手に動くな！　おとなしくしてろ‼」

「おう、まかせろ！」

「いやー、あんた強いな～」

ついに我慢の限界を迎える主人。口調がいつになく荒っぽい。しかし、職人どもは堪えない。本当に反省しているのだろうか？　非常に疑わしい。

ともあれ、ある程度進むと職人たちはだいぶ落ち着いた。もしかすると、あえて暴れて主人の器や力量を測っていたのだろうか？

――一時はそんなことを考えていた。だが、いまだから断言できるが、あれは彼らの素であった。


「よっと」

「よし、俺で最後だな」

地下水の溜まった広い部屋をゴンドラで横断する。水の中にはモンスターの影が見える。落ちると餌食になるのだろう。さすがにここでは職人たちも静かにしている。

次は通路が崩落し、レールだけが残っている場所にたどり着いた。はた迷惑な連中だが、近くに転がっていたトロッコ車を修理して、使えるようにしたのは見事であった。性格はともかく皆、腕はよいようだ。

トロッコは三人乗りなので、まず私と職人ふたりが乗る。到着したらトロッコを送り返し、次は職人が三人乗ってくる。ゴンドラでもそうだったが、乗っている間は敵の襲撃はないようだった。念のためフェイが付き添っているが杞憂だろう。

最後に主人がふたりの職人と共に渡りきり、こちら側に全員が揃った。

「いかにもって感じだな」

「ああ、見ろ。この壁は銀を含んでいるぞ」

「じゃあ、この下が終点の鉱脈か」

壁を見る職人たちの顔が真面目になっている。終点は鉱脈であり魔力溜まりである。ボスはいないはずだが、ユニークモンスターがいる可能性は高い。ここは慎重に行動してもらいたいものだ。

そして我々は最深部へと足を踏み入れた。


「おお……」

「すげえ……」

「これ全部ミスリルか……」

蒼銀に輝く広大なフロア。最深部はひとつのフロアが丸ごと採掘場となっていた。

そそり立つ石柱もすべてミスリル鉱石だ。ここが認知されれば、現在の需要を完全に満たせるだろう。そして案の定、職人たちは暴走を始めた。

「うおおおおっし、掘るぞー!!」

「「「おう!」」」

「おい、待て!　まずは安全確認を……」

主人が慌てて止めようとするが、火のついた彼らは止まらない。フロア中に採掘音が響き渡る。

〈キュッ!〉

「!　チッ、出たか!!」

リーフの探知に引っかかったのだろう、主人が天井を見上げる。私も天井を見上げた。

そこには体長十メートルはあろうかという巨大ムカデが張り付いていた。おそらく途中に出てきたオオムカデのユニーク個体なのだろう。

「『アンクヘッグ』か。でかいな……」

奴はアンクヘッグというらしい。ボスではないようだが第二エリアのユニークモンスターだ。弱いはずがない。

「おい、敵がいるぞ！　一カ所に集まって……」

「任せる！」

「は？」

「あんたに任せる！　なんとかしてくれ！」

「ヒャハー、出る出る！」

「うおおお！　稼ぎ時だー！」

ムカデを片付けたあとでゆっくり掘ればいいものを……。暴走した職人たちは聞く耳を持たないようだ。私も武器を構えアンクヘッグの動きに注意する。


――ズズン！


〈キチキチキチ！〉

「おい、そっち行ったぞ！」

「掘れ掘れ掘れぇ!!」

「くそ、聞いちゃいないな！」

アンクヘッグと職人たちの間に、強引に割って入る主人。正面から受け止めるのは主人の戦闘スタイルではない。しかし、十人を守りながらだと、どうしても身を盾にする必要がある。

職人たちを狙うアンクヘッグと、それを阻止するべく身体を張る主人。職人たちに足を引っ張られる主人を救うべく、私とフェイは無防備な側面から襲いかかった。

二十分ほどでアンクヘッグは力尽きた。毒や溶解液を吐き出す強敵だったが、それでも普段ならここまで苦戦はしなかっただろう。

苦戦の原因たちはいま、主人の前に全員で正座している。主人の顔は完全に鬼と化している。私でも寒気がするような殺気だ。

「てめえら……いい加減にしとけよ？」

「まあまあ、結果オーライってことで……」

「ああん⁉」

「あー、その、すまん……」

ＰＫ上等、レッド上等のキラーモードの主人に、さすがの彼らも下手なことは言えないようだ。

ちなみに私は、彼らの逃亡を阻止するために入り口に陣取っている。

結局リーダーのガノンが怒れる主人と交渉し、賠償することになった。報酬のミスリル鉱石のほかに、サービスで装備の強化を行うのが賠償内容である。

確かにこいつらの腕はいい。妥当な線であろう。

＊　＊　＊

数日後、主人はガノンのもとを訪ねていた。賠償のサービスを受けるためである。

まずは無料で私の盾をミスリルで強化し、おまけで大量に在庫のある鉄鉱石でギアを強化した。

アイアンゴーレムとなったギアはすさまじい迫力だ。

「ふーむ、なるほどなぁ……」

「どうだ？　できるか？」

そして主人は通常の仕事として、槍杖のミスリルによる強化をガノンに依頼した。

槍杖の材質はトレントの素材、つまりは木製だ。これを金属製に強化するには相応の技術が必要らしいのだ。ガノンは先ほどから槍杖を見ていろいろと考えている。

「ふむ、なんとかなりそうだな」

「そうか、そりゃよかった」

「しかし、面白い武器だな。槍と杖か。ハルバードやバスタードソードなんかは有名だけどな」

「俺も自分以外に使っている奴は見たことないからな」

結局、槍杖はこれ以降発見されず、職人たちはこぞって主人の槍杖を調べようとすることになる。

ほかのサーバーでは槍杖が手に入ったものの、最初の強化に失敗し、失われてしまったそうだ。

原因は技術不足。この時点で強化を成功させたこのガノンという男は、やはり只者ではないのだろう。人格に問題はあるが。

「で、どうやってミスリル製にするんだ？」

「簡単に説明するとな、木の素材に溶かしたミスリルを染み込ませるんだよ」

「……壊れないか？」

「その辺は腕だな」

さっそくガノンは作業に入る。細かいところはわからないが、ミスリルを特殊な薬品で溶解させて、木製の槍杖に染み込ませているようだ。その薬品は金属を餌とするスライムから作ったらしい。金属容器では溶けてしまうため、木製の計量カップを使って調合している。

槍杖自体もあえて薬品でボロボロに劣化させ、液状のミスリルが浸透しやすいようにしているそうだ。こちらの薬品は巨大なシロアリ型モンスターの消化液から調合したという。この薬品は木を分解してしまうため、ヤカンのような容器で槍杖に注いでいた。

そして液化したミスリルの浸透が終わると、今度は中和剤で薬品を中和する。最後に加熱して鍛造すれば完成のようだ。一歩間違えれば素材は無駄になり、武器も失われる作業。それを臆することなく、正確に進めるガノン。そしてガノンは宣言どおりに強化を成功させる。

のちに槍杖の最終形態たる『竜槍杖セルピヌス』を彼が生み出すことは、このとき決まった運命だったのかもしれない。

「じゃあ、俺は行くぞ」

「おう、また依頼受けてくれよ」

「……内容によるな」

このあと、ガノンは職人ギルド『工房』を立ち上げギルドマスターとなる。イベント『死神の襲撃』でも活躍する有力ギルドである。

そして主人はガノンたちとあれこれ揉めながらも、工房のお得意さまのひとりとなっていく。本人は否定するだろうが、主人にとってガノンは紛れもない相棒となっていくのだ。

＊
＊
＊

第二エリアは第一エリアに比べ、敵が格段に強い。よほどの手練れでなければ、ひとりでの行動には限界がある。主人なら大丈夫だろうが、念のため常に我々が同行している。まあ、リーフがいる時点で正確にはひとりではないのだが。

なにが言いたいのかというと、第二エリアではソロプレイヤーが激減し、ギルドが次々と結成されていったのだ。

とはいえ、すべてのギルドが順調にいくわけではない。トップギルドと呼ばれる四つのギルドは、統率力のあるリーダーと有能な補佐が存在したが、それはむしろ珍しいほうである。

初めのうちはギルドの運営が上手くいっても、人数が増えてくるとまとまらなくなるのはよくあることだ。

この第二エリアで急増したギルドも、合併と分裂を繰り返していくことになった。最初は単純に人数の多いギルドや、強いプレイヤーが多いギルドが〝強いギルド〟であった。だが、しばらくすると〝上位〟のギルドは次々と入れ替わっていった。

開示された情報をもとにプレイすれば、ある程度までは楽に進める。しかし、最前線に立ち、自分たちで道を切り開かなくてはならなくなったとき、そのギルドの明暗が分かれた。

たとえば、のちに衰退することになる、とある上位ギルド。彼らは最前線に立ったとたんに上手くいかなくなった。原因としては、いままで楽をしすぎていたということが考えられる。

自分たちで調査するという意識が育たなかった彼らは、無謀な行動が目立った。その結果、初見の大ボスに正面からの力押しで挑み、あっさり敗れ去ったりした。そして、失敗を繰り返すうちにギルドの資産がどんどん減っていった。

上手くいかないことに苛立った彼らは素行が悪くなり、ほかのプレイヤーとの折り合いも悪くなった。そしてイベントで醜態をさらし、ついには分裂、そして消滅してしまったのだ。

これは極端な例だが、似たようなことは頻繁に起きていたらしい。器でない者がトップに立った組織の末路なのだろう。

挫折して犯罪プレイに走るプレイヤーが現れたのも、このころだった。

安全圏の第一エリアで自分より弱いプレイヤーを、娯楽として襲うゲスどもである。主人とともに散々狩ったというのに、また増えるとはいい度胸であった。

もっとも彼らの末路も悲惨である。事態を重く見た有力なギルドが、合同で討伐隊を編成したのだ。主人も当然のように討伐隊に参加した。

その結果、実力的にはたいしたことのない彼らは根こそぎ討伐されてしまった。そのあと更生したか棄権したかは、私の知るところではない。

新たに台頭していくことになるギルドは、連携や協力することに優れた、まとまりのあるギルドが多かった。そもそも、個人で勝てないからギルドを組んだのに、集まっただけで行動がバラバラでは意味がない。モンスターに劣る連携では押し負けてしまうのだ。

屋外の広いフィールドでは人数に任せて突撃という手もあったが、ダンジョン内ではそれもできない。集団戦闘の訓練が行われるようになるのも当然だった。

＊　＊　＊

ギルドが増えると、それぞれのギルドの方針にも違いがあることがわかってきた。

素材を採取して職人に卸すギルド、可愛い従魔を育てることに命を懸けるギルド、道徳も倫理も二の次という危険なギルドなど、さまざまだ。

そんな中、ＶＲゲームに不慣れなプレイヤーを教導するというギルドが現れた。

そのギルドの名は『クレイドル』。揺り籠の名のとおり、初心者たちの教官を買って出た有志たちが立ち上げたギルドだ。

クレイドル自体は中規模のギルドだった。しかし、彼らの世話になったプレイヤーたちは相当数に上り、影響力という点ではトップギルドに匹敵するほどだった。

そして彼らは、時折クエストを発注していた。その内容は、個人として名の知れた実力者に教官をやってもらうというものだ。当然、主人も幾度となく指名され、教官をやることになる。

そんなある日、魔法の教官としてのクエストを受けた主人は、ある人物に出会う。

彼もまた教官として呼ばれた人物だった。

第二エリアでは珍しい上位種族のハイ・ヒューマン。戦闘スタイルはピュアメイジ。そして特徴的な喋り方。彼の名はゼク。特殊種族〈不死王（リッチ）〉になることに執念を燃やす漢であった。


「【ファイア・バレット】！」

――ヒョイ

「【アイス・バレット】！」

――パン

初撃の炎弾を回避し、隙を突くように撃たれた氷弾を盾で防ぐ。

目の前には五人の初心者たち。いま私は、魔法攻撃のターゲット役を務めているところだった。

攻撃魔法の本領は中級からである。初級の攻撃魔法は直線的で軌道が読みやすいからだ。それでは普通の遠距離武器、矢や投剣と大差がない。初級魔法で重要なのは防御魔法のほうだ。

【シールド】も【マジック・シールド】も初級魔法だ。耐久力はそれほど高くないが、破壊されるまでの一瞬が生死を分けたケースは多い。防御力に劣る後衛ならなおさらである。だから、これを無詠唱でとっさに展開できなければ、すぐに足手まといになる。だからクレイドルでもそこを重点的に教え込んでいる。

いま、私の目の前にいる者たちは、まず魔法を使った戦闘に慣れるための訓練中。つまり初心者中の初心者なのだ。プレイヤーに攻撃することに抵抗を示す者も多いので、意外と私の出番は多い。

デュエルシステムはこういうときに便利である。

「ほらほら、目を瞑っちゃダメっすよ！」

「え？　うわ！」

「ウソ！　曲がった！」

隣ではゼクが【マジック・シールド】の訓練を行っている。防御側の初心者が目を瞑ってしまった瞬間、ゼクの【ダーク・バレット】が曲がり、横から襲いかかった。【シールド】系の魔法は盾のように展開される。しっかり弾道を見極めて、正面で受けないと意味がないのだ。

さて、先ほどの話と矛盾するようだが、熟練者にとっては初級魔法も強力な武器となる。なぜなら、初級魔法は基本となる効果は単純だが、個人である程度のカスタマイズが可能なのだ。

特に使い勝手がいいのは、【バレット】系の魔法だ。

主人の場合、銃弾のように回転させることで弾速と貫通力を上げている。ゼクの場合は連射できない代わりに一撃の威力を上げている。さらに発射したあと、ある程度軌道をコントロールできるようだ。『ティルナノグ』のティーアは、威力は落ちるが自動ホーミング機能を持たせているらしい。

これらは便利だが通常の詠唱では使用できず、使いこなすにはイメージによる発動、つまり無詠唱をマスターする必要があるのだ。つまり、ゼクは非常に優秀なプレイヤーということになる。

「そらそら、迷っている暇はないぞ」

「火？　いや、土で……うわ！」

「きゃ！　速い！」

主人が担当している訓練は属性に対する対応だ。たとえば、いま主人が使ったのは水属性だ。

この場合、反属性の火を防御として使うと効果が高い。あるいは足元は土なので、土属性の魔法で防壁を作ると消費も少なく有効だ。こういった属性に対する対応は経験がものをいう。いまも属性的な相性と地形利用、どちらにしようか判断に迷い、結局防御が間に合わなかった。だから主人はランダムにバレットを撃ち込み、彼らに経験を積ませている。

考えるより早く、もっとも有効な対応ができるようになれば一人前だろう。ちなみに常人離れした知覚力を持つ主人にとっては、あと出しジャンケンのようなものである。

難しいと感じたことはないそうだ。


「いやー、羨ましいっす。僕はリッチになりたかったんすよ。だからランダムを選んで、でも結果はハイ・ヒューマンっす。皆は羨ましがるけど、リッチじゃなけりゃハズレなんすよ。それがなんでわかってもらえな……」

「……」

依頼が終わってゼクと話している主人。とはいっても、喋っているのはゼクだけだ。

この時点ではまだ主人は自分の種族を明かしていないが、勘のいい者は薄々気付いていた。そしてゼクも、主人の種族が悪魔であることに気付いていたのだ。興奮気味に種族は悪魔かと聞かれ、主人が正直に認めたところこの有様である。

「リッチ、不死者の王。人間を超えた魔道の探究者、いいっすねえ……」

恍惚としている。悪魔になるために悪事を働く者がいるくらいだ。気に入った種族にのめり込むのも、VRゲームの楽しみ方のひとつではあるのだろう。ただ、私に対してまで憧れるような目を向けるのは正直勘弁してほしい。主人もドン引きである。

さらに、彼はリッチっぽいからという理由で闇属性ばかり鍛えているそうだ。

ちなみに、彼の【ダーク・バレット】はコントロール可能なだけではない。サイズが人間の頭部大であり、見た目がドクロなのだ。サイズは威力に影響するが、見た目はまったく関係ない。

すさまじいこだわりであるが、闇魔法なら主人と同等か上なのだから、馬鹿にできない。

悪魔の闇属性への適性は、ほぼ最高である。一方、ハイ・ヒューマンの適性は標準よりやや上と言ったところだろう。もはや執念である。

だが、その執念は実を結ぶ。彼はやがて全サーバーで最初のリッチ転生を成し遂げるのだ。

何度も何度も可能性でしかない条件に挑み、失敗した。しかし、彼は折れることなく挑み続けた。

自分のこだわりを貫き続ける彼は、紛れもないトッププレイヤーであった。


（第一巻　了）

キャラクターデザイン公開

本作で活躍する主人公＆使い魔たちの
キャラクターデザインを大公開！

Illustration 北熊

フィオ

VRゲーム『リバース・ワールド・オンライン』での宏輝のキャラクター。戦闘能力に特化したレア種族・悪魔で、条件に合った魔物を“使い魔”として従えることができる。

佐藤宏輝（さとうひろき）

大学生。電脳空間への適応能力が非常に高い“電脳の天才児（サイバー・ジーニアス）”。その能力ゆえに人間関係において苦い経験を幾度となくしており、ゲームへの情熱が失われつつあった。

黒のフードコート
青のフードコート
白のフードコート

フェイ
フィオの使い魔。出会ったときの種族はピクシー（属性：風）。のちにハイピクシー（属性：風・雷）→スプライト（属性：風・雷・光）→妖精女王（タイタニア）（属性：風・雷・光・氷・水）にランクアップ。
ピクシー
スプライト
ハイピクシー

＊ネクロス

フィオの使い魔。出会ったときの種族はスケルトン（属性：闇）。のちにブラッディボーンソルジャー（属性：闇）→アンデッドナイト（(属性：闇)→死の戦王（デスウォーロード）（属性：闇）にランクアップ。

リーフ

フィオの従魔で種族はカーバンクル。フィオが魔獣屋で買った卵から孵った貴重な幻獣種で【魔力探知】なども使える。小さいけれど頼れる存在。

バイト

フィオの使い魔。出会ったときの種族はポイズンスネーク（属性：水）。のちにデュアルパイソン（属性：水）→トライヴァイパー（属性：水）→九頭の大蛇（ヒュドラ）（属性：水・闇）にランクアップ。

ポイズンスネーク

ベルク
フィオの使い魔。出会ったときの種族はハンタービジョン（属性：風）。のちにエアロレイヴン（属性：風）→嵐の鷲獅子（ストームグリフォン）（属性：風・雷）にランクアップ。
ギア
フィオの使い魔。出会ったときの種族はウッドゴーレム（属性：土）。のちにストーンゴーレム（属性：土）→アイアンゴーレム（属性：土）→メテオライトゴーレム（属性：土）にランクアップ。
エアロレイヴン
ウッドゴーレム

プルート

フィオの使い魔。出会ったときの種族は煉獄の死神（バーニングリーパー）（属性：闇・火）。のちに氷炎の死神（バーンアイスリーパー）（属性：闇・火・氷）→深淵の死神（アビスリーパー）（属性：闇・火・氷・風）にランクアップ。

氷炎の死神（バーンアイスリーパー）

リンクス

フィオの使い魔。出会ったときの種族はストレイキャット（属性：土）。のちにエッジパンサー（属性：土）→サーベルタイガー（属性：土・雷）→刃の狂獣（ブレイドクアール）（属性：土・雷・光）にランクアップ。

エッジパンサー

✻ ハウル

フィオの使い魔。出会ったときの種族はシャドウウルフ（属性：闇）→ヘルハウンド（属性：闇・火）→オルトロス（属性：闇・火・氷）→地獄の番犬（ケルベロス）（属性：闇・火・氷・雷）にランクアップ。

ヘルハウンド

溶岩獣（マグマビースト）

✻ ヴァルカン

フィオの使い魔。出会ったときの種族は火炎獣（フレイムビースト）（属性：火）。のちに溶岩獣（マグマビースト）（属性：火）→火山獣（ヴォルケイノビースト）（属性：火・土）にランクアップ。

あとがき

はじめまして。「リバース　ワールド　オンライン」作者の白黒招き猫です。

本作品を手に取っていただき、ありがとうございます。

この作品は「小説家になろう」で投稿されている同名の作品の加筆修正版となります。


さて、この度書籍化した本作ですが、実は作者自身は書籍化するつもりがありませんでした。

なろう投稿当初から書籍化を要望する読者様の声はあったのですが、作者自身が趣味の範囲で満足していたのでコンテストなどへの応募はしなかったのです。

しかし、本編が完結してから五年も経った去年、出版者様から声がかかり、今年ついに書籍化となりました。作者自身でさえ細かい内容を忘れかけていたのに、人生なにがあるかわからないものです。


本作品の内容を一言で表すなら、単純な「主人公最強もの」となります。

主人公は最初から強い、あるいはあっと言う間に強くなり、そこから落ちることなく快進撃を続けていく。

最近ブームの「裏切り、理不尽な追放からの逆転」と違い、主人公に落ちる谷がないわけです。

ストーリーにアップダウンが少ない代わりに、鬱展開がないのが特徴ですね。

実は私が「小説家になろう」を読み始めたころの投稿作品は、こちらが主流だったのです。

事実、その当時の人気タイトルは、現在いくつもアニメ化しています。

ストレスに弱い私は、この安心して読める当時の王道ストーリーがお気に入りでした。

しかし、そこに新たなブームが到来します。そう、ご存じ「逆転、成り上がり」ブームです。

ブームの初期は試行錯誤の時期。多くのなろう作家さんが、さまざまなアイディアで競うように主人公を地獄に叩き落とした時期でした。高く上らせるために、まずは深く落とす。作者さんたちの主人公に対する厳しい愛のムチでした。

では、私はというと、ずらりと並んだ絶望の見本市に悶絶していました。

いつか必ず逆転の時が来るとわかっていても、鬱展開に耐えられなかったのです。

ああ、安心して読める作品が欲しい。でも、新作のほとんどが鬱展開から始まっている。どこかにないだろうか？　……そうだ！　ないなら自分で書けばいい‼

そんな思考の飛躍から誕生したのが「リバース　ワールド　オンライン」というわけです。

ピンチはあっても敗北はなく、話もポンポン進みます。

この作品を読んだあと、読者様の心に残るのが爽快感であれば幸いです。

最後に、本当のゲームキャラのような素晴らしいイラストを描いてくださった北熊先生、担当のY様、この作品を拾い上げてくださった関係者の皆様、本作を読んでくださった読者の皆様に感謝を。

白黒招き猫

リバース ワールド オンライン
〜種族『悪魔』は戦闘特化〜 1

2019年4月3日 初版発行

【著　者】白黒招き猫

【イラスト】北熊
【編集】株式会社 桜雲社／新紀元社編集部／弦巻由美子
【デザイン・DTP】株式会社明昌堂

【発行者】宮田一登志
【発行所】株式会社新紀元社
〒101-0054　東京都千代田区神田錦町 1-7　錦町一丁目ビル 2F
TEL 03-3219-0921 ／ FAX 03-3219-0922
http://www.shinkigensha.co.jp/
郵便振替　00110-4-27618

【印刷・製本】株式会社リーブルテック

ISBN978-4-7753-1706-8

※本書は、「小説家になろう」（http://syosetu.com/）に掲載されていたものを、
改稿のうえ書籍化したものです。

里親日記

KOMURASAKI Mokuren
小紫木蓮

文芸社

はじめに

人生における一大決心の「里親」。なのに、里親制度についての情報は少なく、たとえあってもどこか噛み砕かれていない印象で、「里親」とはかけ離れた暮らしを送ってきた勉強不足な私にとっては「リアル」を感じとれませんでした。ましてや「里親ロコミサイト」なんてあるハズもなく……。

わずかな情報から制度としてはある程度理解できても、実際に里子を受け入れた場合、「我が家」ではどんなことが起こり得るのかの想像ができません。少しでもその「空白」を埋めたくて、ネットや本をさらに漁ってみるものの、具体的な「生々しさ」を得られずに、右往左往しながらも里親登録に踏み切りました。

その後、ある講演会で、先輩里親さん達の話を聞きました。

「里親としての幸せ」

「すばらしい巡り合い」

などなど、皆さん、苦労の中にも輝かしい日々をお話しくださる中、「その人」は言いました。

「もう……今本当にチョット大変で……。今日もこの場で話をしている場合でもないし、話をする立場にいていいのかも分からない」と。

「へ⁇」

と思いました。

「その人」の表情は暗く、下を向いたまま登壇し、下を向いたまま話しました。本当に疲れ切っており、時折客席に顔を向けるものの、目は閉じていました。

今までの空気感とはまるで逆の衝撃と、まさかのセリフは、私の心に刺さりました。まだ未委託（里親登録していて、まだ子供を預かっていないこと）だった私が、不安になるよりも一歩先に「その人」に引き込まれました。圧倒された後、惹かれました。

今の大変な状況を包み隠さないところに潔さを感じ、リアリティを得ることができました。ふわっと柔らかく「いろいろあるけど楽しいこともあります」的なお話が多かった中、ズドーンと真逆のネガティブにも捉られかねない、現在進行形の実話に、武者震いの中「好奇心」を掻き立てられました。

「いつか、この人と話してみたいな」と思っていました。後に縁あって、今では相談に乗っていただいている先輩です。

里親になるにあたり、並々ならぬ覚悟で挑んでも、事が事だからか、まだまだベールに包まれているところがあるし、正直「タブー」があるのも事実です。

かつての「その人」のように、イチ里親の日常を知っていただき、里親を考え中の方への一つの情報として、また大変な日々の真っ最中にある新米里親さんの心が少しでも柔らかくなればと、里親目線での執筆を決めました。とある里親家庭での一コマを、チラッと覗き見ていただき、何かのヒントになれたら幸いです。

目次

里子を迎えるまで

始まり

人は言います。

「なぜ里親になったのか？」と。

そう言われると、どこまで本音を話していいものか迷います。

若い頃、結婚はしなくても子供は欲しいなと思っていました。でも、まあ、できればいつかは結婚したいかも……とも考えていました。

同時に、もし自分に子供ができなかったら養子もあるなと、本当に漠然とした考えは持っていました。周りに不妊治療をしている友達は何人もいましたが、私はなぜか「実子」というこだわりは強くなかったのです。時は経ち、三十代後半で結婚しました。

主人は一度、離婚しており、実子二人とは別に暮らしていての再婚となります。そういった背景もあり、里親を本格的に考え始めたものの、当初主人は反対でした。

「オレはちょっとないかな……」と言ってました。でも私の中でどうしてもあきらめきれず、「これをやらないと死ねない」と思いました。主人が「いいよ」と言うまで四年かかりました。

だのに児童相談所へ里親希望の電話をすることに、とっても勇気が必要でした。「正気じゃドラマは生まれない」と大黒摩季の歌をよく聴いていました。

そんなある日、大仕事があり、ホッとした帰り道のコンビニから、「今だ！」と思い切って児童相談所に電話しました。

聞くと私の住んでいるところとは管轄違いでした（笑）。気を取り直し、再度電話をすると、一番近い申し込みの締め切り前日とのこと。勢いが必要でした。途中、間が開くと気持ちがゆらぎ、怯みそうだったのでちょうどよかったです。その電話ですぐに受講義務のある里親講習の申し込みをして、主人には事後報告をするとビックリしていました。それからはトントン拍子に話は進んでいきました。

そんなスタートです。

よーいく里親

里親にはざっくり四種類あります。短期もあります。私の行っている「養育里親」は、子供の戸籍は変わらずに、自分の家庭で一緒の生活をします。「養子縁組」は戸籍を変えて、実親との関係も多くは断たれます。その他、障がい児などの専門里親、親族里親と続きます。

主人は長男で離婚しており、兄弟も未婚のため、跡継ぎが居なくなる背景もあり、元々は「養子縁組」を考えていましたが、そもそも「養育里親」が少ないと知りました。戸籍に入ろうが入らなかろうが、育てる気持ちは一緒だし、「赤ちゃん」か「小学生」かも希望は出さず、最初に話があった子を預かろうと二人で決めていました。

まさに「縁」にゆだねた感じです。

跡継ぎがいないと言っても、よくよく考えてみれば、家業も将来的に期待できる状況ではなくなってきており、それほど必要でもないことに気付きました（笑）。

そんなわけで、養育里親と養子縁組の両方の許可をいただき、現在はみすずちゃんの養育里親となります。毎日生活を共にしているのに、世の中での養育里親の立ち位置は低いです。

対児童相談所、対実親となると、通じ合うことが多くはありません。与党と野党みたいです。

ですが、二〇二三年四月、「こども家庭庁」が誕生しました。家庭全体、里親の心理やサポートにも目を向けていただき、より良い新しい体制へと変わることを期待してしまいます。

里親の中には、「だからといってあまり期待していない」とあきらめている人もいますが、前はなかった庁ができたわけですから、それだけでも一歩前進だと私は思っています。次世代の里親候補へ情報がたくさん入りますように。

イガグリ頭のナイスガイ

里親前講習の後、施設研修への参加があります。候補の中から希望した乳児院や施設へ数日間、夫婦揃って現場研修に行くのです。

私達は、自宅から車で一時間半くらいの乳児院に行きました。新しく買ったエプロンをして気合を入れながら出向くと、四十人程度の乳幼児が生活していました。生まれたてホヤホヤの赤ちゃんも一人、抱っこされていました。

いろんな子が、そこにはいました。

遊びに参加したり、お昼ご飯風景を見学したりした後、お風呂タイムに同行させてもらえました。四人の子供達がキャッキャと湯船で遊んでいると、職員の方が「体を洗ってみますか?」と言ってくれたので、誰が洗わせてくれるのかなーと思っていたら、四歳の男の子が「イイヨ!」と言ってくれました。吉本の芸人、小藪さんにそっくりなその子は坊主頭で、小さなイガグリを洗う時、私に背を向け、アゴを上げて頭を少し傾けてくれました。顔立ちと、発する言葉やその子のチョットした仕草がなんとも言えず、その子の魅力を感じました。まだ里子が誰か決まっていない時でしたから、「もしや、このイガグリ君の里親になるのかもしれないな」と想いを馳せたりしました。

聞けば、この子は普段こんなことを言わない子だそうで、職員の方もイガグリ君が髪というか頭を洗わせてくれたことにビックリしたと言っていました。

初めての体験に、緊張していた私を見越してか、フォローしてくれた優しいナイスガイでした。

苦みを忘れない

研修二日目も、朝から子供達の生活の様子を見学したり、一緒に遊ばせてもらったりしました。二歳児さん達のお昼寝タイムに付き添うことになり、部屋の隅に主人と共に正座をし、寝る前の邪魔にならないように気を付けながらじっとしていました。その中に一人、明らかに様子の違う女の子がいました。

職員さんは一人で、あっちをトントン、こっちをトントンしていました。その間、女の子は何度も何度も泣きながら抱っこをせがんでいました。

すると、職員さんは、その女の子を抱っこはせずに、持ち上げ投げました……。

女の子はさらにギャンギャン泣きました。愛着障害だと思います。子が、愛情不足により、他者との関わりの中で、異常な過剰な自己アピールだったり、試して試して相手を見極めるような行動をします。ですが、簡単には満たされないのです。目の前のショックな出来事に言葉を失った私達に、イラだちを隠そうとしない様子の職員さんは「知らない人がいると寝れないから出ていってほしい」とピシャリ言いました。

いろいろショックすぎて、この出来事を忘れられません。そんな……ヒドイ。「かわいそうじゃないか」と思うケド、この人は毎日この子の面倒を見ているんだ……面倒を見てくれる人がいなければ、まだ一人では生きていけないし。

こんな、里親認定前の、たった二日間の数時間しか見ていない私が「かわいそう」なんて無責任なことは言えないという思いが頭をグルグルとかけめぐりました。

これが現実なのかと、胸が痛みました。主人も同じだったと思います。

今、もし目の前で同じような出来事に遭遇したとしたら、「チョットあんた!!」と一言物申すと思います。と同時に、分かりたくもないと思っていたケド、愛着障害と思われる子が、余裕のない時に執拗に訴えてくることの「大変さ」が、うっすら分かってしまう自分も出現してしまったのです。そこにはもう、以前のまっさらな自分が消えてしまい、そのことが必要なことでもあるし、なんだか惜しいような気もするのです。

ただ、その時の私には返す言葉がありませんでした。何をどうするのが正しかったのでしょうか？　逆に……この経験自体を忘れずに、考えるということに意味を持ち、まっさらな気持ちもたまに思い出すことで、今後へ活かすことになるのかもしれません。

苦みの強い施設研修となりました。

違和感

初見から、みすずちゃんには違和感がありました。正体は不明です。言葉を交わす前の、第一印象からすでに感じていました。

「かわいい子ですよ」と皆言っていました。

確かに顔の造りはとても美人で色白だなあと思いました。しかしながら「違和感」を覚えました。

もしかしたら、表情や内側からかもし出される何かのせいだったかもしれません。笑っていても、目が笑っておらず、輝きを感じないというか、近所にいる子供達のような子供らしさ?を感じないというか……。なので正体は不明です。

夫を早く里父として巻き込みたかった私は、ルール違反ですが、こっそり写真を撮って見せていました。

たまに当時の写真を見返すと、まるで印象は違い、今は子供らしく感じ、キラキラして見えます。

なつかない

乳児院に通い始めて二ヵ月が経つ頃、他の子はヒザの上に座ってくれるようになったり、遊びに誘ってくれるようになりました。しかし、肝心のみすずちゃんといえば、一向になつく素振りを見せませんでした。それどころか、目を合わせることさえありませんでした。私から近づくと「小紫さんあっち行って」「小紫さん帰って」と言われました。逆に意識していたということでもあります。

そんな状態になるとは考えてもみませんでした。この時点ですでにまだ見ぬ未来に不安しかありませんでした。みすずちゃんもそんな私を感じて不安だったことでしょう。

その様子を観察していた職員さんもまた、不安だったことでしょう。

ある日の帰り、施設長に呼ばれ、言われました。

「んー。予想よりあの子、手ごわいですね……」

「ハイ……、すごくクールで……」と返しました。

「なつかない」は正直、ショックでした。

攻撃力高め

三ヵ月目にして、ようやく二人きりの時間を作っていただけるようになりました。三ヵ月間というのは、あまり例がないようです。

なかなか心を開いてくれずにいるみすずちゃんを、なんとか攻略したいと思っていました。片道一時間の山の上の施設まで朝九時から夕方五時まで毎日通いました。

みすずちゃんとのことしか頭にはなく、苦には感じませんでした。

一歩進んだと思ったのもつかの間。

二人きりのお部屋では、一人でおもちゃで遊びたがります。視界にも入れてくれません。時間になり、おかたづけを促すも気に入らず、おもちゃを投げてきます。

「ぐぬぬ」

他の皆のところに戻ると良い子になります。

職員さんが離れた一瞬に、下の子をスベリ台から突き落としたりします。

「あ、ヤバイ子……」

私の中で何かが変化していきました。

みすずちゃんを怒ったら怒られた

私が「慣らし乳児院通い」をしていたある日、とうとう心が折れました。

今思えば、この頃すでに噂の「試し行動」は始まっていたようです。私と二人きりの空間の時のみ、私への攻撃を開始します。たたく、ける、物を投げつける、かみつくのです。

周りの職員さんは気付きません。初めの頃は「やめてよー」など柔らかめに注意していましたが、みすずちゃんは「笑いながら」やめません。取っ手のついた子供用の風呂おけで私の頭をたたいた後、洗濯係のおばさんが畳んだ、みんなの服をぐちゃぐちゃにした時、キツく怒ってしまいました。

「ごらぁー‼　ダメって言ってんでしょー‼」と言いました。

みすずちゃんは大声で泣きました。

ガラス張りのすべての部屋の仕切りは施錠されており、子供達が勝手に移動できないようになっていました。いくつもの鍵を開けながらあわてて職員さんがやってきたので、事情を話すと、「そんな、まだ愛着関係もできてないのに怒るなんて‼」と逆に怒られてしまいました。

みすずちゃんは、今まで本気で怒られたことはありません。

この日、私は午前中のみで帰りました。帰りの車は半泣きで運転しました……。

想定よりもだいぶ早い心の折れ様を、周りに相談できる人は居ますか？　の配慮もむなしく、誰にも言えませんでした。

自分自身でさえも「だから大変だって言ったじゃん！」と頭の中で勝手に心が折れた自分を責めました。

逃げるように帰ってしまい、「大人なんだから、考えれば分かるだろうに」と反省もしたけれど、職員さんと里親の立場の違いを身をもって知りました。

案の定……翌日はメチャクチャ気が重く、なんとも言えない複雑な気持ちでしたが、車中では音楽をガンガンにかけ、とりあえず体を乳児院に持っていったことを思い出します。

職員さんと里親……それぞれに役割が違っても考え方が違っても、みすずちゃんの幸せを祈っています。

この出来事を境に、私の乳児院通いは「ふわふわ～ゆる～ゆる～」から本格的に自宅に来てからを想定するようになり、より実戦的な対応へと変化していったと振り返ります。

鉄

相変わらず攻撃してくるみすずちゃんに対して、二人の時間をよいことに、おもちゃを投げたらダメだと注意したり、泣いても暴れても毅然とした態度で、クールなみすずちゃんよりもさらにクールな対応に切り替えてみました。

「こっちか?……」

確かな手応えを感じました。

このあたりから、やっと話しかけに答えてくれるようになった気がします。

『鉄は熱いうちに打て!!』

これを機に、今しかないと大急ぎでトイレの練習を始めました。二人の時間の時に施設内のお客様用トイレに勝手に連れていき、一般的な洋式トイレを見せ、教えたりしました。

ここは乳児院。乳児用のおもちゃみたいなトイレしか見たことはなく、職員さんは「オムツのみすずちゃんの行く末」については、あまり想像してはいなかったようです。

里父の出番なし

この乳児院での交流は、里母のみという決まりでした。交流も進み、終盤に差し掛かった頃、家に連れてきて遊ばせるという時点まで里父は蚊帳の外だったことに、夫は不満気でした。

職員さんのほとんどは女性で、子供達は施設長と夜勤職員さん、たまに行く小児科のドクター以外に男性と話したことはありません。社会的養護下の子供の特性や、そういった子供達への配慮と効率もあると思います。まずは里母から慣れていき、里父へ。

初めは私も「なんで?」と不満でしたが、一筋縄ではいかないみすずちゃんを前に、みすずちゃんが里父母同時に心を見せるのは無理だったな、一対二では無理だったなと、後にとても納得しました。ただ、乳児院での攻撃力を実際に自分の目で見たことがなく、行ってすぐに「帰って」と言われず、おもちゃを投げられていない里父に、軽々しく「大変だったね」などと言われても、「実際に体験してないから分かるわけない」と、八つ当たりしました。孤独感を覚えていました。

過食

自宅に慣れるため、乳児院にお迎えに行き、自宅に連れてきて半日過ごし、午後再び送り届けるという交流を始めた際、自宅での昼食時に驚きました。

大人二人分と子供一人分の量の食事を、みすずちゃんは一人で食べてしまったからです。大皿のお肉、グラタン、スープ、ご飯、フルーツをです。千切りキャベツの上にお肉を乗せていましたが全て食べた後、なんと大皿を両手で持ち、肉汁までをも飲み干す姿は、まるで大盃でお酒を飲む優勝力士のようでした。

とてもではないけれど三歳の女の子が一人で食べ切れる量ではなく、目が点でしたが、食事を人と分ける習慣も無いし、「もっとたくさん食べたい」を叶えたこともなかったのです。腕によりをかけて作ったため、うれしかったです。

その後、「オフロニ、ハイリタイ」と言い出しました。時間に限りがあるので大急ぎで準備。「どうぞ」と入浴させるとワニ泳ぎをしていました。

とてもご満悦の様子。

この日、初めての対面を許された主人は、いろんな意味で言葉少なでした。顔に不安の色が見えました。

お別れ

乳児院では、みんな自分への「お客さん」が来ることを待ちに待っているのが伝わりました。

「誰のお客さん？」と聞かれました。

自分の「お客さん」ではないことが分かるとガッカリな気持ちが顔に出ており、痛いほど伝わりました。そのことをつらく感じ、一度施設長にポロッと胸の内を話したことがありました。

すると、「みんな、次は自分かもって思うみたいね」と言っていました。「でも大丈夫。みんな順番で卒業していくんだから」と。

みすずちゃんも、昨日まで家族同然に暮らし、一緒に遊んでいた子が、ある日突然いなくなるというつらい「お別れ」を何度も何度も経験しています。きっとそのたび職員さんに「どこへ行ったの？」と聞いたハズです。残った方はさみしい気持ちだったことでしょう。

いよいよ次は「みすずちゃんの番」です。

She is so cool

なかなか「なつかなかった」みすずちゃんとの交流も深まり（？）、いよいよ自宅への委託の日を迎えました。私はうれしさ半分、不安半分でした。赤ちゃんの頃から、慣れ親しんだ乳児院とのお別れに「行きたくない」と言うか、泣くか……と想像し、車におもちゃを用意するなどしていたものの、全くの取り越し苦労でした。

名残惜しそうな職員さん達の目も見ず、「バイバーイ」とスタスタ歩いていってしまいました。

小雨の中を、相棒のメルちゃん（人形）一人を小脇に抱え、何の未練も感じさせないその後ろ姿に生きる強さを感じました。

言葉のお守り

この乳児院の施設長から「お守り」をいただきました。

「これから、いろんな人が、

〝ああした方が良い〟

〝こうした方が良い〟

っていろんなこと言ってくると思うけど、小紫さんの思った考えでやりなよ。でも困ったことがあったら言って」と。

何度も何度も、この言葉に守っていただきました。ありがとうございました。

実母

「実母もまた、被害者なのです」というパターンは多く存在します。委託時、「三世代にわたる虐待の連鎖を断ち切りたい」と申し出がありました。

もちろん、断ち切った方が良いと思ったので、みすずちゃんの委託を受けました。それを受けることができたのは、私の中に家族の記憶があるからです。

子育てをしていると、自身の幼少期の記憶が蘇るものです。何十年後のこの子の記憶に私が現れることになるのでしょう。

優しいママではないけれど、大事なことは引き継いでいきたいと思います。

あなたを産んじゃいないけど
いまは一つ屋根の下。
うんに任せたあの日から
えんがあっての
おやがわり。

大丈夫という薬を投与

みすずちゃんは当初から、薬の名前をよく口にしていました。リンデロンＶＧを略してＶＧ、ロコイド、デルモベートなどなどを事あるごとに塗ってほしいと訴えてきました。まるで看護師さんのようです。確かに皮膚は弱く、家に来て初めて蚊に刺されたのか、蚊への体の反応が予想以上でパンパンに腫れ上がり、委託二日目にして夜間救急に連れていきました。

皮膚が弱いのもありますが、それまでの環境で弱くなっちゃったという印象が残ります。お薬手帳はお薬シールだらけだし、とにかくほとんど「外」に出てないのですから、刺激に免疫がないというか……。子供というより老人のような……。

粉薬や錠剤は、それはそれは上手に飲めます。飲み慣れているのが分かります。

乳児院では、看護師さんが常駐しており、赤く「プツッ」とできただけで飛んできてくれる状態でした。しかしウチではそんなことはありませんので、赤く「プツッ」ができても「大丈夫！　大丈夫」。蚊に刺されたら「たたいとけば大丈夫！」と大げさに取り合わないようにしてます。みすずちゃんからすれば、今までもらってきた「優しさ」とは逆の対応に、さぞ冷たい大人に映ったことでしょう。のちに入学した小学校ではほぼ毎日何かしらの理由で保健室に行き、「冷やしてほしい」と言います。先生はもちろん冷やしてくれるのですが……。ある時、先生に言いました。「大丈夫!!って言ってください」と。

しばらくしてから「冷やしてほしい」病は消えました。その頃からみすずちゃんには「大丈夫!!　大丈夫!!」という「薬」が効くようになりました。

音

四歳まで乳児院の中のみで暮らしてきたみすずちゃんは、院に来た郵便局員さんのバイクの音や、近くを横切ったトラックの音にとても怯えていました。

「怖いっっ」といつも言っていました。

みすずちゃんの場合、一般家庭と何が違うのか。

親子関係を知らないことをはじめ、社会的経験値が圧倒的に少ないことではないでしょうか。

スーパーマーケット、乳児院以外の大人と子供、動物、洋服屋さん、遊具のある公園、道路、家の中、玄関、トイレ、大人の体などを知らないのです。絵本の中と、子供向けテレビ番組内の情報しか知りませんでした。四歳までの乳児院以外を体験していないのです。

頭が一番柔軟な時期に。

それが、いったいどんな影響を及ぼすのかを私はしっかり体験させてもらいました。

お風呂

委託後、自宅にて一緒にお風呂に入りました。乳児院では子供達数名を職員さんがお風呂に入れます。もちろん職員さんは服のままです。中には夜勤の時に一緒にお風呂に入れてくれる施設もあるとかないとか。

乳児院は四歳までの子供を預かる施設のため、赤ちゃんの頃からいる子は、大人の体を見たことがありません。そんなみすずちゃんは私の裸を見て一言、

「カミノケハエテル……カユイ?」

でした。頭髪のように見えたのでしょう。

「かゆくはないよ」と言いました。

初めて一緒のお風呂での良い思い出です。

お風呂の作法

みすずちゃんは、髪や体を自分で洗ったことがありませんでした。乳児院は、だいたい三歳くらいまでの子を預かりますから、職員さんが洗ってくれていたそうです。

何からどう教えたら良いものかと思いながら、しばらく観察していると、「あーこういうふうに入っていたんだな」と以前の生活の「習慣」が見えました。

体を洗ってから湯船に入るよー、「自分専用のスポンジ」を使っていいんだよーと言いました。

生活の全ての一つ一つが初めてです。

私は「バブ」が好きなので湯船に入れると、一度沈んでから浮き上がり、シュワシュワしながら緑色になるのを目をまん丸くして見ていた頃は懐かしく、今では「バブ」一箱分よりも高い、おもちゃ入りのバスボムを欲しがるようになってしまいました。

おっぱい

無言の圧力を感じていました。家に来てからずっと……。私が着替えている時や、お風呂に入る時などなど、熱い視線を。そう、私のおっぱいに。ビリビリと感じました。

「あーそうかあ……おっぱい触りたいのね……」

おっぱい……。触れなかったことに気付きました。

深刻な感じで言っても「ううん」と言いそうだったので、ふざけた感じで言ってみました。

「おっぱい♪触りたいんでしょー♪へヘッ」と。

すると案の定、「うん……」と小さくうなずきました。「はい、どうぞー」と触らせました。

悲しいほどにぎこちなく、どう触ったらいいのか分からなそうに、申し訳なさそうに触りました。

何度かは申し出がありましたが、今は全くなくなりました。私のおっぱいは、役に立てて喜んでいると思います。みすずちゃんは恥ずかしそうに笑っていました。

氷

最初の夏の日。みんな大好きカルピスに、氷を入れてみすずちゃんに出しました。「コレナアニ?」と聞かれて、あっそうか……と思い、「氷だよ」と言いました。

「氷」の入った飲み物は初めてだったのです。軽い衝撃がありました。

そう言われれば……夏の暑い日、乳児院では外に出ていた子供達への水分補給に、ヤカンに入った薄い茶色の麦茶を、それぞれが手にした小さなコップに注いでいました。

お腹をこわさないためか、おそらく常温でした。その流れか、みすずちゃんは「冷たい飲み物」はあまり得意ではなさそうです。

普段も、水筒も、ドリンクバーでも氷なしで、温かい「お茶」を好みます。

体には良いことです。意識高い系で、見習うべき点です。

返事

みすずちゃんは、なんでもかんでも「ハイ‼」と返事をしていました。理解していなくても、自分に向けられた言葉に対して「ハイ‼」です。

「三つ子の魂百まで」と言いますが、完全に身についたすべでしょう。今時の三歳児が「ウン」ではなく「ハイ‼」と返事することに、やや違和感はありました。周りの子で「ハイ‼」と返事をする子はいないからかもしれません。

もちろん「ハイ‼」は丁寧な返事だと思うのですが、なんだかこちらが命令してるみたいだし、距離も感じてしまいます。私は「『ウン』でいいよ」と言って直そうとしたのですが、いまだに「ハイ‼」は残っています。なので、「ハイ‼」の後にもう一度、理解したのかの確認が入ります。案の定、理解していないことがほとんどで、「分からなかったら分からないと言ってもいいんだよ」と伝えますが、もうクセみたいになっていて、とりあえず「ハイ‼」と言ってしまうのでしょう。ハイ。

初！　里家族でお出かけ

主人が言い出しっぺでした。「皆で動物公園に行こうヨ！」と。確か委託後、一ヵ月くらいのことでした。それまでは、家の中のことや生活に慣れてもらうことにいっぱいいっぱいの毎日で、初めての里家族でのイベントを提案してきた主人に、驚きました。自分から提案をするタイプではない主人が、とても楽しみな様子で、それを感じた私も楽しみで、はりきってお弁当を作りました。

みすずちゃんはというと、動物公園も初めてだし、他の親子が大勢いるところを見るのも初めてですので、今思えば無理はないですが、よその大人の顔ばかりをジッと見ます。キョロキョロとあの顔、この顔といった具合です。もちろん、ゾウやライオンには全く見向きもしません。他の大人と他の子供がとにかく気になります。しまいには、知らない大人について行ってしまいます。

順路を外れたので、主人が手をつないで、「こっちだよー」と連れ戻すと、なんと「タスケテー、タスケテクダサーイ!!」と大声で周りの大人に助けを求め始めました。泣きながら助けてと手を振りほどかれた主人は、「なんで?」とあっけに取られました。里親とは、まだ「名ばかり」なこの頃は、まだ信頼関係も築けておらず、普段、仕事をしている主人は、直接的な困り事はこの時が初めてだったため、楽しみにしていた分、ショックを受けてしまいました。それを分かっていた私も「あーあ……」と二人共テンションが下がってしまいました(笑)。

その後もみすずちゃんは、私達にも動物にも興味を示すことはなく、笑うこともなく、楽しそうではありませんでした。「道が混む前に帰ろう……」と早々に、動物公園を後にしました。

純粋にきっと喜ぶだろうと思ったり、喜んだ顔が見たいだけなのに、予想外の反応に傷ついてしまうことは多々ありました。

月日が流れ、同じ動物公園に行くと、今では帰りたくないと泣くほどに、楽しめるようになりました。まだまだ「人」に慣れていなかったので、動物公園デビューは少し早すぎたのかもしれません……(笑)。

真っ黒な絵

当初、描いていました！　真っ黒い絵。まー黒いこと黒いこと（笑）。巷で噂の真っ黒い絵のことは知っていましたが、あまり気にせずにいたものの、実際に目にすると、「ほー、なるほどー」とやや複雑な心境でした。

ですが、私の服もほとんどが黒ですし、車も黒で、黒が好きなので、「黒って、かっこいいからママ好きヨー」と、すんなり言えました。

他の色を勧めるわけでもなく、描きたいように描けば良いと思っていました。

気付けば、いろんな色を使えるようになっており、気にしていなかったハズなのに、やっぱり少しホッとしました。

ウソつき

みすずちゃんは、〝ウソ〟をいっぱいつきました。

ウソにウソを重ねて、もはや自分でもどれが本当か分からなくなっていたことでしょう。

「ウソはダメ」と、だいたいの人は教えると思いますが、途中から「ウソをつかれると私が傷つくからウソをつかないで」とみすずちゃんに言っていた気もします。

ウソをつかれるたびに右から左へと受け流す♪ことができずに、真に受けて、「またウソだ」の気持ちが先にきてしまっていました。

なぜウソをつくのか。

試し行動の一つなのか。虚言癖がある子なのか。自分を守るためなのか。理由は本人も誰にも分かりません。とにかく毎日、ウソばっかりでした。

うんざりしていましたが、四年後、だいぶ減ってきたし、ウソの種類が変わってきました。

悲しいウソ

みすずちゃんは、悲しいウソをつきました。家に来て早々に、

「ママ（私）が世界一大好き」と。

ウソです。自分がそう言われたいのか、自分に目を向けてほしいからなのではないか。確か乳児院で最初に担当になったカトウサンが好きだと言っていました。

赤ちゃんの頃に担当された方のようで、すでに乳児院にはいませんでした。おそらく、顔も覚えていないであろう、赤ちゃんの頃の記憶です。

「世界一大好き」と言われた時、うれしくありませんでしたが、だまされたフリをしました。

ウンチを隠そうとする？

朝五時頃、二階で寝ていた私に、主人が「覚悟して下りてきて!!」とのこと。何事かと一階へ下りると、臭います。ウンチの臭いが部屋いっぱいに広がっています。オムツの中のウンチをおそらくトイレに流そうと思って失敗した後、手についたものをトイレの壁、便座や床、リビングのじゅうたんになすり付け、足のウラにウンチがついたまま、ウンチのついた手で猫と猫のおもちゃで遊んでいました。猫達からもプンプンしました。

本当に大変な朝でした。この次の日、また同じことをしました。しばらくの間、こういった「隠す」ことは続きました。

この出来事は代表的なもので、他にもウンチ入りパンツを部屋の見えない所に隠したり、布団の間に隠したりします。「ウンチ出ちゃった……」と言葉にして伝えることができませんでした。「ウンチ出ちゃったら教えてね」と言っても、難しかったようです。

施設では「時間」で管理されているため、「ウンチ出た」と自分で口にせずともオートメーションでオムツが交換されていたせいなのか、口に出して伝える習慣がありませんでした。

トイレ

トイレに苦労しました。ここでこうやってするんだヨと、何度も丁寧に教えていましたが、ある時トイレの中の便器の横で立ったまま、わざと床にオシッコをジャーッとしました。目の前で。

何度も続くと心が折れます。

慣れない環境でのストレスか、かまってほしいのか、小さな反抗なのか。

里親になる前、委託後はできるだけ最低でも一年くらいは家庭だけで面倒を見ることが好ましいと聞いていましたが限界を感じました。ある時、知人に相談すると、「プロに任せたら？　プロはさすがだよ」とのことで、半年くらいで幼稚園に預けました。

するとトイレ問題はすぐに解決しました。

嫌なことがあるとオシッコで表現する

自分の気持ちを口にできないみすずちゃんは、自分が嫌だと思うことでもなんでも、いったん「ハイ!!」と言います。乳児院で覚えました。が、それが本当に無理な時（?）、オシッコをもらして小さな反抗を示すことがたまにあります。

これだけ聞くと、里親側に問題があるのだろうと思われることがほとんどです。あらかじめ言っておくとするならば、みすずちゃんが反抗を示す状況は、本当に日常の些細な、あるいは毎日やれている生活上のルーティンだったりします。「手を洗ってねー」や「お風呂入ってねー」などです。

ズボンからパンツ、くつ、くつ下までビショビショですが、それも言いません。

決まって、第一発見者は猫ちゃんです。

みんなで床をクンクンしています。

「ん?　え?　床が?　まさか!!　ヒィー!!」です。おそらく確信犯ですので、一応理由などを聞くのですが、ダンマリを決め込みます。

「何が嫌なのか口でお話しして」と懇願してもウソが出てきて、本当のことは言おうとしません。

もう、仕方がないし埒が明かないので、「自分の思ったことや感じたこと、気持ちを人に言ってもいいんだ」という体験をたくさん積んでもらい、成功体験として覚えてもらうしかなさそうです。なので、今後もニャルソックに依頼する他ないです。

思ったことを口にできない

「子供のお話に耳を傾けて」と、よく聞きます。みすずちゃんのちっさいお口に耳をくっつけてみても、そう簡単にお話はしてくれません。

なぜか。それは、みすずちゃんには気持ちを全面的に受け止められた経験が少なく、生まれた時から無視されたり放置されたりする経験を積み重ねた結果、自分の心を抑えるクセが身についた様子で、気持ちを人に伝えることができないからです。我慢を「先に」覚えてしまい、人に気持ちを説明したことがないので、言葉の引き出しも空っぽです。声もめちゃくちゃ小さくて聞こえません。いわゆる自己肯定感が低いと認めざるを得ません。

一般家庭で生まれ育った子供の性格のソレと、みすずちゃんのコレは似て非なるものと思うのです。ですが、私がそんな思いを人に伝えるなんてしたことがなくて難しいのと一緒だと考えることにして、「自分の気持ちを言ってもいい」経験を重ね、二人で自己肯定感が上がるといいです。

探り探り?

「子供なんてウソをつく生きものだよ」

「うちなんて、もっと言うこと聞かないよ」

「オムツなんてしばらく外れなくても大丈夫」

などなど、本当にごもっともな意見でした。では、何に違和感を感じているのか? 何が違うのか? 途中から携わるからかもしれません。

四歳なら四歳までに身についたものと考えがあります。「色がついている」という表現が一番しっくりくるのですが、それを、四歳だけどゼロから教える感じでしょうか? プラス、個々の性格や遺伝的なことに対してオーダーメードかつ、その情報がないため、自分で探っていくしかない、とか?

あとは信頼関係ができていないからか、お互い探り探りとか。みすずちゃんの場合、性格的になのか「甘え方を知らない」とかですかね。正直、相性もあると思います。それを言ったら何も始まらないですが。

独り言

独り言は、もう、みすずちゃんの脳内にインプットされているのだと思います。例えば私が食器を洗っている時などに一人でテレビを観せていると、独り言を言っているのです。内容は乳児院時代に職員が子供を注意している時の様子を再現してるのでした。「テレビは座って見るもの!!」や「○○ちゃん、~でしょ!!」のような強い口調です。忠実に再現されており、割と大きな声で、まるで誰かがそこにいるみたいです。初めてソレを聞いた時は驚いたし、「あーそういう会話してたんだな……」と妙に納得しました。

強い印象が頭に残像みたいにあるのでしょう。暗記していて、完全にコピーができていました。

見たことのない、その不思議な行動に、私は本人には聞こえていないフリをして、聞き入ってしまいます。

猫と里子

うちには猫がいます。みすずちゃんはそれまで、本物の猫を見たことがなかったので、やや心配してはいたものの数ヵ月でお互い慣れました。

そんなある日、みすずちゃんがイタズラをしたので注意をすると、なんと猫が私のかかとを噛んで「やめろ」と訴えたのです。その時は、本当にビックリしました。

そんなこともあってか、猫とも毎日触れ合うからか、今では信頼関係も生まれ、仲良しです。生きものに優しい人になってほしいなと、また自分の希望や願望になってしまいます。

寝ない子

赤ちゃんは三時間おきくらいに起きて、おっぱいでしょうか⁉

みすずちゃんは、まさに赤ちゃんのように夜中に起きてはバタンバタンと音を立て、何かと見ると大きい音を出して訴える、「寝ない子」でした。三十分くらい「トントン」すると再び寝始め、また数時間後に起きるの繰り返しでした。なぜ連続で寝ないのか。

ちなみに……乳児院でも夜中に起きては一人で遊んでいたそうです。以前の乳児院時代の職員さんがこっそり教えてくれました。夜勤の時、眠らないと。「本当は禁止されているんだけど、シールをペタペタさせて遊ばせたのよ」と。その職員さんに深い愛情を感じると同時に、その光景を想像すると、切なくなりました。優しい職員さんをその時だけ独り占めできるからでしょうか。

疲れていないのか……、興奮状態なのか……、不安なのか……。

家に来てから三ヵ月間くらい続きました。

今では起こしても起きないほど、口を開けながらぐっすり寝ています。

七五三

エゴかもしれないです。でも、「七五三」のお祝いだけは絶対にやりたい!!と、みすずちゃんの年齢と性別しか聞いてない頃から思っていました。三歳のお祝いでは、三歳ならではの魅力炸裂な「被布」を着用しますが、ずいぶん前から手作りして用意しました。

着用する十一月までに二回のサイズ変更をしました。委託後からどんどん大きくなったからです。髪にはつまみ細工にかのこを飾り、口紅をつけたらもう得意気で、お姫様の出来上がりです。道行く見知らぬおばさま達が「おめでとう」と口々に声をかけてくれます。そう、「おめでたい」のです。これが初めてのイベントでした。これ以上おめでたいお祝いがあるものか。

「うれしくて」「おめでたくて」

一生忘れません。

洗車機

多少のイタズラ心が作動してしまったことは認めます。早く姿婆に慣れてほしい気持ちがあったのも、これまた事実です。

初めての洗車機は目を丸くしてビックリしていました。言葉も出ていませんでした。予想通りの反応に、やっぱりなとおもしろがってもいたし、少しかわいくも感じました。

女の子ですが元々「車」が好きなせいもあり、車を勝手にキレイにしてくれる機械はすぐに気に入られました。

今では洗車後のふき取りも、好きなお手伝いの一つになりました。

ブロックで作った軽トラにはちゃんと荷物のブロックが積めるように組み立てており、「軽トラに荷物だよ!」と見せてくれたりします。

大きくなったら、マツダのロードスターに乗るそうです。マツダレッドが良いそうです。「ママを買い物に乗せてってあげる」と言ってくれています。初めての洗車機からロードスターまで、まだまだ道は続きます。

被害妄想

乳児院では、とても大切にされていたと思います。ただそれは家族とは違い、特定の大人、例えば母親のような存在に十分に依存できていなかったと思います。甘えたい気持ちを抑えていたように見えました。そのせいかどうかは分かりませんが、「○○ちゃんに○○された」と毎日言っていました。

注意を引きたいような感じでした。ひとまず受け止め、別の考え方もあるよとアドバイスしたりしていました。

そんなこんなのさなか、ベビーピンクのかわいいダメージデニムを用意しました。オシャレなロゴ入りの海外の女の子がはきそうな、とってもキュートなデニムでした。すると朝、一言も話そうとしません。目も合わせません。その時は思いもよらず、理由を聞くと、やっと口を開いて泣きながら「ズボンに穴が空いてるー。ワー」と泣き叫びました。

申し訳なく思いながらも笑って、「違うよー。こういうオシャレなヤツなんだよー。ママがそんなイジワルするわけないでしょー」と、自分のダメージデニムを見せて、これはイ、ジ、ワルではないというアピールをしました。その後はテレビなどで自分も見たらしく、今では気に入ったようですが、その日は別のズボンをはかせました。

以前、社会的養護下にある子供達の話で、週末里親に行った子が、施設に戻り、職員さんにこう言ったそうです。

「オレ、残飯食わされた」と。

どういうことか職員さんが週末里親に尋ねると、夜は子供達が来るということで特別にすき焼きにしたそうです。翌朝、それにご飯と玉子でおじやにしたそうです。

普通の家庭では何ら問題になることではないでしょう。でも、彼にとっては知らないばかりに「残飯」と受け取ってしまったのです。

施設では食べ残しを衛生上からも、当日に廃棄します。

みすずちゃんもしかり。

ダメージデニムを見るたび、「穴が空いている」と言ったことを思い出します。

だっこ券

「もっといっぱい抱きしめてあげて！」「もっといっぱい褒めてあげて！」と言われました。伝えにくく、言いづらい心情を相手に全て伝えきる前に、だいたいこう返されます。ある時期の私は疲れ果て、もう里親をやめてしまいたいと思っており、すでに抱きしめることさえできなくなっていました。致命的な症状です。

「もう無理だ」と主人も思っていた頃、みすずちゃんの誕生日に、手書きの「だっこ券」「おんぶ券」「トントン券」をプレゼントしました。それが精一杯でした。そこら辺にあった白い紙に黒のマッキー（マジック）で書きました。「これを出された時、ママは洗いものしてても何してても抱っこするよ」と言って渡しました。プレゼントとは名ばかりの、私自身へのトラップです。この券を出されたらゼッタイにやらなければならないと自分へ仕掛けました。

この、お金のかからない不純な動機の不純なシステムは、非常に有効的に働きだしました。双方に良い結果をもたらしました。

みすずちゃんは、それは大層喜んでくれ、そこら辺の紙で作られた「だっこ券」達はボロボロになるまで何度も活躍しました。

当初、一枚につき一回の約束でしたが、何度も使い回しができるように、途中でルール変更を許せた自分もいました。

これぞプライスレス、恐るべし「だっこ券」。

カッチカチ

当初、体はカッチカチに硬かったです。走り方も歪(いびつ)でした。特に下半身の関節の可動域が狭く、例えば足の甲を上げにくいなどです。先天性のものではなく、明らかに子供特有のいろんな動き（?.）をしていないからだと推測されました。しょっちゅう転んでは、手を出せず、鼻と唇の間をすりむいたり、いろんなところをぶつけては内出血を作ったりしていました。

知人のヨガの先生や、体操の先生に相談すると、「柔軟性をつけるなら今」との意見が多数でした。最初は大変そうだった開脚も、後に始めた空手の師匠に「一番すごい」と褒められることで得意なものとなったようです。十級の賞状をもらうことができ、帯の色も変えることができました。

あんなにカッチカチだったのに、今はグニャグニャの体になりました。

せっかく褒められても、始めた頃は児相に知らせることはありませんでした。「虐待」と思われるかもしれないからです。結果が出てから初めて「虐待」ではなくなります。

クリスマスプレゼント

みすずちゃんが家庭で迎える、初めてのクリスマスを前に、サンタさんに何をお願いするのか聞きました。

答えは「くつ下」でした。

私は「くつ下⁉」と何度も確認してしまいました。「ふーん。そっかー」と返しました。別に「くつ下」で、何の問題もありません。

ただ、おもちゃやゲームではなかったことに「？」がついたのは、私の価値観が歪んでいたからかもしれないし、くつ下の中にプレゼントが入ってると勘違いしたのかもしれないし、みすずちゃんが娑婆に慣れていないせいだったかもしれません。

当日、目覚めて「本当にサンタさんがくつ下のプレゼントを持ってきてくれた‼」と初めての体験に、それはそれは喜んでいました。

「夜中にリンリンリンと聞こえた‼」とも言っていました。

三年目の希望はタブレットになってしまいました。娑婆に慣れてきたようです……。

赤ちゃんは一度きり

家に来た頃、ずっと泣いていて、「どうしたの?」と言ってももちろん語らず、「抱っこ?」と聞くと「ウン」とうなずきました。けれど、抱っこしたのに泣きやまず、かなりの時間を抱っこしたまま、なんで泣いてるのかを聞きたくて待つと、「ココニハイリタイ」とお腹を指さしました。「うん。いいよ! 入っても!!」と快諾しました。無言になったので、「ホラッ!! いいよ!! ホラッ!!」と、促しました。

無言だったので「ね。入りたくても入れないでしょ?! 入れれば入ってもいいいんだけどね」と言ったら納得しました。

赤ちゃん……。もう一度やりたいんだなと解釈しました。

私も!! もう一度赤ちゃんやりたい!!(笑)

郵便はがき

料金受取人払郵便

差出有効期間
2025年3月
31日まで
（切手不要）

1 6 0-8 7 9 1

1 4 1

東京都新宿区新宿1－10－1

(株)文芸社

愛読者カード係 行

<table>
<tr><td>ふりがな
お名前</td><td colspan="3"></td><td>明治　大正
昭和　平成　　年生　　歳</td></tr>
<tr><td>ふりがな
ご住所</td><td colspan="3">□□□-□□□□</td><td>性別
男・女</td></tr>
<tr><td>お電話
番　号</td><td>（書籍ご注文の際に必要です）</td><td>ご職業</td><td colspan="2"></td></tr>
<tr><td>E-mail</td><td colspan="4"></td></tr>
<tr><td colspan="3">ご購読雑誌（複数可）</td><td colspan="2">ご購読新聞
新聞</td></tr>
<tr><td colspan="5">最近読んでおもしろかった本や今後、とりあげてほしいテーマをお教えください。</td></tr>
<tr><td colspan="5">ご自分の研究成果や経験、お考え等を出版してみたいというお気持ちはありますか。
ある　　ない　　内容・テーマ（　　　　　　　　）</td></tr>
<tr><td colspan="5">現在完成した作品をお持ちですか。
ある　　ない　　ジャンル・原稿量（　　　　　　　　）</td></tr>
</table>

書　名				
お買上 書　店	都道 府県	市区 郡	書店名	書店
			ご購入日	年　　月　　日

本書をどこでお知りになりましたか?
1.書店店頭　2.知人にすすめられて　3.インターネット(サイト名　　　)
4.DMハガキ　5.広告、記事を見て(新聞、雑誌名　　　)

上の質問に関連して、ご購入の決め手となったのは?
1.タイトル　2.著者　3.内容　4.カバーデザイン　5.帯
その他ご自由にお書きください。
(　　　)

本書についてのご意見、ご感想をお聞かせください。
①内容について

②カバー、タイトル、帯について

弊社Webサイトからもご意見、ご感想をお寄せいただけます。

ご協力ありがとうございました。
※お寄せいただいたご意見、ご感想は新聞広告等で匿名にて使わせていただくことがあります。
※お客様の個人情報は、小社からの連絡のみに使用します。社外に提供することは一切ありません。

■書籍のご注文は、お近くの書店または、ブックサービス(0120-29-9625)、セブンネットショッピング(http://7net.omni7.jp/)にお申し込み下さい。

哺乳ビン

みすずちゃん自ら「欲しい」と言ったわけではありません。これは私の「配慮」みたいなものかもしれません。哺乳ビンを用意しました。持ちごたえがあるだろうとガラス製です。使っている姿は、決して人には見せません。朝、枕元にそっと、ソレは置いてあるのです。いつだったか、ゴムの先っぽの部分をハサミでちょん切って自分で調整していたのにはビックリしましたが。

その姿を人に見せないということは、つまり見られたらマズイと思ってはいるようなので、そういう気持ちを持ち合わせているなら大丈夫というか……そういうアイテムの一つくらいはまだあっても良いのではないか……というか。

そう言う私もアイテムがあります。それは「タオル」です。どれでも良いわけではなく、認められた「タオル」のみを持って寝るクセは直りませんが、哺乳ビンではないことが救いです（笑）。

赤ちゃん

自分の写真、特に赤ちゃんの頃のものにみすずちゃんは執着があります。いつもただジッと見つめています。

「赤ちゃん」にも何か特別な感情がありそうです。以前は知り合いの赤ちゃんを見ても嫌そうな態度を取っていました。

赤ちゃんの足が少しでも自分に触れたりすると足を払ったり、あからさまに「あっちいって!!」と言ったりしていました。乳児院では小さい子の面倒をよく見る子として通っていたので、そのギャップは意外でした。

今ではキライな感じには見えなくなりましたが、自分の赤ちゃんの頃の写真には、何か特別な感情がありそうです。

涙

通常というのか、よくあるのは、子供が困った時などに「ママー‼」と助けを求める姿です。それが、みすずちゃんには見られませんでした。ただ立ちつくしているか、一人で完結しようとします。慣れない家庭生活では一人でできないことも多いのですが、さらに泣きもしませんでした。こちらから声をかけるまで、立ちつくしていました。口で「伝える」こともしません。里子が「泣かない」ということは他の里親さんからもチラホラ耳にします。

ある日、二人で自宅にいると、そこそこ大きな揺れの地震があり、二階にいたみすずちゃんは腰を抜かすほど驚き、怯え、一階のキッチンにいた私のところへ、

「ママァー‼」「バァバァー‼」（婆ぁ？）

と泣きながら走り寄ってきたのです。

初めてのことでした。

歪んでいる私は、皮肉にも地震によるその行動をしめしめと「うれしく」感じました。

そんな、子供が助けを求めて「ママー‼」と泣きながら来るというような、当たり前の風

景がなかったので、新鮮だったし、正直なところ、妙に「コレコレ」と思ったのです。

四年経った今は、逆に泣くほどのことでもないところで安い涙をじゃんじゃん流すようになってしまいました（笑）。

世間の理解、無理解

いなか

私の町には、里子はいません。閉鎖的なところのある町だからでしょうか。ですから、幼稚園、病院、町役場など、小さい子供がいれば必ず関わらなければならない機関へ行くたび、養育里親を説明するという、しなくてもいい労力が必要でした。なんせ、受付や窓口の方は里親に関する知識はほぼなく、スムーズに事が進まないのが現状です。病院では保険証の代わりの受診券なるものを使うのですが、病院受付で理解してもらえず、私達の後ろは長蛇の列ができました。大勢の前で里親である説明をしても、保険証を出してほしいの一点張りの後、身元確認、県の児童家庭課、児相へと連絡をされ、うんざりしたことも多々あります。

私も説明に慣れたこともあって、このようなひと悶着は初めての場でも、たまに勃発する程度になりましたが、里親制度への認知度が上がったり、国から県、県から町へという具合にすみずみまで周知されることを願います。

もちろん私自身も里親子を分かりやすく説明できるよう、精進いたします。

幼稚園

みすずちゃんが我が家に来てから約半年を過ぎた頃、幼稚園に預けることにしました。途中からの入園になります。一番近いこども園に事情を話し、入園となりましたが、わずか半月で退園しました。みすずちゃんは、園での出来事をお話ししてくれるようにまでなったのですが、「先生がね、～と言ってたよ!!」という「～」の部分が家の中を探るような質問ばかりでした。それを本人に聞いていたのです。例えば「お風呂は誰と入ってるの？」「ママとパパだよ」「えーパパと入るの⁉」という会話です。「おばあちゃんはみすずちゃんのこと何て言ってるの⁉」や「おばあちゃんとママは仲良いの⁉」などなど。

担任の先生からの歪んだ質問が一週間連続であった時、私の方が耐えかねて、直接園長先生をたずねましたが、結局言った言わないの水かけ論でした。この時はまさかの事態に落ち込みましたが、幼稚園は一つだけではない!!と思い、今度は私立の幼稚園に伺いました。

面談では園長先生に事情を話しました。里子なので苗字が違うこと、親子関係を構築中であること、児相が関わることなどを、丁寧に説明しました。すると、園長先生は「里子を預かった前例がない」「実親の写真を持ってきてほしい」など、あり得ない要望を提示してきました。びっくりしました。理由は、「もし実親がたずねて来て会わせてほしいと言ったら困る」というもの。私自身、実親の顔を見たことないし……。そんな話は聞いたこともなく、何より園長先生が、この里親制度について全く知識がなかったのです。私も初めての里親で、協力していただける幼稚園でなければ困るため、「ここはダメだ……」と思いました。後日、電話にて入園の許可が下りるも、こちらからお断りしました。

さあ、困った。でも車で少し行けば、幼稚園はまだまだある!!と向かった三軒目は、長く続くキリスト教の園でした。十一月を過ぎており、「新入園児の受付は終了しています」との貼り紙がありましたが、インスピレーションか、「ここだ」と思い立ち、飛び入りでチャイムを鳴らしました。出てきた穏やかなご婦人は、後に副園長先生だと知りました。入り口には聖書の言葉があります。立派なマリア像を前に、教会に入ったことがない私は恐る恐る事情を全て話しました。

すると副園長先生は「そういうことなら」と言葉少なに、その場で制服の採寸、黄色い園帽子を子供の頭にかぶせ、「Lサイズね」と段取り良く準備を進めてくださいました。そして、ご主人の園長先生を呼び、このキリスト教の幼稚園の説明をしてくれました。いささか張り詰めていた私は、この時の心を委ねられた優しさに救われました。帰りの道すがら、みすずちゃんに「三つ幼稚園があったケド、どこが好き?」と聞くと、ココだと言いました。「ママも」と私も言いました。

安心して預けられる幼稚園が見つかったこと、意見が一致したことに心底ホッとしたのを覚えています。

キリスト教幼稚園

なんやかんやの、すったもんだで、みすずちゃんは「キリスト教」の幼稚園に通いましたが、私自身はクリスチャンでもなく、「教会」と言われる場所に入ったのも初めてでした。キリスト教のいろはも全く無知な私ですが、みすずちゃんは毎日、いろんなことを教わってきます。それを家庭で話してくれます。「聖書のことば」も丸暗記できるようになりました。本人は意味など全く理解していないのでしょうが、聞かされている私が、だんだん一つ二つと覚えてしまいました。その中で一つ気に入った言葉を見つけました。

「わたしの目には、あなたは高価で尊い」（イザヤ書43章4節）です。

純粋に、あーいいフレーズだなーと思いました。

トイレで独り言

幼稚園から帰ってきて、かれこれ一時間くらいずっとトイレにいます。

今、みすずちゃんは「一人」を楽しんでいるように見えます。一人で便座に座りながら、ブツブツブツブツ独り言を言っています。

何を言っているのか耳をすますと、誰かと誰かの「会話」を「反復」しているみたいです。頭の中を整理しているのでしょうか……。私は止めません。なんとなく、止めちゃいけない気がします。本人にとって必要なことなのかもしれません。少し楽しんでいる私もいます。めっちゃ気になるし、早く出てきて次にやることをやって！とも思うし、本来ならば「ママ！　今日ね〜」と言ってほしいところではありますが、まあ、いいです。気が済むまで、独り言してればいい、と思います（笑）。

もう一つの真実告知

幼稚園に通いだして間もなく、お友達との会話も盛んになった頃、帰宅途中の車の中で聞かれました。

「ママは何歳なの？」と。

「え?! 二十八歳だよ!!」と言ってしまいました。ほんの出来心と、見栄を張った弱い自分がいました……。年中さんにはバレないだろうと高をくっていました。そのことが後々まで尾を引くことになるとは考えてもいませんでした。幼稚園のママ達のだいたいは二十代〜三十代くらいで、私の中にほんのわずかな正義もあったことはありました……。

みすずちゃんは、日付や曜日の記憶力がとても良いという特性があることは、しばらく経ってから気付くことになったのですが、私の誕生日には決まって「今日で二十九歳になったんだネ♪ おめでとう！」や、幼稚園帰りの時など、先生やお友達との会話の中で「うちのママはネー二十九歳なんだヨー!!」とピュアな心で何の屈託もなく発言していました。

一回り以上のサバを読み、どっからどう見ても、さすがに二十代には見えないのに信じてくれており、毎年その年齢がそこから一歳ずつプラスされていく確実さに、申し訳ないとは思いながらも、真実を言い出せないままになってしまいました。

里親であるという「真実告知」は心の負担が一番少なく済むよう、早いうちからスタートしていますので、折りに触れるたび、その確認作業をするかっこうとなります。ですが、「こちらの真実告知」に関しては、完全にタイミングを失ってしまいました。

いつかは「真実告知」をしなければと思います。

お金

みすずちゃんがなんとか幼稚園に落ちついた頃、働きたくなっていた私は、幼稚園に預けている数時間、パートを始めました。勤務先は発達障がい児を預かる施設で、自分の生活に活かせ、勉強にもなると考えてのことでした。

元児相の職員だった方もいたため、里子の相談に乗ってもらおうとしたところ、「お金もらってんでしょ」と言われたことがあります。お金をもらっているのだから文句を言うな、という意味です。まあまあのショックは受けましたが、確かに里親手当をもらっているのは事実です。そのお金について一人モヤモヤしている頃、こう言っていた人がいます。

「里子に、〝見てもらっている〟という負い目を感じさせないためにも、お金は一役買っているのだ」と。

素直に、「あー、そういう考え方もあるのか」と思いました。里子に対しての勉強も兼ねてと始めたパートは、私の考え方の引き出しを一つ増やしてくれました。

憧れ

ボランティア活動をしていて「売名ですか？」と言われて、「もちろん。売名ですヨ!!」と言い返した芸能人がいます。もう売名することを必要としない超有名人です。

イラッとする質問への返しも超一流です。真似したいケドできまへん。

「お金目当てですか？」

「もちろん!!　お金目当てですヨ!!　皆さんもやりましょう!!」なんて言えたら……。

性質は異なりますが。そのスタンスに憧れます。

「お金もらってるんでしょ」

と言われ、メチャクチャ顔に出ちゃいます。超一流芸能人と一般人の差ですね（笑）。

SNSでの本音

苦戦している時、ヒマさえあればネットの中に答えを探していました。同じ心情の人はいないものか？と。探しに探して、たった一人だけ見つけました。ネットの中のその人は本音を書いていました。もしかしたらSOSだったかもしれないし、リアルな心情は私と全く同じです。三十人くらいの閲覧者の半数は応援コメントでした。その人は何度も何度も投稿しており、私は毎晩新しい記事が出ていないかチェックしていました。そのうちにコメント欄には心ない文が出てくるようになりました。

「里親なんておこがましい」

「お金もらってるクセに文句言うな」などです。私が言われているみたいに感じていました。その後、その人はもう見つかりませんでした。なぜ自分は気の利くコメントの一つも書けなかったのかと、すごく後悔しています。

とにかく時間かかりますよね……とそっと共感してあげたかったです。

Nさんの話

実家の近くに住むNさんは、一人暮らしのおばあちゃんです。夫婦は子供に恵まれず、養子縁組をしたそうです。私が子育てに息詰まっていた頃、何度かNさんに偶然を装い会いに行ったことがあります。そこは産まずに育てた者同士、言わずとも心が通じ合います。

兄弟などの子供を引き取り育てる、いわゆる親族縁組は多くいたそうです。そんな中、Nさんは養子縁組でした。旦那さんは、あえてそうしたそうです。それはNさんに対しての優しさだと教えてくれました。親族縁組だとNさんが気を遣ってしまうから、との思いです。

養子が「もらわれっ子」とイジメられて怒った話、結婚が決まった時の様子などを話してくれるNさんの目は、やりきった感からなのかキラキラしていました。私も知っている、その養女は、近所でも有名な美人でした。「東北方面の血が入ってる」とNさんは自慢しました。

現在は四人のお子さんのお母さんとなり、ときどき来るその美人をNさんは楽しみにしている様子でした。大先輩のキラキラおメメを前に、いつか私もこんな目になれるのか、そんな日が来るのかなと少し元気をもらって帰りました。

Nさん2

Nさんが三歳の女の子と養子縁組したのは、もう五十年くらい前の話ですから、今とはだいぶ事情は変わりますが、Nさんの心の中にある五十年間にも及ぶ心の傷を見ました。

Nさんは昔、律義にも養子に出したお宅へ、お正月に養子を連れて挨拶に行ったそうです。「こんなに大きくなりましたよ」と報告する意味もあったのだろうかと想像してしまいます。

五十年前のネットワークは今より狭く、近所ではないけれど噂が耳に入ってくる程度の距離感での養子縁組だったようですから、全く他人のフリはできない間柄かと推測されます。

お正月の賑わいの中、親戚が集まり、大勢の子供がいたそうです。

「おめでとうございます」と次々に子供達がお年玉を受け取っている中、Nさんの養子だけ、お年玉をもらえなかったそうです。

差別的なその出来事を五十年経った今もNさんは悔しそうに話してくれました。

「あたまさ、きてヨー」とお怒りモードでした。お正月から嫌な思いをしていたんだな……

と思いました。いろいろなお怒りエピソードの後、

「あたまさきたから、もー徹底的に仕込んでやっぺーと思ってYO‼」

とその時の心情を吐き出していました。

「仕込む」というニュアンスが、痛いほど理解できました。

自分の養子が軽んじられた時、Nさんの中に「立派に育ててやる‼　今に見てろYO‼」

があったと思います。

これはエゴではなく、母親のNさんの深い愛情だと感じました。

話しながらNさんは、昨日のことのようにメチャクチャ怒っていました（笑）。

そんなおばあちゃんのNさんをかっこいい人だなと思いました（YO‼）。

想定外

私が里親について情報を得ようと血眼になっている頃、検索ワードに「里親」と入れれば必ず、猫ちゃんワンちゃん情報ばかりが出てきました。猫ちゃん里親はとっくにやっています。

里子についてのことは、なんとなーく「想像」していたり、問題行動について「構え」ていたりもしました。

講習内でも、いろいろなサイト内でも、その特性や行動、心の内に触れる機会はありました。ですが、私にとって一番の想定外は、「児童相談所」や「近所」「幼稚園」「身内」「友達」などとの関わり、関係性の変化（？）などでした。

委託後に起こった、子供以外の出来事、ましてや、里親の心情などはどこにも情報はありませんでした。あったのはハッピーエンドや、どこか「本音」「リアル」を感じることはないものばかり。心が折れそうな時、あまり参考にはなりませんでした。

ハッピーエンドでなければ困るし、里親の心情を包み隠さず広めてしまうのはタブーなのでしょう。

始めて一年以内で、四人に一人の里親がやめてしまうのだそうです。

ケーキ

誕生日ケーキを前にした、三枚の写真を乳児院から譲り受けました。果物がのっているホールのケーキは手作りのようで、美味しそうに見えて、「ケーキ美味しかった?」と聞きました。無意識に、何の疑いもなく。

すると、「ケーキ、食べられなかった」と言いました。ハッとしました。「記録のためのケーキ」だったんだと思います。一人だけケーキを食べるわけにもいかず、かと言って、乳児全てにケーキを用意するのも難しいことでしょう……。

ケーキ、すごく食べたかったことだろうと思います。みすずちゃんのことですから、「このケーキ食べたい!」とさえも言わなかったと思います。言えなかったのかもしれないです。

予測していなかったこと

新しい幼稚園での生活がスタートすると同時に、子供同士の友達関係が芽生えるように、保護者同士の関係も始まります。私自身は里親であることを隠したいという気持ちは全くないのですが、当のみすずちゃんが傷つくことを言われたらかわいそうだなとも思っていたため、特に自分から発信することはありませんでした。

ある時、ママ同士の会話の中で、何歳で結婚して引っ越してきて、子供が産まれて……なんてあけすけな話をしていると、どうしたって「いや実は里子ちゃんなんだ」と言わざるを得なくなりました。ウソをつくのも違うし、隠すのも変です。反応はいろいろでした。好意的に言ってくれる人、まるでチンプンカンプンな人……でも多くは「どう反応したらよいか分からない感じ」でした。気持ちではきっと理解してくれているケド、何て言っていいのか、どう扱っていいのか分からなそう……です。

結果、触れてはいけない話題のようになってしまいました（笑）。

子供自身のことで「大変だろうな」と想像や覚悟はしていましたが、不覚にもそれ以外に起こり得ることへの想像の力が足りていませんでした。
こういったことがありますヨとお知らせして、誰かのお役に立てれば幸いです。

児相の担当

児童相談所の担当者が三年間で五人が代わりました。仕事なので異動などあっても仕方ないとは思います。中には、いつ代わったのかさえ分からない時もありました。最初は「ハ？また代わったの？」と思っていました。つい先日、あんなに熱心に話し合ったのに？　アレは何だったの？　などと思いました。今はもうすっかり慣れましたけれど。

顔も知らない、みすずちゃんを一度も見たことも話したこともない人から電話があります。「みすずちゃんの調子はどうですかー？」とぶ厚いファイルの中のみすずちゃんは、いったいどんな子となっているのでしょうか。

毎日、向き合っている私としては、多少イラッときます。正直な私は態度に出ます。それが夕飯時ならなおさらでしょう。そうなるとおそらく、里親としての印象や評価は下がることでしょう。特に一度もお会いしていない方なら。

不信感

委託前、当時担当の児相職員さんは言いました。

「おそらくこの子は実母の元に帰るのは難しいと思われるので、長期になると思います」と。

そのつもりでいました。それから三ヵ月もしないうちに担当は代わり、別の方になりました。

すると、今度は、

「実母さんが引き取りを希望しているので、まずは面会からとなりますので、今後も協力してください」

と言われました。

「へ？」と思い、百八十度違う話に動揺しました。養育里親は、家庭復帰まで預かる前提ですので、もちろん反対することはできません（ボランティアという位置付けです）。

聞けば、実母さんは再婚され、新しい命が宿っているとのこと。察するに、生活が安定し始めた時、かねてより乳児院から里親宅へと預けていた実子を思っての発言だと思われます。

里親へ預けるのは嫌だけど自分では育てられないので、施設なら良いと思う実親も大勢いる中、里親委託に踏み切ったこの実母は、真に実子のことを思ってくれているんだと信じたい一方で、本当にそうなら……なぜ出産から四歳までの間でわずか二回しか顔を見せなかったのか、また生活が不安定になった時、不徳が繰り返されるのではないだろうか……と私が信用できずにいたのです。

が、しかし、そんなことも言っておれず、思い描いていたよりもだいぶ早くみすずちゃんとお別れかと腹をくくった頃、また担当が代わりました。すると、実母引き取りの話は立ち消えました。それは実母の心境の変化だったのか、新しい命に手一杯だったのかは謎です。

月日が過ぎていき、さらに数人の担当の変更がありました。するど今度はなんと「養子縁組をしませんか?」という電話がありました。電話先で軽～く言われましたが、私の心は「おー。ついに来たか!!」と高揚しました。

「はい。主人にも話をしますネ♪」と電話を切りました。それから一ヵ月ほどでまた担当は代わりました。それっきり、縁組の話もなくなりました。

今現在、誰が担当か分かりません。問い合わせてもいいのでしょうが、もはや誰でもいいです。

「そんなことよりあなたが食べる~ラザニアのチーズが見つからない♪」と。
また、大黒摩季を頭の中で歌いながら夕飯を作ります。

ケガ1

みすずちゃんがケガをしました。当然、児相からの取り調べがありました。現場検証や事実確認のため連日、児相の担当者が来ました。入院していたため、お見舞いと称して児相の担当者と里子のみとの面会がありました。その後、里子のベッドに行くと、どんな話をしたのかを教えてくれましたが、どうも虐待されたと子供の口から発言するように仕向けて話をしているようなのです。

子供がケガをするようなことが起きると、味方のハズの児相はもはやそこには存在せず、信頼関係は崩れ、私は容疑者となりました。監督不行き届きなため、私の責任ではありますが……。連日続く「お見舞い」に納得できず、病室にボイスレコーダーを仕込みました。雑音の中、聞いてしまったのです。「助けに来たよ」と。

助けに来た？　みすずちゃんを？　私から？

決定的でした。

「あーそういうふうに見てるんだな」

「信じてもらえないんだな」

いろいろな考えが頭をよぎり、真っ白になってしまいました。「疑わしきは……」でしょうか。

もう、やめたい、逃げたいと思っていました。すったもんだの末、退院後も何度か児相のその方ともお話ししましたが、程なく別の児相への異動とのことで、それっきりとなりました。

ですが、「みすずちゃんのぶ厚いファイル」には私への疑いは残っているハズで……。すっきりしないし、不服ですが、どうしようもありません。

ただ、良かったことが一つあります。それは、みすずちゃんとの関係が退院後、非常に良くなったことです。みすずちゃんが病院で非日常を満喫している中、私が毎日会いに行くという行為に、どうやら信頼を見たのか、やっと「ママ、ママ」と甘えられるようになったのです。怪我の功名とはまさにこのことだと思いましたが、悔しすぎてもったいなさすぎて児相には話す気にもならず、教えてあげないよーと思い、独り占めしました。

みすずちゃんのドクター

ケガをしてから手術をし、退院後は週一、月一、三ヵ月に一度のペースで通院後、半年に一度に変わった頃、いつも見てくださっている担当ドクターが言いました。

「この子はー……大人になったら強いよおー」と。

何が強いのかは深掘りしませんでしたが、おそらくメンタルのことかと思われます。

病院に運ばれたその日は、私がパニック状態でした。里子なので入院、手術となると児相や実母が再始動し始めます。書類手続きも実母サインでなければならないことや、保護者の私で可能なものもあったりします。ケガのことはお医者様に任せるしかないんだと思っていましたが、その時の私の本音と言えば、「委託が引き揚げになるかもしれない」という恐怖がつきまとい、夜も寝られませんでした。そうなったとしても監督不行き届きの私が悪い。なんて私はバカなんだと自分を責めました。

もちろん、担当の児相や、実母さんも相当な心配をしたことでしょう。ですが、そのことは、正直に言うとだいぶ後になってから気付いたことです。

当初の私は周りのことは考えられず、とにかく、「みすずちゃんは、もう家にいられなくなるかもしれない」が頭をグルグルしていました。幸いその不安も消え、入院時から考えると、みすずちゃんの体の成長も、私達の関係も、ぐっと良い方向に向かった気がします。

その過程を見ていただいたドクターに言われた、みすずちゃんを尊重したような、肯定的とも感じるその一言に、明るい将来を見せてもらえたようでうれしかったのと同時に、「大人になったら……」に里親としてピリッと身が引き締まる感覚になりました。

冷静ではいられなくなっていた私を諭していただき、みすずちゃんの将来も診ていただき、ありがとうございました。

ケガ2

最初に運ばれた救急病院では、実母さんと実母さんの現在の家族、その当時の児相担当者も面会にかけつけてくださいました。が、そのことに私は反対していました。ＩＣＵに入っており、病院側も同じ意見でした。今は心に刺激を与えてほしくなかったのです。その後、担当のドクターに、「あの人達は味方なんですか？」と聞かれました。反対を押しきられた私は、「味方じゃないです」と言ってしまいました。

その後主人が「敵でもないし、味方でもないです」と言いました。言葉にするのは難しいですが、担当ドクターと私と主人には、この時明らかに思うことがあったのは事実でしょう。

繰り返されるお試し行動まつり

　みすずちゃんがケガをして、もう委託を引き揚げられるのだろう……と思っていた時、事の成り行きを天に任せました。私にやらなければならない任務があるとすれば、彼女は今まで通り家にいることになるだろうと。

　結果、現在も家にいます。

　なのに……なのに……。ケガも完治し、通常生活に戻ると、まるで何事もなかったかのように、信じては裏切られるを繰り返します。試し行動もこれでもかこれでもかと続きます。

「もう無理だ」「もう頑張れない」のギリッギリのところでパッと試し行動が収まったりします。すると私は、あと少し、あとチョットだけ頑張ってみようと、好きなものを好きなだけ食べてから持ち直し始めます。ずーっとそれの繰り返しです（笑）。

里親にもいろいろな人がいる

年配層のベテラン組、偏った思想の人、軽いラフな態勢の人、真面目な人、事務的な人、変わった人……普通の会社のようにさまざまな里親がいます。共通事項はただ一つ、里親であるということ。あとはそれぞれの家庭の形。それは当然のことなのに、里親に対して当初、観音様みたいな人を想像していました。勝手に、善人像を。

里親同士で話し合う場がありますが、皆さん、ただの人間でした。むしろ、良くも悪くも人間臭い人ばかりでした。中には胡散臭い人もいました。

今までの実績のある、いわゆるベテラン世代と、これからの子育てを担う世代との転換期にあるという感覚もあります。里子育ての感覚や、受け入れ態勢、時代的な考え方の違いをまざまざと感じるからです。

世代的な金銭感覚の違いもあるでしょう。よく、お金に余裕がないと里親はできないのではと聞かれますが、うちはお金に余裕はありません。なんとかやっているというレベルです。里親事前審査の時も「貯金額百万円です」と言った私に対し、「なんで百万円なのか？　何かに使っているからなのか?」と児相に質問されたくらいです。

私にとっては頑張って貯めた百万円ではダメなのか?と軽く辱めを受けた気分でしたが(笑)、本当のことなので仕方ないです。でも里親になれましたし一応続いています。決して褒められることではありませんが、私のような里親もいるのです。多様性と言えば聞こえはいいですが……。

じゃあ里子の行く先に格差があるじゃないかと思われるかと思います。ありますね。格差は絶対に。でもまあ、どういうわけだか、家に来た子とつながれた「縁」の方に目を向けて、観音様のような人にはなれませんが、ないなら工夫を、あるなら感謝の心をと、「ウチはウチ、よそはよそ」で、なんとかやっています。

雨が降ろうが槍が降ろうが
いろいろあるけど。
うちはうち。よそはよそ。
えーやないか！
オリジナル！

親族と初めての対面

遡ること、数年前。私の親族に初めてみすずちゃんをお披露目しました。

私の親族というのは、父は他界しているので、母親と私の兄弟とその子供達です。私は四人兄弟ですから、甥や姪も多くおり、みすずちゃんがもし実子であれば「いとこ」の間柄となります。今後は、実家の行事でも顔を合わせることになりますから、私としては「仲良くしてほしい」「なんとか、この輪に早くなじむといいな」と願ってもいました。

まだ友達もおらず、「ママ」にも及ばず、「ママという人」、パパでもなく「パパという人」だけより、一緒に遊んだりできるであろういとこ達の存在は、とても心強く思ってのスタートでした。お店で食事をしているところにサラッと連れていき、合流しました。予想通り、知らない顔の「団体」に圧倒されていました。

座敷造りのお店の座布団に、みんな座っていましたから、私達も座りたいのですが、みすずちゃんは座りませんでした。注文したご飯が来ても座らず、何も発言せずずっとそこに立っているのでした。何を言っても動きません。甥や姪は理解できないのか、不思議そうに見ていました。その不自然な光景に、さっそく今後の不安を感じましたが、時間と経験の賜物か無事解消され、笑い話のタネになりました。

この時、彼女はピクリとも動かず、表情も変えず、終始無言を通していましたが、なぜか最後の最後に注文した、ビンのオレンジジュースを飲み干したことには、やや「?」がつくところです。

心と体のパーソナルスペース

「家族」や「よその人」を全く知らなかったみすずちゃんは、人間との距離感を知らずに育ったため、一年目くらいまでは正直、難儀しました。（里）親も他人も区別はなく、愛着形成に問題があるけど「人」好きで、知らない人にも「近すぎる」のです。

委託間もない頃、一緒にスーパーに行くと、駐車場で見知らぬおばちゃんが「あらーカワイイわねえ～」と小さい女の子のみすずちゃんを褒めてくれました。

よくある光景だと思います。うれしかったであろうみすずちゃんは、おばちゃんの車にまで乗り込んでしまいました。おばちゃんは「え、ちょっとこの子……」と言いました。「スミマセン」と言い、連れ戻しましたが、みすずちゃんにとって「親」の存在が特別ではないため、「自分対大人」の「大人」は、誰でも一緒だったのです。「こりゃ大変だー」とは思いましたが、言い聞かせてもすぐに理解できるハズもなく、「生活を共にする」しか解決方法はないと、自分に言い聞かせました。

心の方は、時間をかけるしか方法はなく、物理的な距離の方は「腕一本分を空けるんだヨ」

と言っていました。

距離感間違えてしつこいと言われた

四年間、乳児院の関わりのみで育ったみすずちゃんの、「人への接触の仕方」は独特でした。知らない大人との距離は必要以上に近く、自分以外の人間は全て一緒の距離感の様子です。そんな事情を体験した人は、彼女のことを「慣れ慣れしい」と思ったかもしれません。

こんなことがありました。

委託早々、友達のＢＢＱに連れていき、紹介がてら他の子供も大勢いたので、一緒に遊べるかな……とも思っていました。しばらくは良かったのですが、目に映る全てのものが初めてのみすずちゃんは、一人の男性のアップルウォッチに釘づけになりました。様子を見守っていると「しつこい!!」とたしなめられていました。かすかに彼が「イラッ」としているのを感じました。その男性に、みすずちゃんの背景に対する知識があったら、もう少し違った対応だったかもしれないし、知識があっても受け入れられない価値観だったのかもしれない。おそらく、後者の気がします。

「しつこい!!」と言われたことに私がショックを受けました。と同時に、当初のみすずちゃんにはなかなか言葉では表しにくい「空気感」というか、「オーラ」みたいなものがあったのも事実です。愛着に問題があるためでしょうか。

すでに、「養育里親」としてゆっくりスタートを切った私は、知人、友人、親族の間柄の中にも、「同じような価値観の人」を思う時、本来「見なくてもいいものを見てしまった」ようで、残念な気持ちを覚え始めていました。

この残念な気持ちシリーズは意外に多く、里親になる前には想像もしなかった気持ちでした。残念な気持ちを覚えた人とは自然に会うことも少なくなっていく代わりに、新しい知人や友人、旗を振って先を行く人達とのつながりは増えました。

乳児院から一般家庭に来たみすずちゃんと養育里親になった私は、アップルウォッチのごとく、バージョンアップしアップデートされたみたいです（笑）。やっほーい。

外の顔

みんなが見ているみすずちゃんと、家庭の中でのみすずちゃんには、激しいギャップがあります。何の悪意もないし、心のまんまで素直な結果だと思います。ナチュラルな二面性？まるでチーズの種類みたいです（笑）。

人間は、いろいろな顔を持っているし、私も二面どころか八面くらいは持っています。プロセスチーズになりますかね。

人間の多面性とはまた別の意味で、生まれてから四歳まで育った環境に影響を受けていると思うのです。

特定の大人との関わりはなく、「大勢」の乳児と共に生活してきた結果、良くも悪くも「大勢」の生活に慣れており、そういった面での社会性や集団生活力は身についていると言えます。なので「外」の顔は、一見誰が見ても活発で積極的で、あまり不便を感じないというか、利発と言ったら里親バカでしょうか。

一方で、「家庭生活」は四歳からのスタートとなりますから「慣れていない」のは当然です。知らないことだらけだし、四年遅れで家族を覚え始めるわけです。みすずちゃんにとってそれは、「自然に覚えていく」ものではなく、結構な努力が必要なことだと思います。なので外では通常運転、中ではペーパードライバーです。

外での顔を見ている人に、中での顔は伝わりにくく、よほどの想像力がない限り、里親である私が神経質になっており、ただ吠えているみたいに映っていることでしょう。

と酔っ払いながら主人に訴えると、

「オレガワカッテルカラ、イイジャナイノ」

と言っていました。

優しさの伝染

私は四人兄弟ということもあり、大勢の甥や姪に恵まれています。実子であればみすずちゃんからは、いとこ関係となりますが、みすずちゃんは彼らを、兄や弟、姉や妹と区別がつきません。本当の兄弟と思って止まず、何度説明しても分かりません。

もちろん、小さい子「あるある」だとも思いますし、ほっといてもそのうちに理解するだろうと考えていますが、みすずちゃんは姪と会って遊んでいる時など、直接「みすずちゃんの妹なんだから！」などと言ってしまうため、言われた方の姪は「妹じゃないよ!!」などと言い返します。「そうだよ!!」「ちがうよ!!」とラリーの後、いとこ達は決まってそれ以上の追及をしないでくれているのです。

途中から親子、いとこ、おじ、おばになったことについて、私の兄弟が子供達にそれぞれ説明してくれているんだということに気付き、それに対しての「これ以上言ってはいけない」ラインを意識しているような気の強い小さな姪。彼女に敬意を持つと同時に、周りの大人達から子供への思いやりのある説明があったことに感謝しました。みすずちゃんから姪へ、姪から姪の周りへと優しさが伝染しますように。

でも、もうすぐ八歳になろうとしているみすずちゃんは、自分より後に家族になった猫のことも「みすずちゃんの弟」と疑いません。

嫌悪

自分ではどうしようもない「嫌悪感」に悩んだ時期がありました。みすずちゃんに対して、です。

頭では、このままではいけない！と分かっていていても感じてしまうのですから、タチが悪いし、改善しようにも方法が見つかりませんでした。必死になってネット検索してみても、かえってメンタルがやられてしまいました。

里子の情報自体が少ない中、里子へのアプローチはいくつか出てきました。ですが、里親に対しての情報は、あっても抽象的で、具体的なものはほぼありません。それどころか、とても厳しい意見ばかりです。

「困ったことがあったらいつでも相談してくださいネ」とおっしゃっていた児相の担当者に、心の内を言えるハズもなく、誰か分かってくれる里親さんはいないものかと、探したりしていました。この一人の戦いの頃、私の中で実験的にやってみたことがあります。それは、「みすずちゃんの着る服や、持ち物全てを自分好みにこ、だ、わ、る」です。

正直、値段の高い服でもかわいいと思えば購入し、成長してすぐに着られなくなってしまうことはあまり考えずに、とにかく私好みの服を着せることに力を入れました。そういう気持ちの時、できることなんて、ほとんどないのですから。

服を選ぶうちに自然とサイズを気にしたり、シチュエーションが頭に浮かんだりするせいでしょうか。新しいステキな服やドレスに子供自身がうれしくなってキラキラ見えるからでしょうか。ただ服を夢中で選ぶうち、時が解決してくれたからでしょうか。

どっちにしても、一度試してみる価値はありそうです。

家族構成

真実告知ができるだけ負担にならないように、最初から「産んでくれたお母さん」と「ママ（私）」がいることを伝えています。ママは二人、パパも二人、おじいちゃんとおばあちゃんは八人いてラッキーだと言ってあります。

少しずつ成長していき、疑問があるのかないのか、しつこいくらいに家族構成の質問をしてきます。確認作業だと思います。

その話の流れで、「産んでくれたお母さん」に会いたいかを聞きます。実母は面会を希望しているからです。でも「会いたくない」と言います。それは、本人からすれば一緒に暮らした記憶はなく、顔も写真でしか知らないからです。みずずちゃんからは今のところ何の感情も見受けられません。

ですが、児相では私が「実母に会わせないように操作しているように見えます」と、ハッキリ言われたことがあります。児相って、誰のための機関だろうかと思わされます。

実母の写真と手紙

実母さんと面会になるかもしれないという時、みすずちゃんは終始「産んでくれたお母さんには会いたくない」と言っていました。

児相は、「写真だったらいい？　お手紙だったら？」と提案し、みすずちゃんからの「ＯＫ」が出たため、実母さんからの手紙と、Ａ４サイズに拡大された実母さんの顔写真が届けられました。自身は「お手紙ブーム」の真っ最中ということもあり、かわいいシールが貼られたそれを喜んでいました。文章も声に出し、読んでいました。

その時の、里母である私の感情は、ちょうど「主人の元カノを見た時」のような気持ちになりました（笑）。Ａ４サイズでの顔写真は大きく、生々しく、背景からもリアルな生活感がうかがえました。写真は、棚の上の見える場所に鎮座していましたが、二日くらい経ってから、クリアファイルに入れて、納めました。手紙と違い、写真への反応は全くの「無（む）」でした。

母子手帳

里親になった時、割り切って理解していたし、心を整えたにもかかわらず、母子手帳を見ると胸がザワつきます。なぜなのか。

実母さんの妊娠中のお腹の様子や心の様子。住んでいた住所に、通っていた病院。看護師さんの一言などを拝見すると、どんな状況だったのかを想像してしまいます。

私には出産経験はありませんから母子手帳は持っていません。私自身の母子手帳は子供の頃、へその緒と一緒に母親に見せてもらったことはありますが、母子手帳なるものを大人になって熟読したのはこれが初めてとなります。

どうして胸がザワつくのか。我慢できないほどではないですが、深く考えないことにします。ザワつくうちは、よっぽどのことがなければ母子手帳を見ないようにしてみます。

チクチクする

ある日の夕食時、肉野菜あんかけ丼を出しました。するといきなり、「小紫家に来てからごはんが美味しいから、ニンジンも食べられるようになった。前のお家（乳児院）では、ニンジンもゴボウも食べられなかった」と言いました。

「小紫家」という、その言い回しに驚き、どこで覚えたんだろうか……と思うと同時に「小紫家」という響きに「距離」を感じてしまいました。普通なら、「ウチ」とかでしょうか。

毎日のバタバタなリズムの最中に、サッと線を引かれるような感覚は、ニンジンとゴボウが食べられるようになったことを手放しで喜べなくなり、心に引っかかりました。チクチクと。

本心は「ウチ」って言ってほしかったのです。前のおウチでは、ニンジンとゴボウはポケットの中に隠しており、当然見つけられては口の中に運ばれてしまっていました。

教頭先生の心配事

小学校に入る前、児相、学校の先生方、町役場、里親と里親を支える会の大人十人くらいが集まり、みすずちゃんのためのミーティングがありました。今までの経緯など説明された後、「実親が直接電話をしてきたり、学校に来た場合はどうしたらいいのか？」と質問がありました。

当然、学校側も養育里親のケースは初めてで、あらかじめ、そうなった時のことを想定し確認しておかないといけないと思っての質問でした。なにせ、ここに揃った児相関係者以外の大人は初めての体験ですから、不安に思うのは当然です。その中でも、私と教頭先生の考えは、口には出さなかったけれども一緒だったのではないかと思います。

実親が入学式へやってきて、実子に会わせるように言ってきたり、探し当てて連れていってしまったらどうしよう……などの心配事です。

万に一つの可能性かもしれないですが、ないとも言い切れないのです。実際、児童施設や学校などで起きたケースを知っている私は、想定してくれたことに対してまず、協力態勢を整えてくれようとしていると感じたし、教頭先生のその物言いが、なんとも里親目線、里子目線で優しく、入学前のさまざまな不安に対し、心強く思いました。

小学校の入学式当日。玄関で迎えてくださった教頭先生は「ご入学おめでとうございます」の目の奥でピリッとした空気が走っていたように思えます。ビシッと黒いセレモニースーツのその姿は、まるでプロのボディガードのよう。何かあったら頼みます!!と目で合図（笑）。滞りなく式は終わり、その足でハマグリを食べに行きました。入学式の晴れ姿と焼きハマグリは、この上なくミスマッチでしたが、お店のおばさん達にも口々に「入学式だったのネ。おめでとう」と言っていただき、春先に旬を迎えるハマグリを、三人で美味しく食べました。

ラブレター♡

小学校に入り、文字を習うようになってからというもの、ほぼ毎日、私にラブレターをくれます。人生の中でこんなにも、一人の人からラブレターをもらうことはありませんでした。

「ママすき」から始まり、最近では「ママ大大大すきだよー　おとなになっても大大大すきだよー　このことはわすれないでねー　いつまでもねー　ママへのてがみですからねー」という謎めいた、やや含みのあるラブレターをもらいました。

冷蔵庫の横に貼ってあるので、反抗期には見せてやろうと思います。

ラブレターをくれない日は、私にしかられた日です（笑）。

甘え方？

みすずちゃんは当初、全くなつきませんでした。それは「この女キライ!!」の感じではなく、甘えたことがないので甘え方を知らないといった様子です。そういえば……私自身も、子供の頃「甘えない子」だったことを思い出してしまいました。

でも、甘え方、伝え方を知っている分に損はないです。使っても使わなくてもそれは自由です。私も「甘えられない子」だったからこそ、「こういう時、こう言うといいヨ!!」とよく伝えます。この複雑な世の中を、なんとか泳いでいけるよう、七つの子に入魂です。

信じてる

学校から帰り、スーパーへ行って好きなものを買ってあげて、文房具屋さんでサンリオグッズを一緒に選んで、今日の給食、遊んだことなど楽しいお話をいっぱいしたその数分後に、みすずちゃんはウソをつきます。

ウソをつくのは、まだ信頼関係がないからだとのことですので、ウソについての悩みを人に「言う」ことは、「信頼関係がまだできていません、信頼されておりませんの！　わたくし」と言うのと同じです。そう思われるのが嫌で、「言えない」里親さんはいないかな？と思います。私はチョットそうです（笑）。

「取り合わない」「突き詰めない」などの助言をされますが、未熟な私にはまだできません。

ものっすごく傷つくし、イライラします。

どうしても、みすずちゃんのこと、信じちゃうんです……。楽しい気持ちの時に「不意打ち」をくらうと、楽しい気持ちの分傷ついちゃいます。ソレに私はなかなか慣れません。

似てきた

私の家族や友達からよく、里子のみすずちゃんと「似ている！」と言われます。私もそう思うし、一年、二年、三年と年を重ねるごとに、ますます似てきています。血はつながっていないのに不思議です。お互い毎日、顔を合わせているからそうなってくるのでしょうか？皮膚の感じか、頬の肉付きか……全体的な雰囲気か……と似ているところはないかと探してしまいます。

委託時に預かった「母子手帳」に小さな小さな接点を一つ見つけたことがあります。

私の誕生日は十一月二十六日で、みすずちゃんの出生時刻が十一時二十六分でした。そんな笑ってしまうくらいに些細なことですが、見つけた時はうれしかったのです。

なので、不思議とそっくりになってきたことは、親子関係を続けてきた成果だと思えば喜ばしいことです。

初めてイヤッて言えた

ある時、小学校でＰＴＡの集まりがあったため出向くと、世間話の中から「二分の一成人式」の話で盛り上がりました。聞けば二年生の生活科から始まり、四年生で式をするとのこと。噂には聞いていましたが、ママ達情報によれば写真など、自身の生いたちに触れるとのこと。乳児院時代の写真は割と揃っているのですが、フッと「本人の気持ちはどうなんだ?」と考えたので、重くならないようにフワッと「みすずちゃーん、何かネー二分の一成人式って四年生になったらあるんだってサー」と切り出し、どう思うかを探った結果、正直ビックリしました。「前のお家のことはみんなに知られたくない」と言ったのです。さらに「みすずちゃんは七五三とか楽しいことだけ教えたい」と言ったのです。

1、その考えを持っていたこと。

2、それを口に出して伝えられたこと。

3、三歳の七五三を覚えていて、楽しかったことの枠に入っていたこと。

この三つに驚いたと同時に、「ああ成長しているんだなあ……」と感じました。

そっか、知られたくないのかとしみじみ思いました。でも「隠すのも変じゃなあい?」と、さらにつっ込んで「みすずちゃんが気にしなければ別に誰も気にしないんじゃなーい?」と、文章にするとキツく感じるかもしれませんが丁寧にやんわり言ってみました。それでも「イヤだ!」と言ったので、「そっか、分かった。今はそういう気持ちなんだネー」「まだ少し先だから、またその時話そう」と言いました。ハッキリ「イヤだ!!」と言ったのは初めてでした。ああ、いざとなったらちゃんと「イヤだっ!!」って言えるようになったんだな。と一足お先に、二分の一成人式をやったような気持ちになりました。

心と体

みすずちゃんが、自分の「事情」を友達に知られたくないこと、楽しかったことだけを教えたいと言ったことについて……。考えてしまいます。

私は以前、美容外科で働いていた時にいろんな手術を見ました。胸を大きくする手術では、人工バッグを入れたりしますが、防御作用から、体内で膜に覆われます。柔らかく薄ければ問題ナシですが、たまに固く変形するほどの拘縮反応が見られる場合があります。体は「異物だー!!」と認識、「外へ出せー!!」と試みますが、それが無理だと分かると今度は「えーい見なかったこと、なかったことにしよう」「体を守らねば!!」とする作用が強く出ることです。鼻のプロテーゼでもたまにあります。人間ってやっぱり、いろんなことにフタしちゃいたくなるのかなと思います。心も体も「防御システム」が装備されているのかなー……と。

その後、胸の方は点滴などをしても落ちつかなければ、摘出です。でもやっぱり大きくしたい!!となれば、バッグの種類を変えたりしながら再び試み、それでもダメな時は「不適合」

となるため、あきらめるしかありません。体が「イヤだよー!!」と反応した時、放置するわけにはいかないように、心も「イヤだよー!!」とフタをしてしまった場合、「いつかは」そのフタを開けて、心が納得する形にしなければならない時が来るのかな……と思います。ですが、十歳の二分の一成人式の頃では、まだそのフタしときたいよねー。整理をつけるには、ちょっとまだ早いよねーと思います。

点滴したり、取ったり、変えたり、様子を見たり、いろんな経験を経て、自分の体には何が合うのかを知るように、目に見えない心の方もいろんな経験を経てからでないと、そんな簡単に「向き合う」なんてできないよネーと心の中では思っちゃいます。

みすずちゃんは、もうすぐ八歳になります。

記憶

『里心』がついて、乳児院に帰りたいと泣きだしたらどうしよう……と思っていた頃、乳児院の施設長に、「家庭に委託された後、里子の記憶はどうなるか?」について質問したことがあります。

「半年もしたら忘れちゃうよ」とおっしゃっていました。どんどん環境も変化するし、「そうだよな……」なんて思っていたのですが、みすずちゃんは半年経っても一年経っても二年経っても覚えています。乳児院の時の記憶をしっかりと。

三年経つ頃、以前よりは口には出さなくはなりましたが、頭の中にはあると思います。

矛先

ただ、目的地に向かって車に乗っている時などに、後部座席のチャイルドシートからみすずちゃんは質問しました。「なんで早く前のお家に（乳児院）にむかえに来てくれなかったの？」と。

「ごめんね。ママ、お仕事してたから」と答えます。「いいよ」と言われます。「でも急いで行ったんだよ」で話は終わります。もう、何百回もこの質問をされました。

これ、本人は誰に向けて言ってるのでしょうか？　いろいろなパターンが考えられると思いますが、いずれにしても、この「～してほしかったのになんで？」に対し、謝らなければいけないと思います。「なんで～」の矛先はだいたい里親へ向かいます。そりゃ言いたくもなるよねと思うので、「ごめんね」と私は謝りますが、だいたい「いいよ」と返ってきます。「いいよ」と言って、いっぱい我慢をしてきたのでしょう。

スーパー

四歳までのみすずちゃんの世界は、乳児院の中と駐車場、小児科、たまに行く近所の神社でした。とても狭かったのです。

「妄想ドライブごっこ」をしていた時、「どこ行く～？」と聞くと、決まって病院と言っていました。車で「お出かけ」は「病院」だったからです。そんなみすずちゃんは、当初から現在も、スーパーマーケットが大好きです。

明るい音楽に広いスペース、食べることも大好きなのでなおさらでしょう。慣れた主婦のようにカートにカゴをセットします。何よりその表情はキラッキラで、もうルンルンです。

「一つだけ好きなもの買ってイイヨ」と言うと、選ぶのは「おかし」ではなく「お刺身」や「たらこ」。「ホッキ貝のマヨネーズ和え」をカゴに入れた時は少し驚きました。慣れましたが、当初好きなものは「おかし」だと勝手に決めつけていた自分がいたので、私の「好きだろう」や「楽しいだろう」は、みすずちゃんと必ずしも一緒ではないから、気をつけようと思っています。

変な習性

みすずちゃんは、お風呂に入る時、入り口に自分の大事なものを置くという、変な習性があります。入り口に置く大事なものは、その時々のブームによるものでバラエティに富んでいます。毎日それを見て、「あー今はコレがブームなのネ」と知ることができ、私のひそかな楽しみでもありますが、先日は驚きました。

私の古くなった運転免許証が置いてあったからです。免許更新の際、記念に持って帰ることにしたものです。ゴールド免許でもある五年前の自分の写真が付いたソレが、お風呂場のバスマットの上にのっかっているのが妙でした。パンチで穴を空けられた私の免許証を喜んでくれているみたいで、良かったです（笑）。

ケータイ番号

みすずちゃんが数字や人のフルネーム、何月何日何曜日に何があったかなどの、記憶力に長けているのを良いことに、人知れず覚えてもらったことがあります。それは私のケータイ番号です。もしも、万が一にも、私の元を離れてしまった時、施設やら何やら、私の知らない場所で、困ったことがあったらＳＯＳできるよう、紙ではなく記憶に。

ケータイ電話がない頃、人々が皆、暗記していたように……。

こんなことは、まあ、児相には言えないです（笑）。

アルアル……

養育里子のみすずちゃんの「苗字」は何度も変わります。実母さんが再婚したり離婚したりするたびに変わります。ある時、毎月送られてくる児相からの書類上でのみすずちゃんの苗字が違っていたため、児相に電話をしました。聞けば、実母さんは再婚し、みすずちゃんは新しいお父さんの養子に入ったとのことでした。何も知らない私達は、その電話で、軽く抗議してしまいました。でも私達が無知だったようです。「苗字が知らない間に変わってるなんてアルアルですヨー」と言われました。アルアル……⁉

冷静に考えると、再婚するも養子にするも実母さんの自由ですから、児相や里親は「ハイ、分かりました」となるだけです。ただ、里子からすれば、一緒に暮らしてこなかった母親と会ったことのない父親の養子になっており、また違う苗字になるのはなぜなのかと「?」がつくのですが、それを本人に説明するのは私となります……。

たくさんの苗字を使ってきたみすずちゃんに「学校で使う苗字はどうする?」と聞くと、私の苗字を使いたいと言ったので、そうしていますが、病院や歯医者さんに行った時などは自分は知らない苗字で呼ばれます。
どこまでを理解しているのか、みすずちゃんは「ハイ!!」と返事をします。
慣れっこなんだと思います。
こんなこと、慣れなくていいのに……。
みすずちゃんの中でもアルアルになっています。

自ら壊す

二〇二四年二月。ここしばらくは良い関係が続いていたのに。またきた。月一くらいでやってくるソレは、まるで生理痛のようです（笑）。

何かキッカケがあるでもなく、突然に全く言うことを聞かず、話さず、「ハイ‼」しか言わなくなるモードにスイッチが入ります。ただ、そこにずーっと立っているだけの時もあります。

いやいや、思ってることあるケド、まだうまく言えないだけだよーという感じではなく……。

良い関係を自分から壊すような、そんなふうに思う時もあります。

下衆（げす）の勘繰りならば、それでもいいのですが。

私といえば、こういう日は、鎮痛剤（ビール）を飲んでおとなしくしています。

写真には写っていない

小学校への入学で、学校の先生には「里親子」について説明し、対策やご配慮をいただいています。他のおうちの人には特に隠そうと考えてはいませんが、あえてこちらから宣言する必要もない状態で、みすずちゃん本人は、周りに知られたくないと思っています。

学校の運動会や、イモ掘り、マラソン大会などなど、学年別に写真を撮ります。町の公報などに載る際は、みすずちゃんの姿は消されます。実親に特定されないよう、みすずちゃんの身を守るためでもあります。

それを見て、お友達はどう思うのかな、と思います。また、それを友達の親はどう回答するのかな、とも思います。まだ直接的に事情を聞いてくる方はいませんが、本人の希望の「知られたくない」を通せるとは思えず、なんとももどかしく、手探り状態です。周りの心ある対応を切に願うばかりです。

相談相手

里親相談員という役割の方がいます。

経験豊富で専門職です。右も左も分からない頃、「何かあれば何でも相談してください」と言われていたことを思い出し、一度相談したことがあります。

諸々の困り事、大変なことを相談する時は、ものすごく「エネルギー」が必要でした。疲れ切っているから相談するが、その相談するにも疲れ切る（笑）という現象が起きました。「もう少し肩の力を抜いたら?」と言われ、「そうですね」と冷たく返してしまいました。

今振り返ってみると、おそらく「分かる分かるー」と、ただただ同調してほしかっただけかもしれません。

あなたは
いったね
うんでくれたお母さんには会いたくないって
えんりょしてるんでしょう?
おとなのフリして……。

今思うこと

児童憲章と私

われらは、日本国憲法の精神にしたがい、児童に対する正しい観念を確立し、すべての児童の幸福をはかるために、この憲章を定める。（「児童憲章」抜粋　※傍点筆者）

「われら」……私か……。

そんな理念があるなんて、初めて知りました。講習で習った後、私のものではない（みすずちゃんの）母子手帳に載っているのを発見しました。

これをちょっと、例えて考えてみました。

誰が？→誰でもない。無条件で。国を挙げて。

誰に？→全ての児童（みすずちゃんに）。

家庭に恵まれない子はこれに変わる環境が与えられる→里親家庭（私の家）。

適当な栄養と、住居、被服が与えられる→私がご飯、家、洋服を。

疾病と災害から守られる↓生活先の里親の私が守る。

結果、実行するのは私となります。

親権者である実母で、「今は面倒を見られないが、いずれ引き取りたい気持ちは持っている」という方は多く、「育てられないが親権は手離さない」という感じです。分からなくもないですが、そうこうしてる間に、里親（私）と里子（みすずちゃん）の毎日の生々しくも尊い実績は積まれていきます。

子供からすれば、親権などは気にしておらず、明日の給食、日曜日の天気、来週のマラソン大会と今、目の前の生活に一生懸命です。

「里親だより」から

「里親だより」という会報誌があります。なんだかんだで割と楽しく見たり、情報を得たりしています。里子の立場だけではなく、里親の立場や心情を汲んでくれているように感じていたし、年配層が多い里親への配慮も感じる会報誌です。少し前から「こども家庭庁」の話題が行き交う中、「里親支援専門相談員（里親支援ソーシャルワーカー）」なる部門が爆誕。

以前の相談員制度には苦い思い出があります。

新制度では、国のバックアップがあるだろうと、期待してしまいます。

特に、里親になったばかりの方などに有効に働くシステムになるといいなと思います。

将来のこと

当初、おそらく実母への家庭復帰はないだろうと言われてからの委託でしたが、児相の計画なるものはコロコロと変わります。養子縁組の話が出たかと思えば一ヵ月で立ち消えたり、実母からの面会希望があったり、なくなったりと、真に受けては振り回されます。

なんやかんやで、数年一緒にいれば当然、将来のことを考えます。出自に振り回されることなく、自分の幸せを見つけてほしいと願うのですが、「そこまで小紫さんは考えなくてよい」と児相に言われました。悲しい悲しい気持ちになりました。「里親とは里親という生き方であり、仕事上たまに顔を見せるアナタとは覚悟が違います」と言い返してしまいました。

お互い立場が違うので、仕方ないですが、もう少し里親の心情を汲めないものかと思います。

夢

将来は「オソバヤサンニナルー」と言っていました。初めての蕎麦屋さんでザルに盛られたその姿に魅了されたこと、味自体が好みだったこと、薬味がいっぱいあって入れるのが楽しいこと、蕎麦を食べる時はズルッと音を立ててもよいことなど、みすずちゃんにとって蕎麦とは、大変に魅力的なアイテムのようです。

「じゃあさ、夜になったら天ぷら揚げてね！　ママ、毎日お店にお酒飲みに行くネ‼」と言うと、「ウン、イイヨー‼」と言いました。

行きつけのお蕎麦屋さんで、一日の終わりに揚げたての天ぷらを食べながら一杯やり、しめにお蕎麦を食べるという、エゴイストな私の夢でもあったのに、今では「アイドルになりたい」に変わってしまい、とても残念です。

かわいそう

ある、打ち解けた児相の職員に聞いたことがあります。「心がつらくなることないですか？」と。見たくはない現場を見たり、思うように進まなかったりで、大変な仕事だろうと察したからです。すると、その人は「でも、その後の良くなった子供を見られるから大丈夫です」とキッパリ言い切りました。

そうなのか、と分かったような分からないような、ボンヤリと理解していました。

社会的養護下にある子を「かわいそうな子」と思う人もいます。私もその感覚は知っています。でも、里親をやってみて分かりました。その職員さんが言っていたことも、「かわいそうな子」ではないことも。

世界中を見てしまうと言い切れないかもしれませんが、少なくとも目の前のみすずちゃんは「かわいそうな子」ではありません。

赤ちゃんの生命力はすごいと言います。子供の順応性も思った以上に高く、数年の遅れはあったとしても、毎日の生活をコツコツ積みながら経験値を上げています。適応能力だって四十代後半の私とはレベルが違います。

物語のヒーローもヒロインも話の途中では苦労人です。みすずちゃんは、人より少し早めにその試練が来ただけだと思います。未来は希望にあふれていて、将来の夢はアイドルだそうです。

音程を取れないのが少々不安材料ですが、叶っても叶わなくても応援したいと思います。

相談相手はいますか？

「話を聞いてくれる相談相手はいますか？」と聞かれて、最初は自信を持って「います!!」と言えました。今は「いますが……」になりました。

人に話す時、たいていは悩みがつらい時で、生々しく、重く、難しく複雑な話になってしまいがちだし、何かしらの子育ての悩みはみんな持っています。

そもそも、私自身の性格もどちらかというと、やや抱え込み型と言えるかもしれません。それにプラスして、こと子育てとなると、人々の反応や考え、感情はさまざまで、「里子」に対する感覚も周りにいる全員が協力的で理解しているわけではありません。価値観は人それぞれです。

「私と仲良し」で、かつ「養育里親の私」とも仲良しで、グロくて生々しくて、後味がさっぱりしないモヤモヤした本音を話せるのは、本当に何人いるだろう……と思います。そう思うようになったであろう出来事もいろいろと起きました。

ボランティアの位置付け

里親になる前の「施設研修」での出来事を友達が話しにきました。子供達との遊びや、触れ合いにドキドキワクワクで行ったそうですが、触れ合いもそこそこに、見学後、二時間の草むしりを指示されたそうです（笑）。猛暑日の出来事でした。夫婦共「え?!」と感じたそうで、聞いた私も「え?!」と思いました。

まー、確かに「ボランティア」の位置付けですが……。

友達は幼稚園の先生ということもあり、施設という閉鎖的な場所で思うこともあったようです。モヤモヤ……。

いろんなタイプの施設があります。子供が行った先の施設の対応もバラつきがあるということでしょう。里親家庭もしかりですね。

母読

母親同士でシフトを組んで、小学校で絵本を読み聞かせるという「母読会」の役員になりました。先日は六年生を担当することになり、迷いましたが、『ねえねえ　もういちどききたいな　わたしがうまれたよるのこと』という、外国の絵本で、お母さんが二人いる女の子の話を読みました。産んでくれたお母さんと育てているお母さんがいる女の子が、自分の出生時の話を何度も聞きたがる話です。もう間もなく卒業を迎える六年生へ最後の読み聞かせとなりました。案の定、無反応ではありましたが（笑）、まあいいです。何かどこかに「引っかかれば」いいなあと願いを込めました。

六年生の担任の先生には一番引っかかったようで、涙していました。

この話ができるチャンスを与えられたことに感謝です。

J社

私は、七五三という日本の風習が好きです。とても温かいイベントだと思います。親も子も、周りの関わった人全てがほんわかとした気持ちになると思います。

三歳と七歳の「七五三」の時、一通の手紙が来ました。社会福祉法人からですが、七五三を迎える里子がいる家庭への、お祝い事に対しての助成金の案内でした。

その協賛会社は、あの有名な「J」社でした。三歳の時は例の事件前、七歳の時はその年でした。いずれも、お礼の手紙を出したくても「お礼状は辞退し、お気持ちだけありがたくちょうだいさせていただき、送付の必要はございません」とありました。

事件は全くいただけませんが、J社の、こういった別の側面を知らない人がほとんどかと思います。「いやいや、会社のイメージアップや戦略だろうさ」と思うかもしれませんが、イメージアップならもっと効果的に、ピンポイントではなく大々的にやればいい話なので、そうとも思えませんし、「七五三」に意識が向くことに対し、感じるものがありました。

「幼い子どものゆたかな育ち応援助成」という助成に与った私達、里親子はとてもありがたかったし、「応援」されているなと実感がありました。金銭的にはもちろんですが、何より「七五三」を一緒にお祝いしてくれたことがうれしく、励みになり、「ゆたかな気持ち」をいただきました。

事件が世間に明るみに出たその年も、変わらず目を向けていただき、大変な中、ありがとうございました。良くも悪くも影響力のあるJ社の、事件とは反対側の一面を私は見ました。

見返り

ある里親さんが、幼少期から預かってきた里子の巣立ちの時、偶然に自分達の「文句」を書いたノートを見つけてしまったそうです。巣立つまでの何年間、良い時も悪い時もあったことでしょう。やりきれなかったと思います。里親に限らず、実子でも起こり得ることかもしれません。みすずちゃんに置き換えて想像しました。

怖くなりました……。ゾッとしました……。

その後、あり得るな……とも思いました。

心に開いた穴は、里親の愛情と情熱があったとしても埋まらず、想像以上に心の闇とダメージは深いことが分かります。

「見返りを求めない」と心に言い聞かせてはみるものの、巣立ちのその時、大変だったけどやめずに続けてよかったと思いたい、と見返りを求めてしまいます……。ハッピーエンドだけではない現実に、心の準備と覚悟を決めようと思っています。

質ってなーんだ⁇

「質の高い里親を～」や、「里親の質を上げることが今後の～」などなど。たまに文章で見かけます。

「質の高い里親」って何ですか？
自分の子供を産んで育ててるお母さん、
自分の子供を産んで、いろんな事情で里親や施設に預けているお母さん、
里母やってるお母さん、
いろんなお母さんがいますけど、お母さんをやるのに質が高くないとダメですか？
その「質」を求めてるの、誰ですか？
ってゆーか、質って何すか？

おわりに

庭にいる、おばあちゃん猫のミーさんは、育児放棄された三匹の赤ちゃん猫を見事に育て上げました。

ある出勤前の朝、三匹のシラミだらけの体を、ふいてもふいても取れずに、どうしたものかと困り果てた私を見つめ、かすれた声で「ニャー」と鳴いた後、赤ちゃん猫を咥えて、自分の隠れ家に連れていくのを三回繰り返しました。

その二日後、ミーさんの出ないハズのオッパイは再始動しました。

実際にお乳が出ているのかは謎ですが、出ていても出ていなくても、その温もりは三匹を大人にしました。

もう六年くらい前の出来事です。

三匹のうち、一匹は大人になってから虹の橋へ向かいました。一匹は玄関組に、もう一匹は家の中の子となりました。

現在ミーさんは、庭で別の問題児のお世話をしてくれています。

母性の強い、里親の「鏡」のようなミーさんには、本当に頭が下がるばかりです。

庭をのぞけば、そんなミーさんが常に誰かのお世話をしている姿を毎日見ることができる、
里親の私には、最高の環境です。

人間の私は、猫のミーさんに学ぶことばかりです。尊敬しているし、誇りに思います。

愛情いっぱいの世界になりますように。

最後までお読みいただき、ありがとうございました。

著者プロフィール

小紫 木蓮（こむらさき もくれん）

千葉県出身。

里親日記

2025年2月15日　初版第1刷発行

著　者　小紫 木蓮
発行者　瓜谷 綱延
発行所　株式会社文芸社
〒160-0022　東京都新宿区新宿1－10－1
電話　03-5369-3060（代表）
03-5369-2299（販売）

印刷所　株式会社フクイン

ISBN978-4-286-25725-9